DAS JAHR IN DER BOX

DAS JAHR IN DER BOX

Michael Sieben

CARLSEN

Das Zitat stammt aus
Black Swan Green von David Mitchell
Hodder & Stoughton

MIX
Papier aus verantwortungsvollen Quellen
FSC® C014496
FSC
www.fsc.org

CARLSEN-Newsletter: Tolle Lesetipps kostenlos per E-Mail!
Unsere Bücher gibt es überall im Buchhandel und auf carlsen.de

Dieses Werk wurde vermittelt durch die Literarische Agentur Michael Gaeb
Umschlaggestaltung: formlabor
Umschlagfotos: shutterstock.com © Vadim Blazhevich / Sloth Astonaut / Zovteva
Lektorat: Brigitte Kälble
Herstellung: Björn Liebchen
Satz: Pinkuin Satz und Datentechnik, Berlin
Druck und Bindung: GGP Media GmbH, Pößneck
ISBN: 978-3-551-58396-3
Printed in Germany

»If you show someone something you've written,
you give them a sharpened stake, lie down in your coffin,
and say, ›When you're ready‹.«

David Mitchell, *Black Swan Green*

Heute

Die Box ist ungefähr so groß wie ein Schuhkarton. Sie ist aus Holz (irgendwas Edles, Mahagoni oder so), hat einen aufklappbaren Deckel und zwei Bügelgriffe an den Seiten. Theoretisch kannst du sie zuschließen, aber der Schlüssel ist bei unserem letzten Umzug verloren gegangen. Wenn ich sie aufmache, bleibt mir bestimmt wieder die Luft weg. Das ist jedes Mal wie ein Tritt in die Magengrube. Glaubt mir, seit ich in Wicker wohne, weiß ich, wie sich so was anfühlt.

Bille hat mir die Box vor zwei Jahren zum Geburtstag geschenkt. Zuerst dachte ich, sie hat Geld oder einen Gutschein drin versteckt. Weil, welche Mutter kauft ihrem Sohn eine *Holzschatulle* zum Fünfzehnten? Aber da war nichts. Kein doppelter Boden, kein Geheimfach, nichts. Unser Gespräch ging ungefähr so:

Ich: Was soll ich mit dem Ding?

Bille: Da kannste Sachen reintun.

Ich: Danke. Auf die Idee wäre ich nie gekommen.

Bille: Das hab ich mir gedacht.

Der Silbereisen hat gemotzt, ich soll nicht so undankbar sein, das Teil wäre teuer gewesen. Die meiste Zeit hat mich der Silbereisen ignoriert, aber ab und zu musste er einen auf Stiefvater machen, der Idiot. Ich konnte es kaum erwarten, dass Bille ihn abschießt. Es hat länger gedauert, als ich gedacht hatte, aber auf Billes Beziehungsunfähigkeit ist Verlass. Seit der Trennung von meinem Vater hat sie es nie lange mit einem Typen ausgehalten.

– Bist du so weit?, ruft sie die Treppe hoch.

– Nein.

– Wenn der Van voll ist, machen wir uns mit der ersten Fuhre auf den Weg.

– Okay.

Draußen auf der Treppe brüllen sich die Umzugshelfer Anweisungen zu, höher, höher, noch ein Stück, stopp, die Decke, *stopp*! Irgendwas stößt krachend gegen die Wand, einer der Männer flucht. Mein Zimmer ist schon halb leer. Der Schreibtisch und die Couch sind weg, das Bett steht abgebaut vor dem Fenster.

Ich sitze mit der Box im Schoß auf dem Boden und traue mich nicht, sie zu öffnen. Weiß nicht, wie lange schon. Zehn Minuten bestimmt. Am liebsten hätte ich sie im Schrank gelassen, ganz hinten, bei den aussortierten T-Shirts, aber wir ziehen ja mal wieder um. Zum *dritten* Mal innerhalb von zwei Jahren. Nachdem Bille den Silbereisen abserviert hat, sind wir in einen Plattenbau in Berlin-Lichtenberg gezogen, dann hierher in Opas Haus, nach Wicker im Wickerland. Und jetzt, knapp dreizehn Monate später, der nächste Umzug, zwei Straßen weiter ins Neubaugebiet. Ich habe versucht, Bille davon abzubringen, aber keine Chance. Wenn die sich was in ihren Kopf gesetzt hat, ist nichts zu machen.

Ich meine, Bille hat echt einen Knall. Was Besseres als Opas Haus kannst du dir nicht ausdenken: Es ist so groß, dass jeder von uns eine eigene Etage hat, ich die erste, Bille die zweite. Dann der Hobbykeller, das ist ein richtiger Bunker, in dem kannst du die Musik bis zum Anschlag aufdrehen, ohne dass die Nachbarn was hören. Vom Balkon hast du einen Blick über die halbe Innenstadt, du kannst den Wickerwald sehen und die beiden Türme der Theine-Brauerei. Außerdem gibt es einen monstergroßen Garten hinterm Haus, in dem alles kreuz und quer wächst wie im Dschungel, weil sich seit Opas Tod niemand mehr drum gekümmert hat. »Villa Stelter«, sagt Ken immer. Mir gefällt der Name, auch wenn er als Witz gedacht war. In Wicker wohnt fast jeder in einem Haus mit Garten, deshalb kapieren die meisten Leute nicht, dass das eigentlich ein mega Luxus ist.

Bille findet jedenfalls, dass die »Villa« zu groß ist für zwei Personen und zu marode. Man müsste das Haus von Grund auf sanieren und dazu hat Bille weder Geld noch Lust. Die will in einen Neubau, wo die Fenster ordentlich isoliert sind, wo die Dielen nicht knarzen und die Türen schließen, ohne zu quietschen. Was richtig schön Spießiges halt.

– Wir fahren los, ruft sie. – Sind in ein bis zwei Stunden wieder da. In der Küche sind belegte Brote und Croissants.

– Okay.

Unten im Flur rumpelt es. Aus dem Pfirsichbaum vor meinem Fenster flattert eine Krähe auf und verschwindet in Palinkas' Garten. Bevor wir hergezogen sind, wusste ich nicht, dass in Deutschland Pfirsiche wachsen. Ich dachte, die kommen aus Italien oder Spanien oder so. Jedenfalls kannst du im Sommer von meinem Fenster aus Pfirsiche pflücken. Da, wo wir hinziehen, gibt es keinen Garten und keinen Pfirsichbaum, nur einen hundebeschissenen Grünstreifen hinterm Haus. Und vorne Hecken. Diese dunkelgrünen stacheligen, die sogar im Sommer trostlos aussehen.

Manchmal versuche ich mir einzureden, dass ein weiterer Neustart vielleicht gar nicht schlecht ist, nach allem, was letztes Jahr passiert ist. Für einen richtigen Cut müssten wir allerdings raus aus Wicker, in eine andere Stadt, in der nicht hinter jeder zweiten Ecke fiese Erinnerungen lauern, am besten in ein anderes Land, auf einen anderen *Kontinent*. Ein Umzug ins Neubaugebiet wird kaum helfen.

Silbereisen hat mir gestern eine Mail geschickt. Ich solle mich wegen des Umzugs nicht grämen. Ja, er hat ohne Scheiß *grämen* geschrieben. So was kann doch kein Mensch ernst nehmen. Ich meine, *grämen*, das klingt wie aus dem vorvorletzten Jahrhundert. Aber egal, ich solle mich also nicht *grämen*, es gäbe Schlimmeres auf der Welt. Gut, dass er mir das schreibt, sonst hätte ich es nicht begriffen. Mal ehrlich, wie kann man so bescheuert sein? Silbereisen weiß doch, was passiert ist, Bille und er telefonieren seit Neustem ja wieder regelmäßig. Und trotzdem glaubt er mir sagen zu müssen, es gäbe Schlimmeres als den Umzug. Der hat sich doch nur gemeldet, weil er sich wieder Hoffnungen bei Bille macht und deswegen mit mir Frieden schließen will. Aber da wird nichts draus, Kollege. Silbereisen oder ich, das weiß Bille ganz genau.

Eigentlich müsste ich den Schrank ausräumen, damit sie ihn nachher runtertragen können, Bille hat den Van nur für einen Tag gemietet. Die meisten Klamotten habe ich schon raus, aber als ich auf die Box gestoßen bin, war erst mal Schluss mit dem Aktionismus. Seitdem sitze ich hier und fühle mich, als hätte ich einen Behälter waffenfähiges Plutonium in den Händen. Pack das Ding weg und mach weiter, du musst fertig sein, wenn Bille zurückkommt, sagt eine Stimme in meinem Kopf. Die Stimme kann mich mal. Irgendwann muss ich reinschauen, da komme ich nicht drum rum. Das bin ich Marko schuldig.

Ich gebe mir einen Ruck und mache den Deckel auf. Diesmal ist es weniger ein Tritt in den Magen als das Gefühl, jemand würde mich von hinten umklammern und so fest zudrücken, dass mir schwindelig wird. Ich klappe den Deckel wieder runter und atme tief ein. Jesus, das war eine Scheißidee.

Ich stelle die Box zur Seite und stehe auf. Am besten lasse ich sie in einer der großen Umzugskisten verschwinden. In den Kartons mit den Büchern ist noch viel Platz. Bücherkisten darfst du allerdings nie ganz vollpacken, sonst werden sie zu schwer zum Tragen und am Ende reißt der Boden. Also in die Kleiderkiste? Oder einfach auf den Müll damit? Warum eigentlich nicht, ist ja nichts Wertvolles drin, außer … mir wird schon wieder schwindelig, wenn ich daran denke.

Um mich abzulenken, nehme ich ein Buch aus einer der Kisten und blättere darin herum. »111 Gründe, Vegetarier zu sein«. Das hat Bille vorhin auch schon in der Hand gehabt, als wir das Bücherregal ausgeräumt haben. »Das ist eine Laune, das geht vorbei«, habe ich gesagt und sie hat sich halb totgelacht. Der Satz ist ein Running Gag zwischen uns. »Das ist eine Laune, das geht vorbei« war Tante Miriams Antwort gewesen, als Bille ihr erzählt hatte, dass ich kein Fleisch mehr esse. Das hat mich damals megagenervt. Ich war gerade vierzehn geworden und wollte ernst genommen werden und nichts von *Launen* hören, die vorbeigehen wie Fieber oder Zahnschmerzen. Eine Woche lang habe ich nicht mit Bille geredet, weil sie Tante Miriam nicht widersprochen hat. Allein schon um es den beiden zu zeigen, habe ich seitdem kein Gramm Wurst oder Fleisch oder Fisch gegessen, höchstens mal eine Fliege beim Fahrradfahren verschluckt, und da kann ich jetzt echt nichts für.

– Wir sind jetzt we-heg!

– *O-kay-hay.*

Bille muss sich immer dreimal verabschieden, bevor sie geht. Die Absätze ihrer Cowboystiefel poltern über die Dielen, die Tür fällt ins Schloss und auf einmal ist Ruhe im Gebälk. Kein Möbelgerücke mehr, keine fluchenden Umzugshelfer. Beinahe lautlos landet die Krähe wieder im Pfirsichbaum.

Ich kann nicht anders, als mich wieder vor die Box zu setzen. Mein Psycho-Doc hat mal gesagt, ich soll die Erinnerungen, die mich überfallen, in eine ausgedachte Kiste packen, sie zuschnüren und wegstellen. Ich soll der Bestimmer sein, ich soll entscheiden, wann ich die Kiste wieder hervorhole und aufmache. Yo, habe ich gedacht, nette Idee, aber ganz so easy ist das nicht, meine Gedanken lassen sich nicht einfach einfangen und wegsperren, die kommen und gehen wie sie wollen. Ich habe es dann einfach mit einer *echten* Box probiert, nämlich mit Billes Geburtstagsgeschenk. Ich habe alle Sachen reingetan, die mich auch nur entfernt an Marko erinnern, und es hat tatsächlich geholfen. Das war im November, also vor neun Monaten, und seitdem habe ich nicht mehr reingeschaut. Zwei, drei Mal habe ich es probiert, bin aber nie viel weiter gekommen als gerade eben.

Heute ist etwas anders. Heute lässt mich die Box irgendwie nicht los. Also gut. Genug davongelaufen, Paul Stelter. Nächster Versuch: 3 – 2 – 1. Ich kneife die Augen zusammen und öffne den Deckel ein zweites Mal. Ich spüre den Druck in meinem Bauch und auf meiner Brust, aber er hält sich in Grenzen. Siehste, geht doch.

Ganz oben liegt Kens Messer. Auf der Klinge sind die Buchstaben K und P eingraviert, Kens Initialen. Er hat sich das Messer selbst gekauft und gravieren lassen und dafür fast 200 Euro auf den Tisch gelegt. Ganz schön viel Kohle für ein Teil, von dem ich nie ganz begriffen habe, für was es eigentlich gut sein soll. Wicker ist ja nicht gerade Falludscha oder Kabul oder so, wozu brauchst du hier ein verdammtes *Survivalmesser*? »Darum geht es nicht«, hat Ken immer gesagt, aber um *was* es geht, hat er nicht gesagt.

Ich nehme die Sachen aus der Box und reihe sie vor mir auf: Kens Messer, ein Stapel Kinokarten, eine Dose Mentos, Marvins Sonnenbrille, das kaputte iPhone mit der Bubbleschrift hinten drauf, ein rotes Armband, eine ausgedruckte und zusammengefaltete Version meiner Geschichte »Die unglaublichen Abenteuer des Dr. Flint«, eine Pizza-King-Speisekarte, ein Programmflyer der

Theater-AG, ein Bierdeckel mit einer Strichliste, zwei Kondome mit Schokoladen-Aroma, Marke »Lucky Dude«. Warum ich *die* aufgehoben habe, weiß ich wirklich nicht. Die werde ich mit Sicherheit nie benutzen, das wäre mir viel zu peinlich, ich meine, *Schoko-Aroma*, hallo? Gut, wenn es weiter so läuft wie zuletzt, stellt sich diese Frage in nächster Zukunft sowieso nicht. Traurig, aber wahr.

Der Tag, als Ken mir die Kondome in die Hand gedrückt hat, war einer von vielen, an denen ich Wicker verflucht und der Stadt einen biblisch-apokalyptischen Untergang gewünscht habe. Volle Zerstörung, so wie am Ende von »Watchmen«, als New York City plattgemacht wird. Es war ziemlich genau vor einem Jahr im August, in der zweiten oder dritten Schulwoche, als ich noch ganz neu war und vor allem: Klassendepp Nummer eins.

Lucky Dudes

»Guck doch mal richtig. Na klar isser das.«

»Also, ich weiß nicht …«

»Warte, ich mach noch mal von vorn.«

Wieland tippt auf sein Handy und hält es Aliya hin. Glotz lacht. Ich kenne keinen, der so bescheuert lacht wie Viktor Glotz. Hört sich an wie ein Seehund, der Typ. Er dürfte auch ungefähr den gleichen IQ haben.

»Digger, ist das geil«, sagt er und kippt Wielands Handy ein Stück nach hinten, damit er besser sehen kann.

»Nimm deine Fettfinger da weg«, fährt Wieland ihn an. »Du verschmierst das Display.«

»Schon gut. Chill mal.«

»Der sieht echt so aus«, sagt Aliya glucksend.

Noch haben sie mich nicht bemerkt. Ich ziehe meine Regenjacke aus, setze mich auf die Heizung vor unserem Klassenraum und nehme das erstbeste Buch aus meinem Rucksack, das ich zu fassen kriege. »Biologie *plus*«. Ich schiebe mir die nassen Haare aus der Stirn und tue so, als würde ich lesen. Zwei Fünftklässler stürmen um die Ecke und prügeln sich mit ihren Turnbeuteln. Der eine kriegt die Brille von der Nase gewischt und fängt prompt an zu heulen. Der Hausmeister, der aussieht wie Dwayne »The Rock« Johnson, steht auf einer Leiter und repariert die Deckenleuchte. Von Dr. Güven keine Spur. Schade, der hätte Wielands iPhone jetzt einkassiert, der kennt da nichts. Aber der Güven kommt nicht und The Rock kümmert das Handyverbot einen Scheiß. Keine Ahnung, was Wieland den anderen gerade zeigt, aber ich wette, es geht um mich.

Jetzt hat Glotz mich entdeckt. Er stößt Wieland den Ellenbogen in die Seite und flüstert ihm was ins Ohr. Mir wird heiß. Ich versuche mir nichts anmerken zu lassen und starre angestrengt in mein Bio-Buch. Als ich kurz hochgucke, grinst mich Wieland hämisch an. Wusste ich es doch.

Der Typ hasst mich seit Tag eins. Genau genommen hat es nicht mal zehn Minuten gedauert, bis ich es bei ihm verkackt hatte, was ein absoluter Rekord sein dürfte. Und alles nur wegen eines blöden Spruchs, den Wieland völlig falsch verstanden hat. Seitdem nutzt er jede Gelegenheit, um mich fertigzumachen. Gestern hat er gedroht, mir aufs Maul zu hauen, wenn ich noch mal mit meinem »Super Dirty Dishes«-Shirt in die Schule komme. Dabei kennt er die Dishes überhaupt nicht. Natürlich nicht, Flachmaten wie Wieland haben keine Ahnung von guter Musik. »Wenn es deine Lieblingsband ist, dann *muss* sie scheiße sein«, hat er gesagt und mir mit dem Zeigefinger gegen die Stirn getippt. Der Kerl ist echt zum Kotzen. Leider ist er der absolute Alpha in unserer Klasse. Vorletzte Woche ist er konkurrenzlos mit zwanzig zu drei Stimmen zum Klassensprecher gewählt worden. Wenn er einen Witz macht, lachen alle, egal wie flach die Pointe war. Und wenn er dich scheiße findet, finden dich alle scheiße.

Mehr und mehr Leute versammeln sich um Wieland und gucken auf sein Handy. Mit seinen eins fünfundneunzig überragt er sie alle. Er trägt seine blaugelbe Baseballjacke mit dem übergroßen W für Wicker auf der Brust (wenn ihr mich fragt, könnte das W auch für ein Wort stehen, das so ähnlich klingt wie Wicker), ein Poloshirt mit aufgestelltem Kragen, Trainingshose und weiße

Nikes. Sein Gesicht ist braun gebrannt, Sonnenbank, schätze ich, die Augenbrauen gezupft und seine Zähne, Jesus, die sind so groß und weiß, dass du sie schon leuchten siehst, bevor er um die Ecke kommt.

»Mach mal Platz, du Spast.«

Ich zucke zusammen. Marko »Notsche« Kubitschek hat mir im Vorbeigehen das Buch aus der Hand geschlagen. Ich wollte gerade umblättern und halte jetzt eine rausgerissene Seite in den Fingern. Glotz und Wieland lachen sich einen Ast und klatschen Notsche ab. Normale Härte. Darf man nicht drauf reagieren. Ich hebe das Buch auf, lege die Seite hinein und tue so, als ob ich weiterlesen würde. »Molekulare Grundlagen der Genetik«. Haben wir das schon durchgenommen? Ich kann mich nicht erinnern.

Die Gruppe um Wieland und Glotz wird immer größer. Manche drängeln richtig, um besser sehen zu können. Ständig schaut einer zu mir rüber und lacht. Was hat sich Wieland da schon wieder ausgedacht? Aus den Augenwinkeln sehe ich jemanden auf mich zukommen. Okay, es geht weiter. Jetzt heißt es cool bleiben, nicht provozieren lassen. So tun, als ob mir das alles sonst wo vorbeigeht. Der Schatten bleibt direkt vor mir stehen. Durchgelatschte Asics, Größe 48 mindestens, weite, ausgebeulte Jeans, ein Stück zu lang und an der Ferse aufgescheuert, billige XXL-Fleecejacke, drunter ein verwaschenes »Life's Better With WIFI«-T-Shirt. Es ist Mehmet. Gottseidank, es ist Mehmet. Er lässt seine Tasche neben meine fallen, setzt sich aber nicht hin.

»Komm mal mit, Stelter.«

Mehmet. Noch so ein Opfer. Der wiegt mindestens hundert Kilo und hat Brüste, so was habe ich noch nie gesehen, die hängen ihm fast bis auf den Bauch. Mehmet hat mir an meinem ersten Tag die Kantine gezeigt. Seine Mutter arbeitet an der Essensausgabe, deswegen hält er es wohl für seinen Job, die »Neuen« einzuweisen. Wieland disst ihn ständig mit seiner Mutter. »Kocht die bei euch zu Hause genauso scheiße? Das Zeug kann doch keiner essen«, so was. Mehmet scheint das nicht zu kümmern. Im Gegenteil, der kam sich ziemlich wichtig vor, als er mir vorgeführt hat, welche Menüs du dir aussuchen oder zusammenstellen kannst.

Mehmet hockt jeden Tag drei bis vier Stunden vor der Playstation und spielt immer das gleiche Spiel, »Wargames Evolution Pro, Part II«. Das war so ungefähr das Erste, was er zu mir gesagt hat, dass er der absolute W.E.P.-Profi ist und es nur wenige Typen auf der Welt gibt, die es mit ihm aufnehmen können. Keine Ahnung, ob das stimmt. Mehmet erzählt viel. Er behauptet ja auch, dass er drei Fremdsprachen beherrscht, Hochvalyrisch, Elbisch und Klingonisch, und angeblich kann er den kompletten dritten Harry-Potter-Film mitsprechen (*Definitiv der beste Film der Reihe, Stelter*). Kurz, Mehmet ist ein Spacken. Aber er ist so ziemlich der Einzige in der Klasse, der mich nicht behandelt wie Scheiße.

»Das hat Wieland gestern rumgeschickt«, sagt er, als wir auf dem Raucherhof ankommen. Er tippt seinen PIN-Code ein, fünfmal die Null, und hält mir sein speckiges Galaxy hin. Auf dem Display der sich drehende Kreis, wenn ein Video geladen wird. Ich bin natürlich nicht in der Klassenchat-Gruppe, es hat mich keiner eingeladen, nicht mal Mehmet, aber vielleicht kann das auch nur der Administrator. Es hat aufgehört zu regnen. Ein Mädchen mit roten Gummistiefeln stapft gedankenverlorenen durch eine Pfütze. Fünfte Klasse, sechste vielleicht. Mann, damals war das Leben echt noch easy.

Es geht los. Ein Amateurvideo, dunkel und verwackelt, du kannst kaum was erkennen. Okay, dass die Frau am Straßenrand nicht aus Spaß dasteht, das ist klar, das sieht ein Blinder. Platinblond gefärbte Locken, weiße Stiefel, Minirock, Bauchtasche, da brauchst du nicht viel Fantasie. Ein Typ kommt über den Parkplatz und spricht die Frau an. Sie reden kurz miteinander, dann nimmt sie ihn an der Hand und sie gehen die Straße runter. Der mit der Kamera läuft hinterher. Man hört nichts außer seinen Atemzügen und den Absätzen der Frau, die rhythmisch auf den Asphalt hämmern. Die beiden merken nicht, dass ihnen jemand folgt, oder sie tun so, als ob sie nichts merken, jedenfalls drehen sie sich nicht um. Nach ein paar Metern zieht die Frau den Typen in das Gebüsch am Straßenrand, die Kamera mit ein bisschen Verzögerung hinterher. Das Bild wackelt, Laub raschelt, ein Zweig wird weggedrückt und dann sieht man die zwei wieder: Der Typ hat die Hose runtergelassen, die Frau kniet vor ihm und hat sein Ding im Mund. »Ja, Baby, ja, Baby«, stöhnt er laut und es hört sich so fake an, dass ich lachen muss.

Mehmet hält das Video an.

»Kannst dir ja vorstellen, wie es weitergeht.«

»Ja. Und?«

Mehmet seufzt. Er guckt mich an mit einer Mischung aus Mitleid und Ungeduld.

»Mensch, Stelter. Hast du dir den Mann angesehen?«

»Ja?«

»Hast du ihn dir *genau* angesehen?«

»Jetzt sag schon, was los ist.«

»Der sieht aus wie du.«

»Was?«

»*Haargenau* wie du, Stelter.«

»Zeig noch mal.«

Was für ein Schwachsinn, wirklich. Okay, auf den ersten, auf den allerersten Blick und mit sehr viel gutem Willen sieht der Typ mir ein bisschen ähnlich. Die schwarzen Haare hängen ihm weit ins Gesicht, er ist blass und hat die gleiche Jeansjacke wie ich. Aber das wars auch schon mit den Gemeinsamkeiten. Wenn man genauer hinguckt, erkennt man sofort, dass ich das nicht bin. Der Typ ist älter, die Nase breiter und außerdem läuft der ganz anders als ich.

Mehmet steckt das Handy weg und räuspert sich. »Ich weiß, wie das ist. Ich stehe schon seit Jahren bei Wieland auf der Liste. Letztens haben sie über ein Fake-Profil eine Sexpuppe zu mir nach Hause bestellt. Kannst du dir vorstellen, wie meine Mutter geguckt hat, als ›Miss Boob‹ geliefert wurde? Um ehrlich zu sein: Ich bin heilfroh, dass du in unsere Klasse gekommen bist. Seit sie es auf dich abgesehen haben, lassen sie mich einigermaßen in Ruhe.«

Ich weiß nicht, was ich darauf antworten soll. *Danke, gern geschehen?* Mehmet klopft mir mit seiner Pranke auf die Schulter. »Valar Morghulis, Stelter. Lass uns reingehen, der Güven ist bestimmt schon da.«

Auf der Treppe kommt uns Kat mit ihrer Entourage aus überschminkten Tussis entgegen. Katharina Theine ist Wielands Zwillingsschwester aus der Parallelklasse und nicht weniger populär als ihr Bruder. Sie sieht *unglaublich* gut aus, modelmäßig, auf einer Skala von eins bis zehn eine glatte Elf, und charakterlich das absolute Gegenteil von Wieland, freundlich, sympathisch, witzig. Die scheint sich null darauf einzubilden, dass sie aussieht, wie sie aussieht. Lächelnd grüßt sie uns. »Hallo«, krächzt Mehmet heiser und wird knallrot. Oh mein Gott, wie peinlich. Fehlt nur noch, dass er anfängt zu sabbern. Zum Glück sind Kat und ihre Freundinnen schon an uns vorbei und traben die Stufen runter zu den Kunstsälen in die Nullerebene.

Die Tür zum Klassenraum steht offen.

»Dr. Güven hat was im Lehrerzimmer vergessen, kommt gleich wieder«, sagt Aliya und dreht sich weg.

In meinem Kopf gehen alle Alarmglocken an. Da stimmt was nicht. Es ist viel zu ruhig, und was noch auffälliger ist: Keiner lacht, als ich reinkomme. Außerdem sitzen alle. Es sitzen *nie* alle, wenn noch kein Lehrer da ist, irgendeiner rennt immer rum. Mehmet scheint nichts aufzufallen. Gähnend schlurft er zu seinem Platz ganz hinten. Meiner ist in der Mitte neben Wieland. Er hat mir den Rücken zugedreht und blättert in seinem Mathebuch. Aliya starrt so konzentriert aus dem Fenster, als hätte sie noch nie eine Wolke am Himmel gesehen. Mit angehaltenem Atem schiebe ich mich an ihr vorbei.

Als ich meinen Stuhl zurückziehe, klatscht etwas gegen meine Backe. Reflexartig gehe ich in die Hocke und reiße die Arme nach oben. Vor meinen Füßen liegt ein Kondom, eingeschweißt in glänzendes Plastik, schokobraun und mit Kussmund drauf. »Jetzt«, brüllt Wieland, und bevor ich irgendwas machen kann, werde ich von allen Seiten bombardiert. »Ja, Baby, ja«, stöhnt Glotz, als mich ein Lucky Dude an der Stirn trifft. »Porno-Paul, Porno-Paul«, ruft Notsche und trommelt mit den Fäusten rhythmisch auf den Tisch. »Porno-Paul, Porno-Paul«, stimmen Simon und Aliya ein. Zwei Geschosse zischen kurz nacheinander an meinem Ohr vorbei. Irgendjemand lässt auf seinem Handy das Video laufen, »Ja Baby, ja Baby«, stöhnt der Typ, der nullkommanull aussieht wie ich. »Jetzt lasst es doch gut sein«, sagt Mehmet, aber auf den hört natürlich keiner.

Ich weiß, dass ich die Zähne zusammenbeißen und ruhig bleiben muss. Ich weiß es. Aber es geht nicht. »Ihr könnt mich alle mal«, bricht es aus mir heraus. Wütend schlage ich nach einem Kondom, das mir entgegenfliegt. Ich hebe es auf und feuere es auf

Wieland, verpasse seine grinsende Fresse aber knapp. Tränen laufen über mein Gesicht. Reiß dich zusammen, Paul, du darfst jetzt nicht heulen, das ist doch, was die wollen. »Porno-Paul, Porno-Paul – Porno-Paul, Porno-Paul«. Ihre Stimmen verschwimmen. Ich fühle mich wie unter Wasser, habe nur noch ein Rauschen in den Ohren. Ich sinke auf meinen Stuhl und vergrabe meinen Kopf unter den Armen, stelle mir vor, ich wäre Dr. Flint und hätte den Feuerstein in der Tasche ...

»Ich nehm mir welche, okay? Oder brauchst du die alle?«

Ken aus der letzten Reihe steht vor mir und guckt mich fragend an. Er ist der Kleinste in der Klasse und sieht aus wie zwölf. Gleichzeitig hat er die größte Klappe von allen, zumindest den Lehrern gegenüber, sonst redet er ja mit keinem. Mechanisch schüttele ich den Kopf und wische mir die Tränen aus den Augen.

»Turbo«, sagt er. »Gummis kann man nie genug haben.«

Er geht in die Hocke und steckt sich ein Kondom nach dem anderen in die Hosentaschen. Erst jetzt fällt mir auf, dass es totenstill geworden ist. Ich habe nicht mitgekriegt, dass sie mit *Porno-Paul* aufgehört haben.

»Vergiss es, Ken«, sagt Wieland. »Die sind drei Nummern zu groß für dein Teil.«

Er streckt sein Bein aus und will das letzte Kondom, das noch auf dem Boden liegt, unters Lehrerpult schießen. Ken ist schneller und kriegt es zu fassen, bevor Wieland drankommt. Er steht auf und hält ihm den Lucky Dude vor die Nase.

»Weißt du was? Das hier heb ich mir für deine Schwester auf. Ich hab gehört, die geht mit jedem ins Bett.«

Sofort verschwindet das Grinsen aus Wielands Gesicht. Er schiebt seinen Stuhl weg, baut sich vor Ken auf, der ihm gerade mal bis zur Brust reicht, und ballt die Fäuste.

»Pass auf, was du sagst, du Missgeburt.«

Dr. Güven kommt rein, wie immer im hellgrauen Anzug und mit einem Sportrucksack auf dem Rücken.

»Guten Morgen, setzt ihr euch bitte? Bücher raus, Seite 125 … Wieland, Ken, was ist los?«

Einen Moment lang bleiben Ken und Wieland voreinander stehen wie zwei Boxer vor dem Kampf. Dann wendet sich Wieland ab. »Nichts ist«, sagt er lächelnd. Und dann leiser, zu Ken und mir: »Wir sprechen uns noch.«

»Darauf kannst du wetten, du Affe.«

»Ken«, sagt Dr. Güven energisch. »Setz dich.«

Im Vorbeigehen drückt Ken mir zwei Kondome in die Hand.

»Für dich«, sagt er. »Den Rest brauch ich selber.«

In der großen Pause hocke ich mich hinter den Kastanienbaum am Haupteingang, setze mir die Kopfhörer auf und ziehe das letzte Album der Super Dirty Dishes in meine Playlist. Die Sonne ist hinter den Wolken hervorgekommen und es ist auf einmal richtig warm. Im »Käfig« spielen vier Jungs aus der Parallelklasse im Unterhemd Basketball, an den Tischtennisplatten drängeln sich die Leute zum Rundlauf.

Nach der Hälfte des ersten Songs mache ich wieder aus. Nicht, weil ich keine Lust auf die Dishes hätte, im Gegenteil. Manche Songs sind einfach zu kostbar, um sie an beschissenen Tagen zu hören. Außerdem besteht die Gefahr, sie mit negativen Assoziationen zu versauen. Keine Lust, bei »Not a Stupid Love Song« jedes Mal daran denken zu müssen, wie ich Porno-Paul getauft wurde.

Immer wieder guckt jemand mehr oder weniger verstohlen zu mir rüber und lacht. Das Video scheint sich längst über unsere Klasse hinaus verbreitet zu haben, Handyverbot hin oder her. Wo Wieland es herhat, das fragt natürlich keiner. Dass er sich auf irgendwelchen Pornoseiten rumgetrieben hat, interessiert niemanden. Wenn ich das gemacht hätte, würden sie es in Großbuchstaben an die Schulmauern schmieren, die Idioten.

Ken kommt auf den Schulhof. Was macht der denn hier? Normalerweise lässt er sich nie draußen blicken. Keine Ahnung, wo er sich in den Pausen rumtreibt, eigentlich musst du auf den Hof, im Gebäude bleiben ist verboten, wegen Aufsicht und Versicherung und so. Gähnend guckt er sich um, entdeckt mich bei der Kastanie und schlendert zu mir. Er trägt ein knallbuntes Hawaiihemd, seine Haare sind in der Mitte gescheitelt und hängen ihm bis auf die Schultern. In der Hand hält er ein dick belegtes Vollkornbaguette.

»Lass dich von Wieland nicht runterziehen«, sagt er und setzt sich neben mich. »Der ist dumm wie ein Stück Toastbrot ohne Butter.«

Ken hat gut reden. Wieland und die anderen haben mich verarscht und beschimpft und mit Kondomen beworfen, wie soll einen das *nicht* runterziehen? Ich rolle das Kopfhörerkabel zusammen und zucke mit den Schultern.

»Die meisten haben einfach Schiss vor ihm und seinen Leuten«, fährt er fort. »Die wollen es sich nicht mit ihm verkacken, weil er irgendwann die Brauerei erben und der reichste Mann von Wicker sein wird. Deswegen trinke ich kein Theine-Pils. Jeder Cent macht den Typen reicher.«

Er knabbert an seinem Baguette wie ein Hamster. Weil er so klein und dünn ist, wirkt er viel jünger als sechzehn. Wenn er redet, klingt er allerdings gleich zehn Jahre älter, was in der Kombination eine ziemlich weirde Mischung ergibt. Trotzdem scheint er ein bombastisches Selbstbewusstsein zu haben. Es geht das Gerücht um, dass er letztes Jahr was mit einer Austauschschülerin aus der Zwölften hatte. Aus der *Zwölften*. Das muss ein Witz sein. Keiner aus der Klasse hat eine ältere Freundin, nicht mal Solarium-Wieland, so läuft das nicht, die Jungs sind *immer* älter als die Mädchen.

»Ich weiß, was du denkst«, sagt er schmatzend. »Wen interessiert, was in zwanzig Jahren ist? Aber so läuft das hier. Aus Wicker gehst du nicht weg. Fast alle aus unserer Klasse sind hier geboren und die meisten werden hier sterben.«

»Du auch?«

»Mit Sicherheit nicht.«

»Sondern?«

»Weiß nicht. Ist Berlin eine gute Stadt zum Sterben?«

»Ich habs noch nicht ausprobiert.«

Ken grinst. Er legt das Brot zur Seite und kramt ein silbernes Etui aus seinem Rucksack. Er öffnet es, nimmt ein kreditkartengroßes Kärtchen raus und hält es mir hin.

»Hier.«

»Was ist das?«

»Meine Visitenkarte.«

»Deine *was*?«

»Meine Karte, Alter.«

Ich nehme sie ihm ab. *Ken Phillips* steht drauf, außerdem seine Handynummer und die Mail-Adresse, $uperken3000@gmail.com.

»Wofür brauchst du die?«

»Was für eine Frage. Jeder zivilisierte Mensch braucht eine Karte. Magst du Schnaps?«

»Ich … ich weiß nicht«, antworte ich vorsichtig. Ich bin mir nicht sicher, worauf er hinauswill. In Wicker habe ich gelernt misstrauisch zu sein.

»Aber du trinkst Alkohol, oder?«

»Ich mag kein Bier.«

Ken lacht. »Du magst kein Bier? Echt nicht? Damit machst du dir in Wicker aber keine Freunde.«

»Das habe ich auch so geschafft.«

»Glückwunsch. Also, ich habe da so ’n Zeug zu Hause, das

schmeckt wie Lakritz. Da denkst du zuerst, was 'n das für 'n Kinderkram, aber ich sag dir, davon wirst du turboschnell besoffen. Frag nicht, wo ich es herhabe, meine Quellen sind geheim. Vielleicht bringe ich die Flasche mal mit, dann kannst du selber probieren.«

»Ja, mal sehen.«

Ken wischt sich mit dem Handrücken die Butterreste aus den Mundwinkeln. »Mehmet kriege ich auch noch dazu. Der behauptet zwar immer, er würde nichts vertragen, aber das nehme ich ihm nicht ab bei der Körpermasse.«

»Du bist mit Mehmet befreundet?«

»Ich bin mit niemandem befreundet. Mehmet und ich zocken manchmal zusammen, das ist alles. Wieland behandelt ihn wie Dreck, allein deswegen muss man sich mit Mehmet solidarisieren.«

»Hast du mir deshalb vorhin geholfen? Wegen Wieland?«

Kens Lachen geht im Läuten der Schulglocke unter. »Auch«, sagt er, packt das Etui mit seinen Visitenkarten ein und springt von der Bank. »Aber hauptsächlich wollte ich die Kondome haben. Lucky Dudes, Mann. Die Dinger sind teuer.«

Heute

Der Motor von Palinkas' BMW heult auf und reißt mich aus meinen Gedanken. Palinkas lässt den jetzt erst mal eine Weile laufen, bevor er losfährt. Das macht er immer so. Manchmal geht er sogar noch zurück ins Haus und dann rattert der Motor die ganze Zeit und nervt brutal. Zur Info: Der BMW ist ein Oldtimer, der richtig Krach macht. Vorhin hat es in meinem Zimmer nach Sommermorgen und frisch gemähtem Gras gerochen, jetzt stinkt es nach Abgasen. Ich mache das Fenster zu und beobachte Palinkas, wie er um seinen BMW schleicht und mit einem Tuch Staub von den Scheiben wischt. Genau genommen *streichelt* er den Staub von den Scheiben. Wahrscheinlich kriegt der BMW eine Sonderbehandlung, weil er über Nacht draußen parken musste, während seine Brüder Touareg und TT in der Garage stehen durften.

Das mit dem Motor macht Palinkas natürlich mit voller Absicht. Seit er von Bille eine Abfuhr gekriegt hat, nervt er uns, wo er nur kann. Ich drücke die Kondome in meiner Faust zusammen und überlege, ob ich sie behalten soll. Nein, beschließe ich und werfe sie nacheinander in den Mülleimer. *Porno-Paul.* Es gibt ein paar Idioten, die nennen mich heute noch so. Die meisten haben aber spätestens nach Markos Tod damit aufgehört.

Die ersten Wochen in Wicker waren die Hölle. Ich wäre sofort zurück nach Lichtenberg gezogen, wenn ich die Wahl gehabt hätte, Platte hin oder her. Aber für Bille wäre das überhaupt nicht infrage gekommen, die hatte ja unbedingt aus Berlin weggewollt. »Die Stadt hat ein schlechtes Karma«, sagt sie. Keine Ahnung, wie man als Ärztin so esoterisch drauf sein kann, aber egal. Schon seit Opas Tod hat sie mit dem Gedanken gespielt, in sein Haus zu ziehen, und als sie letzten Sommer dann tatsächlich einen Job in einer Klinik in der Nachbarstadt gefunden hat, war es so weit. Obwohl ich wusste, dass es so kommen würde, war meine erste Reaktion: Oh Shit.

Bille: Was denn? Wicker ist super.

Ich: Hallo? Wie viele U-Bahnen gibt es da?

Bille: Keine. Aber zwei Buslinien.

Ich: Was soll ich mit zwei Buslinien anfangen?

Bille: Bus fahren?

Ich weiß, es klingt nerdig, aber ich bin ein echter U-Bahn-Freak. Ich kann ganze Nachmittage damit verbringen, eine Strecke abzufahren, mir die Stationen anzuschauen und die Orte zu erkunden, wo die Linie endet. Wo die Stadt aufhört und ausfranst und nicht mehr richtig Stadt ist, aber auch noch nicht Land, sondern Vorort, Vorstadt, Randgebiet.

Der öffentliche Nahverkehr in Wicker besteht aus den Buslinien 15 und 16, von denen kein Mensch weiß, wieso sie nicht einfach Nummer 1 und 2 heißen. Sie kreuzen sich fünfmal bei insgesamt 43 Haltestellen. Das ist natürlich nichts. In Berlin hat allein die U7 vierzig Haltestellen, und die U7 ist eine von zehn U-Bahn-Linien. Es ist noch nicht lang her, da konnte ich alle vierzig Stationen der Reihe nach aufsagen. Der Reihe nach. Und nicht nur die von der U7, ich habe die Stationen von *allen* Linien auswendig gekonnt.

Nach dem ersten Schock habe ich mich dann doch irgendwann mit dem Gedanken an den Umzug angefreundet. Ich meine, was musste ich außer meinen U-Bahn-Expeditionen groß aufgeben? Geschichten schreiben kann ich schließlich überall, und sonst habe ich keine Hobbys. Außerdem ist Marvin, mein bester Freund, kurz vorher mit seinen Eltern in die USA gezogen, nach Las Vegas. Ohne Witz, ich wusste bis dahin nicht, dass da Leute wohnen und arbeiten und ein ganz normales Leben führen, ich dachte, die Stadt wäre ein einziges gigantisches Spielcasino. Marvins Abschied aus Berlin war jedenfalls eine mittlere Katastrophe für mich, weil er damals nicht nur mein bester, sondern mein *einziger* richtiger Freund war.

So gesehen war Wicker auch eine Chance für einen Neuanfang. Einen Neuanfang mit riesigem Garten und einer ganzen verdammten *Etage* für mich allein. Zu dem Zeitpunkt hatte ich seit über zwei Jahren aus Umzugskisten gelebt, das sollte ich vielleicht dazusagen. Ich wollte einfach mal irgendwo ankommen und auspacken, wieder ein richtiges Zuhause haben. So wie früher, bevor wir beim Silbereisen eingezogen sind. Das war 2016. Aus Protest gegen diese Schnapsidee habe ich die meisten meiner Sachen während der ganzen Zeit in den Kartons gelassen und nie ausgeräumt. Ich hatte null Lust auf den Typen und sein Scheiß-Townhouse mit den Designermöbeln, und außerdem wusste ich ganz genau, dass es nicht lang halten wird mit ihm und Bille, auch wenn sie es am Ende fast anderthalb Jahre durchgezogen hat.

Die Wohnung danach war Plattenbau und viel zu klein für Bille und mich. Weil sie nur als Übergangslösung geplant war, stand der meiste Kram die ganze Zeit im Keller. Die Gegend war auch nicht cool. Außer, du willst Karriere als Drogendealer machen, dann bist du da genau richtig. Wir hätten beide nicht gedacht, dass wir dort so lange hängen bleiben, aber es hat sich halt nichts anderes ergeben. Und dann kam die Zusage aus dem St. Franziskus Klinikum Wickerland.

Ein bisschen kannte ich Wicker noch von früher, von den Wochenenden bei Opa, bevor er krank wurde. Aber allzu große Erinnerungen hatte ich nicht daran.

Guckst du auf Wikipedia, findest du Folgendes über Wicker: 29 963 Einwohner (Stand: 5. Mai 2016), zwei Ortsteile, die Innenstadt und der Katerberg. Es gibt ein historisches Rathaus und eine Altstadt, die aus anderthalb Straßenzügen mit Fachwerkhäusern besteht, es gibt drei Grundschulen und zwei Gymnasien, und am Stadtrand thront auf einem Hügel der größte Arbeitgeber der Region Wickerland, die Theine-Brauerei. Viel mehr steht da nicht. Viel mehr gibt es auch nicht zu erzählen. Zentraler Treffpunkt ist die Pantherstatue auf dem Rathausplatz. Von hier aus hast du alles im Blick, was Wicker an Freizeitaktivitäten zu bieten hat: das Kino, den Jugendclub Wi1 und eine Trattoria mit dem Namen *Pizza King*. Die Stadt grenzt an den Wickerwald und wird ansonsten von unzähligen quadratischen Weizenfeldern umgeben, es gibt jede Menge Windräder und noch mehr *Wicker gegen Windkraft*-Protestplakate. Und dann ist da natürlich noch das alte Sanatorium im Wickerwald, eine einsturzgefährdete Ruine, die nach den Vorfällen letzten Herbst inzwischen Tag und Nacht von einem privaten Sicherheitsdienst bewacht wird.

Zurück zu unserem Umzug: Letzten Juli sind wir also nach mehreren Endlosstaus mitten in der Nacht mit dem Sprinter in Wicker angekommen. Es war immer noch warm, natürlich, es war schließlich mal wieder Jahrhundertsommer. Bille hat zwei Klappstühle unter den Pfirsichbaum gestellt, eine Flasche Sekt geköpft und wir haben angestoßen, zum ersten Mal mit Alkohol, *auf den Neuanfang*. In diesem Moment, nachts um zwei in Opas Garten, der jetzt unser Garten war, und mit Blick in den Sternenhimmel, dachte ich, jetzt hat das Hin und Her ein Ende, jetzt haben Bille und ich endlich wieder ein Zuhause. Jetzt wird alles gut.

Von wegen. Losgegangen ist es mit einem dummen Zufall, nämlich mit einem verpassten Bus. Okay, vielleicht hätte es nichts geändert, wenn Glotz pünktlich zur ersten Stunde da gewesen wäre. Wieland hätte mich so oder so scheiße gefunden, ganz klar. Aber vielleicht wäre ich nicht so in seinen Fokus gerückt, vielleicht hätte er mich als Spinner abgetan und sich nicht weiter für mich interessiert. Bringt nichts, sich darüber Gedanken zu machen. Glotz hat verschlafen, also ist es gekommen, wie es gekommen ist.

Es war mein erster Tag an der neuen Schule, der erste Tag nach den Sommerferien. Ich musste um acht Uhr ins Sekretariat, irgendwelchen Papierkram abgeben, dann hat mich die Sekretärin zu meiner Klasse gebracht. Die Stunde hatte bereits angefangen, alle saßen schon auf ihren Plätzen und haben mich neugierig angestarrt. Dr. Güven hat mir lächelnd die Hand gegeben und sich vorgestellt. Dann hat er mich gebeten, etwas über mich zu erzählen, wer ich bin, woher ich komme und so weiter. Ich wusste, dass das passieren würde. Ich habe trotzdem weiche Knie gekriegt. Große Reden sind einfach nicht mein Ding, und schon gar nicht vor fremden Leuten. »Ich denke, du willst Schriftsteller sein«, hat Marvin mal gesagt. »Geschichten schreiben ist doch praktisch das Gleiche wie reden, nur mit Stift.« Ach, Marvin. Ich habe ihm erklärt, dass das zwei völlig verschiedene Dinge sind: Beim Schreiben kannst du jeden Satz so oft ändern, bis er dir gefällt. Aber wenn du was erzählen sollst, hast du genau *eine* Chance. Sobald du etwas ausgesprochen hast, ist es raus und in der Welt und du kannst es nicht mehr zurückholen. Ein fundamentaler Unterschied.

»Paul Stelter, ich, äh, ich komme aus Berlin und wohne s-seit einem Monat in Wicker.« Das wars, mehr habe ich nicht gesagt und es trotzdem geschafft, mich zweimal zu verhaspeln. Eine sensationelle Leistung, sogar für meine Verhältnisse. Der Güven hat es entweder nicht gecheckt oder es war ihm egal, dass ich gerade tausend Tode sterbe, und die Sache weiter in die Länge gezogen. Er hat angefangen, über Berlin zu reden und über »Endstation Neukölln«, das Bühnenstück, das die Theater-AG im Herbst aufführen wird, in dem es um Araberclans geht und um Fremdenfeindlichkeit und und und. Ich habe irgendwann nicht mehr zugehört. Ich habe nur gedacht: Warum darf ich mich nicht setzen? Warum muss ich mich anglotzen lassen wie ein Mutant in einer Freakshow? Mit jeder Minute ist mir wärmer geworden. Dann ist mir der erste Tropfen über die Schläfe gelaufen und ich wusste, gleich gibt es kein Halten mehr, gleich fließt der Schweiß in Strömen.

Als der Güven endlich fertig war mit seinem Monolog, hatte ich Schweißflecken so groß wie eine King-Size-Pizza unter den Achseln. Aber es ist noch schlimmer gekommen. »Du kannst dich auf den freien Platz neben Wieland setzen«, hat der Güven gesagt und auf einen Typen mit aufgestelltem Polohemdkragen gezeigt. Der hat sofort protestiert. »Entschuldigung, ich hab den Platz für den Viktor freigehalten, der muss gleich kommen.« Der Güven hat aber nicht mit sich reden lassen, die Sache sei beschlossen und fertig. »Och nö«, hat Wieland gestöhnt, »jetzt hab ich den schwitzenden Emo das ganze Jahr an der Backe, oder was?« Ein paar Leute haben sich weggeschmissen vor Lachen, als hätte er den Witz des Jahrtausends gemacht. Ganz ehrlich: Ich habs nicht kapiert. *Schwitzender Emo?* Schwitzend, ja, mein Gott, was soll ich machen, aber wo bin ich denn bitte ein Emo? Ich habe schwarze Haare und karierte Vans, mehr habe ich echt nicht mit einem Emo gemeinsam. Ich muss was Schlagfertiges antworten, habe ich gedacht, was Cooles, damit ich nicht als Typ abgestempelt werde, der alles mit sich machen lässt. Und dann ist es mir einfach rausgerutscht.

»Wirst dich schon dran gewöhnen, du Nase.«

Kleine Randnotiz: In meiner alten Klasse war *Nase* nicht wirklich eine Beleidigung, sondern ein Wort, das wir andauernd und für jeden benutzt haben, eine Anrede, so wie *Alter* oder *Digger. Ey Marvin, du Nase, wo bleibst du denn, wir kommen zu spät zum Sport.* Also halb so wild, dachte ich.

Ich schwöre, mir ist vorher nicht aufgefallen, dass Wieland einen relativ großen Zinken im Gesicht hat. Echt nicht. So richtig merkst du das auch erst, wenn du ihn im Profil siehst. Ich hatte halt nicht genau hingeschaut, ich meine, da saßen dreißig fremde Leute vor mir, dreißig fremde Gesichter, da achtest du nicht auf jedes Detail. Sooo riesig ist das Teil halt auch wieder nicht. Außerdem, woher hätte ich wissen sollen, dass Wieland megaeitel ist und bei seiner Nase so empfindlich reagiert? Das also zum Thema, einmal was gesagt und es ist in der Welt.

In der Klasse war es sekundenlang totenstill. Alle haben irgendwie betreten zu Boden oder an die Decke geschaut. Gesagt hat Wieland nichts. Er hat sich nur zurückgelehnt, die Arme vor der Brust verschränkt und mit der Zunge geschnalzt, und mir war sofort klar, dass wir in diesem Leben keine Freunde mehr werden. Das Gleiche galt natürlich für den Glotz, der fünf Minuten später kam und stinksauer war, weil er den Rest des Schuljahrs in der ersten Reihe sitzen sollte. Dass das der Güven entschieden hat und nicht ich, das war den beiden egal. Am Güven konnten sie ihre Wut ja auch nicht auslassen. An mir schon.

Palinkas' Handy klingelt. Er wirft den Lappen auf den Beifahrersitz und setzt sich mit dem Handy am Ohr ans Steuer. Der Motor rattert immer noch im Leerlauf, der BMW bewegt sich keinen Millimeter. Muss der heute nicht arbeiten? Palinkas ist der Geschäftsführer der Theine-Brauerei und fährt normalerweise los, wenn ich gerade aufstehe, um kurz vor sieben. Zurück ist er nie vor acht oder neun Uhr abends. Das wäre kein Job für mich, das wäre mir viel zu stressig, auch wenn du damit wahnsinnig viel

Geld verdienen musst: Palinkas hat drei teure Autos und ein Haus, das so groß ist, dass die *Villa* im Vergleich aussieht wie ein windschiefer Gartenschuppen.

Jetzt fährt er los. Wurde auch Zeit. Dort, wo der BMW geparkt war, ist der Asphalt voller Flecken. Der Regen hat die Farbe ausgewaschen, aus Rot ist Dunkelgrau geworden, aber weg sind die Flecken nicht, obwohl sie schon fast ein Jahr alt sind. Wie es Mara wohl geht? Wieder schnürt sich mir die Kehle zu. Ich atme tief durch und setze mich vor die Box. Der Druck auf meiner Brust ist immer noch da, aber ich halte ihn aus. Die Kondome sind entsorgt. Gut so. Was mache ich mit dem Rest, behalten oder wegwerfen? Die Kinotickets, zum Beispiel, die können eigentlich auch in den Müll. Was soll ich damit? Ich nehme das erste Ticket vom Stapel. »Mission Impossible – Fallout«, Reihe 7, Platz 13, 31. August 2018. Noch so ein Tag, an den ich nicht zurückdenken will.

Kinotickets

27 Grad, sagt die Wetter-App. Eigentlich bescheuert, heute ins Kino zu gehen. Als wir uns Anfang der Woche verabredet haben, dachten wir irgendwie, der Sommer sei durch. Egal, nach der Lit-AG kann ich die Ablenkung gut gebrauchen. Die AG ist noch so ein Reinfall. Die Beschreibung auf der Homepage der Schule hat sich noch ganz spannend angehört: Jeder Teilnehmer stellt ein Buch vor, dann wird abgestimmt, welches gelesen und beim nächsten Treffen besprochen wird. So weit die Theorie.

Wir sind zu sechst: vier Mädchen aus der Oberstufe, die alle schon ein Schuljahr im Ausland waren oder eine Klasse übersprungen haben, Frau Fischer – und ich. Hab mir gleich gedacht, dass »Es« nicht so gut ankommen wird in der Runde, und habe dann auch exakt *null* Stimmen dafür bekommen. Schätze, für die hat Stephen King so viel mit Literatur zu tun wie ein Metzger mit Neurochirurgie. Am Ende hat »Effi Briest« das Rennen gemacht.

Gähnend laufe ich durch die Aula. Im Gebäude steht die Luft. Die Redaktion der Schülerzeitung »Parole« tagt mit offener Tür im Blauen Zimmer, weil es ohne Durchzug viel zu warm zum Denken ist. Mehmets Mutter schiebt einen Wagen mit schmutzigem Geschirr in die Kantinenküche. Der Geruch von Bratenfett und Chlor strömt in die Aula. Jann mit zwei N, ein Hip-Hop-Typ mit Stoppelfrisur, schert sich nicht um das Handyverbot und daddelt irgendein Spiel. Tonne trägt trotz der Hitze ein schwarzes Langarmshirt und schwarze Jeans und pinnt Plakate der Theater-AG ans Schwarze Brett: *Endstation Neukölln, Premiere am 30. Oktober.* Aliya und Simon sitzen auf dem Fensterbrett, drehen Zigaretten und gucken demonstrativ weg, als sie mich kommen sehen. Ihr mich auch, denke ich, schließe meine Bücher in den Spind und gehe auf den Hof. Draußen setze ich Marvins Sonnenbrille auf, ziehe meine Kopfhörer über die Ohren und scrolle durch meine Playlists. Heute Morgen war ich irgendwie auf Krawall aus und habe mein Dishes-Shirt angezogen. Ich war noch keine fünf Minuten aus dem Haus, da habe ich es schon bereut. Das gibt Stress, habe ich gedacht, aber Wieland hat nichts gesagt. Wahrscheinlich hat er vergessen, dass er mir das Shirt verboten hat, der Idiot. Ich suche das Best-of-Album der Dishes und lasse es im Shuffle-Modus laufen. Der Tag ist noch nicht mies genug, um darauf zu verzichten. Seit ich in Wicker bin, ist die Messlatte für einen richtigen Scheißtag ziemlich in die Höhe geschossen.

Mit »Not a Stupid Love Song« im Ohr und einem orangeroten Sonnenbrillenblick sieht die Welt gar nicht mehr so übel aus. Marvin hat mir die Ray Ban zum Abschied geschenkt, bevor er mit seinen Eltern nach Nevada ausgewandert ist. Es ist seine alte, aber ich fand das trotzdem saucool von ihm. Ich bin eigentlich kein Sonnenbrillentyp, aber seit ich in Wicker wohne, trage ich sie fast jeden Tag. Du kannst dich halt so gut dahinter verstecken. Vor allem, wenn du mit rot geheulten Augen von der Toilette auf den Pausenhof kommst, ist die Brille ziemlich praktisch. Bei meiner nächsten Superheldengeschichte wird es um einen Jungen gehen, der sich unsichtbar machen kann, beschließe ich und schlendere über den Hof zum Ausgang. Wir treffen uns in einer halben Stunde beim Panther. Vielleicht hole ich mir auf dem Weg noch ein Eis.

Auf dem Basketballcourt spielen zwei Typen Eins gegen Eins. Drei Mädchen schaukeln auf dem Spielplatz um die Wette. The

Rock trabt mit einer Werkzeugtasche in den Fahrradkeller, Kat und eine Freundin schieben ihre Räder durch das Tor, das vor Kurzem jemand vollgesprayt hat, #WCQ, in knallroten Buchstaben. Jesus, hat Kat heute kurze Hotpants an. Da guckt ja die halbe Pobacke raus. »This is not a stupid love song, what do you think of me? This is how you got me wrong, you're just the most beautiful girl I'll ever see«, singt Ted Nazarro, der Sänger von den Dishes.

Etwas knallt gegen meinen Hinterkopf. Der Schmerz durchzuckt mich wie ein Blitz, die Kopfhörer rutschen von meinem Kopf und die Brille landet im Dreck. Der Basketball rollt durch den Kies zur Kastanie am Eingang.

»Sorry, Porno-Paul. War keine Absicht.«

Wielands ultraweiße Zähne grinsen mich an. Er trägt ein ärmelloses Lakers-Jersey, eine Basecap verkehrt rum und wischt sich mit einem Handtuch den Schweiß vom Gesicht, während Glotz dem Ball hinterherrennt. Unfassbar, dass ich die nicht sofort erkannt habe.

»Was soll der Scheiß«, sage ich und setze mir die Kopfhörer in den Nacken.

Wieland bückt sich und hebt meine Sonnenbrille auf.

»Nices Teil«, sagt er und begutachtet sie von allen Seiten. »Porno-Pauls Pornobrille.«

Glotz kommt mit dem Ball unter dem Arm zurück und lacht sein dümmliches Robbenlachen. Ich kann mich nicht entscheiden, wen ich von beiden schlimmer finde. Wieland ist der hinterhältige, fiese Typ, der genau weiß, wie er dich treffen kann. Der quasi einen siebten Sinn für deine Schwächen hat. Glotz dagegen ist einfach nur aggro. *Wielands Pitbull* nennen ihn manche und das passt wirklich wie die Faust aufs Auge.

»Gib sie mir bitte«, sage ich und strecke meine Hand aus.

Wieland ignoriert mich. Er haucht die Brillengläser an, wischt sie sorgfältig mit dem Saum seines Jerseys sauber, dann setzt er sie auf. »Und? Steht sie mir?«

Sie steht ihm natürlich null, seine Nase ist zu groß, die Brille sitzt viel zu weit oben, aber wenn ich das laut sage, kann ich mich gleich begraben.

»Bisschen klein«, sagt Glotz nur, holt eine Zigarettenschachtel aus seiner Hosentasche und zündet sich eine Kippe an.

»Probier du mal«, sagt Wieland und gibt ihm die Brille. Dabei tut er so, als würde sie ihm aus den Händen rutschen. »Ups«, sagt er. »Gerade noch mal gut gegangen. Hey, Glotz, die passt perfekt.«

Glotz nickt, zieht an seiner Zigarette und macht keine Anstalten, die Brille wieder abzusetzen. Was soll das? Hilfe suchend sehe ich mich um. The Rock ist noch nicht wieder aufgetaucht, und Kat, die ihrem Bruder vielleicht ins Gewissen hätte reden können, ist längst weg.

»Kann ich sie jetzt wiederhaben?«, sage ich. »Ich muss weiter.«

»Er muss weiter«, sagt Wieland. »Wo gehts denn hin?«

»Ins Kino.«

»Ins Kino. Cool. Welcher Film?«

»Mission Impossible. Leute, ich hab es echt ein bisschen eilig. Ich bin verabredet.«

Wieland rammt mir seine Faust in den Magen. Ich bin so überrascht, dass ich den Schmerz erst mit Verzögerung spüre. Eine gewaltige Explosion breitet sich in meinem Bauch aus und steigt mir bis in den Hals. Ich krümme mich zusammen und schlinge die Hände um meinen Körper. Glotz knallt mir den Basketball gegen den Kopf, ich verliere das Gleichgewicht und falle auf den Boden. Tränen schießen mir in die Augen, vor Schmerz und vor allem vor Wut. Wieland kniet sich neben mich und kommt mit seinem Mund ganz dicht an mein Ohr. Er riecht nach Parfum, wie frisch geduscht, obwohl er nass geschwitzt ist.

»Ich sag dir jetzt mal was, Porno-Paul. Wir sind hier nicht in Berlin. Wir sind in Wicker, Mann. Hier gibt es Regeln. Und die bestimme ich.«

Glotz verpasst mir einen Tritt in den Hintern. Eine zweite Explosion, fast noch schlimmer als die erste, ein Schmerz, der sich tief in mein Steißbein frisst und mich von innen erstarren lässt.

»Erste Regel«, sagt Wieland. »*Respekt.* Niemand hat dich nach Wicker eingeladen. Keiner will dich hier. Du bist so beliebt wie Hundescheiße. Du *bist* Hundescheiße. Du hast keine Rechte, auch wenn du dir mit deiner Ray Ban megacool vorkommst. Also, wenn ich mich dazu herablasse, mit dir zu reden, dann muss deine beschissene Verabredung warten, ist das klar?«

»Klar«, sage ich. An meiner Zunge klebt Dreck. Sand knirscht zwischen meinen Zähnen, aber ich traue mich nicht, auszuspucken.

»Zweite Regel. Wenn ich dir sage, du sollst das schwule T-Shirt zu Hause lassen, dann lässt du das schwule T-Shirt zu Hause. Verstanden?«

»Verstanden.«

»Dritte Regel. Wenn du meiner Schwester auf den Arsch starrst, dann mach es so, dass ich es nicht sehe.« Er beugt sich noch näher zu mir, sodass seine blitzblanken Zähne beinahe mein Ohr berühren. »Sei froh, dass ich heute gute Laune habe. Das nächste Mal kommst du nicht so leicht davon.«

Ich nicke. Wieland tätschelt meine Backe, steht auf und wischt sich die Hand an der Hose ab. »Der Typ ist so eine Wurst. Und er schwitzt schon wieder wie ein Schwein. Komm, lass uns weiterspielen.«

Glotz gluckst und lässt seine Zigarette knapp neben mein Gesicht fallen. Wie betäubt starre ich auf den kokelnden Stummel. Am liebsten würde ich liegen bleiben, im Boden versinken und mich auflösen, nicht mehr existieren. Ich habe keine Kraft aufzustehen, ich bin nichts als eine schlaffe Hülle. Biomüll. Hundescheiße. Erst als die drei Mädchen vom Spielplatz stumm an mir vorbeilaufen, richte ich mich auf. Kurz bevor sie am Tor sind, dreht sich eine um und wirft mir einen mitleidigen Blick zu. Das schmerzt fast so sehr wie Wielands Schlag. Ich brauche kein Mitleid, von niemandem und schon gar nicht von kleinen Mädchen mit rosa Ponyrucksäcken. Das war das letzte Mal, dass mich jemand im Dreck liegen sieht, das schwöre ich. Nächstes Mal schlage ich zurück, auch wenn sie mich dann ins Krankenhaus prügeln. Ich spucke aus und wische mir den Schmutz aus dem Gesicht. Wieland und Glotz sind wieder im Käfig und spielen, als ob nichts gewesen wäre. Glotz hat immer noch meine Sonnenbrille auf.

»Die kriege ich wieder«, sage ich, aber es hört mich keiner.

»Die Alte hatte sie doch nicht mehr alle«, sagt Ken und lehnt sich gefährlich weit über die Brüstung.

»Junge, vergiss die Frau«, sagt Mehmet schmatzend. »Der Film war doch super.«

»*Super*? Der Film war turboscheiße, Mehmet, und vor allem ab zwölf. Ab zwölf! Und die will, dass ich meinen Ausweis vorzeige.«

Vom Balkon der Villa hast du bei gutem Wetter eine Mega-Aussicht, aber im Moment können wir gerade noch die Silhouette der beiden Brauereitürme und das verschwommene Leuchten der Theine-Pils-Reklame erkennen. Über Wicker braut sich ein Sommergewitter zusammen. Während wir im Kino waren, hat sich eine rötliche Wolkendecke über den Himmel gelegt.

Ken nimmt den Lakritzschnaps vom Tisch, schraubt den Verschluss von der Flasche und füllt sein Glas zur Hälfte mit der öligen Flüssigkeit. Das mit dem Ausweis hat ihm kräftig die Laune verhagelt. Klar, dass er den Film dann scheiße fand. An mir ist

»Mission Impossible« größtenteils vorbeigegangen. Ich war noch so aufgewühlt, dass meine Gedanken ständig abgedriftet sind (*Keiner will dich hier, du bist so beliebt wie Hundescheiße*), außerdem hat mir der Hintern wehgetan von Glotz' Tritt. Das gibt mit Sicherheit einen dunkelblauen Fleck.

»Ich hab noch«, sagt Mehmet, als Ken ihm die Flasche hinhält, und schließt seine Pranken um das Schnapsglas. Ich glaube, er hat sein »Life's Better With WIFI«-Shirt heute den dritten oder vierten Tag in Folge an. Es müffelt auf jeden Fall ziemlich, das ist mir schon vorhin im Kino aufgefallen, und ich habe nicht mal direkt neben ihm gesessen.

»P. S., du kannst sicher noch einen gebrauchen, oder?«, sagt Ken und zieht die Augenbrauen hoch.

Aus irgendeinem Grund müssen immer alle was mit meinem Namen anstellen. Warum niemand einfach *Paul* sagt, keine Ahnung. Seufzend halte ich Ken mein Glas hin. Er gießt ein, bis die Flasche leer ist.

»Nimms nicht so schwer, Stelter«, sagt Mehmet. »Ich bin früher ständig von denen abgezogen worden. Wieland muss eine ganze Armee Ninjago-Figuren von mir zu Hause haben. Du darfst halt nichts Wichtiges in die Schule mitbringen.«

»Aber, ich meine, das ist doch scheiße. Die können uns doch nicht einfach die Sachen wegnehmen. Das ist so … *ungerecht.*«

Wütend trete ich nach einer Wespe, die sich über einen heruntergefallenen Krümel von Mehmets Käsebrot hermachen will. Die Theines sind die reichste Familie der Stadt. Wieland fährt einen brandneuen Elektro-Motorroller, trägt die teuersten Klamotten und kauft immer die neuesten Games. Keiner hat mehr Geld als er – und trotzdem zockt er Leute wie Mehmet ab? Wie scheiße kann man sein? Ich meine, ich war letzte Woche bei Mehmet zu Hause. Er wohnt mit seiner Schwester und seiner Mutter in einer wirklich minimalst kleinen Dreizimmerwohnung in diesem gammeligen Hochhaus hinter dem Bahnhof. Was mit seinem Vater ist, habe ich nicht ganz kapiert. Seine Mutter hat sich für einen anderen Typen von ihm getrennt, der andere hat sie dann sitzen lassen, daraufhin ist sie wieder mit Mehmets Vater zusammengekommen, aber nur um zu merken, dass es endgültig nicht mehr funzt zwischen den beiden. Wo er jetzt ist, weiß ich nicht. Mehmet hat die Story ziemlich genervt runtergebetet, deshalb hab ich lieber nicht nachgefragt. Jedenfalls muss seine Mutter allein klarkommen, und zwar nicht wie Bille mit einem Oberärztinnengehalt, sondern als befristete Angestellte bei einem Kantinencaterer.

»*Ungerecht*«, sagt Mehmet und lacht. »Gerechtigkeit gibts nur bei Wargames im Battle-Royale-Modus, den Rest kannst du vergessen. Einmal war ich so dumm, zum Güven zu laufen und mich zu beschweren. Ich weiß gar nicht mehr, was sie mir da abgenommen hatten. Spielt auch keine Rolle. Am nächsten Tag haben sie meinen Rucksack über der Toilette ausgekippt und die komplette Wicker-Crew hat draufgepinkelt. Brauchst gar nicht so zu gucken, Stelter, so läuft das hier. Ich sag dir eins: Leg dich nicht mit denen an, das macht es nur schlimmer.«

»Was ist denn die *Wicker-Crew*?«

»Das ist Wielands Gotcha-Truppe«, sagt Ken. »Glotz und Simon und noch ein paar andere aus der Schule, die mit Softair-Gewehren Krieg spielen und sich gegenseitig mit Gummikugeln abschießen. Kannst du dir auf YouTube angucken, einer von denen hat immer eine Go-Pro mit und filmt.«

Ich schaue nach unten in den Garten, auf die faulenden Pfirsiche im Gras, auf die Lichterkette, die Opa vor Jahren zwischen den Bäumen gespannt hat, und auf den baufälligen Schuppen unter der Zeder, in dem Rasenmäher und Co einen ziemlich ausgedehnten Winterschlaf halten.

Auf dem Weg zum Kino hatte ich mir vorgenommen, Ken und Mehmet nicht zu erzählen, was mir passiert ist. Weil, es ist einfach scheiße zuzugeben, dass du verprügelt und beklaut worden bist. Irgendwie heißt das ja, dass du nicht schlau genug warst, um unbeschadet aus der Situation rauszukommen, oder stark genug, oder schnell genug. Es macht keinen Spaß, darüber zu reden, dass du ein Opfer bist. Aber als ich die beiden am Panther gesehen habe, konnte ich plötzlich nicht anders, und es ist alles aus mir rausgeplatzt. Manchmal ist das im Leben so. Du triffst Leute, denen du nichts vormachen kannst, denen du einfach vertraust, auch wenn du sie kaum kennst. Mehmet und Ken sind genau solche Leute, das ist mir in diesem Moment klar geworden.

»Das Problem ist, dass Wieland machen kann, was er will, solang seine Familie die Schule und die Stadt mit Geld zuschüttet«, sagt Ken. »Solang die Eltern im Schulförderverein sind, kriegt der maximal einen Klassenbucheintrag oder einen Anschiss vom Güven, mehr nicht. Die Schule wäre auch schön blöd, die haben von den Theines ja gerade erst eine ultrateure Mehrzwecksporthalle hingestellt bekommen. So ist es halt. Das ist Wicker.«

Ken macht eine Pause und sieht uns ernst an. »Mir sind Wieland und Glotz noch nie dumm gekommen. Das können sie gern mal probieren.«

Er schiebt den Saum seines Shirts nach oben. Ein schwarzes Holster kommt zum Vorschein, quer an seinen Gürtel geschnallt, in dem ein Messer mit einem ergonomisch geformten Griff steckt. Er zieht das Messer heraus und fährt mit dem Finger über die spitz zulaufende Klinge.

»Junge«, sagt Mehmet und reißt die Augen auf. »Du hast dir ein Messer gekauft? Zeig mal.«

»Das habe ich schon ewig«, sagt Ken und reicht es Mehmet über den Tisch.

Mehmet wendet die Klinge neugierig von einer Seite zur anderen und gibt sie dann an mich weiter. »Sind die Dinger nicht verboten?«, fragt er.

»Nein«, sagt Ken. »Die Klinge ist aus Karbonstahl, zehn Zentimeter lang. Ab zwölf Zentimeter darfst du das nicht mehr mit dir rumtragen, Paragraf 42a Waffengesetz, aber zehn sind erlaubt.«

»Hast du das immer bei dir?«, frage ich.

»Ja, Mann.«

»Und du hast noch nie Stress bekommen deswegen?«

»Nein, Mann. Wieso?«

»Weiß nicht. Ich meine, in der Schule?«

»Ich bin ja nicht so blöd und zeige es rum. Normalerweise. Ihr habt mich in einem schwachen Moment erwischt.«

Ken lacht und nimmt mir das Messer aus der Hand. Er legt sein Kinoticket auf den Tisch und spießt es auf.

»FSK 12«, sagt er, die Kassiererin nachäffend. *»Ich muss deinen Ausweis sehen.«*

Mehmet packt eine Dose Tic Tacs aus und lässt sich den Inhalt in den Mund rieseln. Ken hackt seine Eintrittskarte klein, schiebt die Schnipsel mit der Klinge zu einem akkuraten Häufchen zusammen und lässt das Messer wieder unter seinem T-Shirt verschwinden. MoF, so hat er sich vorhin genannt, als wir aus dem Kino gekommen sind, Mensch ohne Freunde. Wobei ich mich frage, ob du immer noch ein MoF bist, wenn du dich mit anderen MoFs anfreundest, weil, dann bist du ja streng genommen nicht mehr *ohne Freunde*, aber egal.

Mehmet streckt die Hand aus und guckt in den Himmel. Ein Regentropfen landet auf seiner Stirn, genau zwischen den Augen.

»Ich glaube, es geht los«, sagt er. »Stelter, wo ist die Playstation?«

»Im Keller«, sage ich.

»Na dann los«, sagt Mehmet und drückt sich aus seinem Stuhl.

Opa hat uns nicht nur das Haus, sondern auch einen Keller mit Unmengen von Alkohol hinterlassen. Wodka, Gin, Tequila, Rum, Korn und ein paar Flaschen mit selbst gebranntem Zeug, die nicht mal ein Etikett haben. An der Wand hängen Bilder von Bille und Tante Miriam, als sie noch Kinder waren, daneben eine rostige Trompete, ein Porträtfoto von Oma. Oben im Haus haben Bille und ich gestrichen, tapeziert, aussortiert, rausgerissen, weggeworfen. Der Keller ist bis auf die Playstation immer noch original Opas Keller.

Ich muss zugeben, dass ich nicht der oberkrasse Gamer bin, aber mit Mehmet Wargames zu zocken, das macht wirklich überhaupt keinen Spaß. Ich bin in der zweiten Runde mit Kawumm rausgeflogen und jetzt erwischt es auch Ken, während Mehmet noch alle Leben hat. Warum er nicht mal was anderes als W.E.P. ausprobieren würde, habe ich ihn vorhin gefragt, Limbo oder Fortnite oder so. Mehmet hat empört den Kopf geschüttelt. Er hätte sein Spiel gefunden und dem würde er treu bleiben, was anderes käme für ihn nicht infrage. Außerdem hätte er gar keine Zeit für was anderes. Wenn er sein Wargames-Level halten wolle, müsse er jeden Tag trainieren und »in den Combat« gehen.

»Nicht mein Tag heute«, sagt Ken und wirft seinen Controller auf die Couch.

Vorhin hat er eine Flasche Jägermeister im Regal gefunden, aus der er uns jetzt schon zum dritten Mal einschenkt. Mehmet stöhnt. Vorhin hat er noch protestiert (»Junge, für Wargames musst du nüchtern sein«), aber inzwischen hat er es aufgegeben, Ken lässt sich sowieso nicht davon abhalten. Ich schließe mein Handy an die Stereoanlage an und lasse das erste Album der Dishes laufen, mein All-Time-Favourite.

»Habt ihr gehört, dass der kleine Bruder vom Glotz im Sanatorium war?«, fragt Mehmet, während er eine Horde Nazi-Zombies niedermetzelt. »Er behauptet, er wäre im Ostflügel gewesen.«

»So ein Bullshit«, sagt Ken. »Woher weißt du das?«

»Von meiner Schwester. Er hat es in der Klasse rumerzählt.«

»Was für ein Sanatorium?«, frage ich.

»Die alte Lungenklinik im Wickerwald«, sagt Ken gähnend. »Die steht schon seit Ewigkeiten leer. Irgendwann in den Neunzigerjahren haben sie sie dichtgemacht. Am Anfang haben die vom IGW in der Ruine illegale Technopartys gefeiert. Dann hat die Stadt das Gelände abgeriegelt und die Gebäude verbarrikadiert, wegen Einsturzgefahr.«

Mehmet nickt abwesend und schiebt einem Zombie eine Ladung Sprengstoff zwischen die Zähne.

»Seitdem wird dort ständig eingebrochen«, sagt Ken. »Irgendwelche Banden, die Rohre und Leitungen aus den Wänden hämmern und verkaufen. Wundert mich, dass es in der Ruine überhaupt noch was zu holen gibt. Nach so einem Einbruch dauert es immer eine ganze Weile, bis die Stadt reagiert und wieder zumacht. So lange kannst du dann rein und dich im Sanatorium umsehen. Nur der Ostflügel ist mit einer fetten Eisentür abgeriegelt, da war noch keiner drin, da scheint es besonders gefährlich zu sein.«

»Keiner, bis auf den kleinen Marko Glotz«, sagt Mehmet. »Wenn er die Wahrheit sagt.«

»Glaube ich nicht«, sagt Ken. »Wie soll der durch die Tür gekommen sein?«

Mehmet zieht die Schultern hoch.

»Es gibt sogar eine Gruselgeschichte, die sie erfunden haben, um Kinder von der Ruine fernzuhalten«, sagt Ken. »Angeblich hat sich ein kleiner Junge in das Sanatorium geschlichen, als es noch nicht abgesperrt war. Er soll eine Treppe runtergestürzt und bewusstlos geworden sein. Als er wieder aufgewacht ist, waren die Eingänge und Fenster verriegelt und zugemauert. Er kam nicht mehr raus und ist verdurstet, verhungert oder von Ratten gefressen worden, irgendwie so.«

»Seitdem geistert er durch die Gebäude«, sagt Mehmet. »Und versucht andere Leute in die Ruine locken, damit er nicht mehr so einsam ist.«

»Klingt scary«, sage ich.

»Klingt wie ein schlechter Horrorfilm«, sagt Ken.

»Dem kleinen Glotz hat die Geschichte jedenfalls keine Angst eingejagt«, sagt Mehmet.

Ken geht zum Regal und hält eine Schnapsflasche ohne Etikett gegen das Deckenlicht. Er stellt sie zurück und beugt sich über die Stereoanlage.

»Was ist das für Musik?«, fragt er.

»Die Super Dirty Dishes. Meine Lieblingsband. Die sind richtig gut und noch ein echter Geheimtipp.«

»Die auf seinem T-Shirt«, sagt Mehmet abwesend.

»Genau«, sage ich und streiche das Motiv glatt. »Das, das ich nicht mehr anziehen darf, weil es *schwul* ist.«

Ken verdreht die Augen. »Lasst uns nicht mehr über Wieland reden, sonst wird mir schlecht. Kommt, wir machen ein Spiel«, sagt er und nimmt eine Wodka-Flasche aus dem Regal. »Ein Trinkspiel. Wir stellen uns fiese Fragen. Was ist das Peinlichste, das dir je passiert ist, wann hast du dich das letzte Mal so richtig blamiert, wann hast du das letzte Mal wegen Alkohol gekotzt, so was. Wer nicht antworten will, muss trinken.«

»Ach, das ist doch lahm«, brummt Mehmet. »Lass uns lieber eine Runde Wargames im Lava-Modus spielen. Ich bin hier gleich durch.«

»Langweilig«, sagt Ken. »Paul, was ist mit dir?«

»Von mir aus.«

»Zwei zu eins. Sorry, Mehmet.«

»Das ist doch albern. Macht mal ohne mich.«

Mehmet rutscht mit seinem Sessel ein Stück näher zum Bildschirm und beugt sich nach vorn.

»Okay, Paul«, sagt Ken. »Du fängst an. Frag mich was.«

Ich lege den Kopf in den Nacken und tue so, als würde ich nachdenken. Dabei weiß ich genau, was ich ihn fragen werde. Es soll halt nicht so aussehen, als würde es mich brennend interessieren. »Also gut. Was machst du in den Pausen? Wieso bist du nie auf dem Schulhof?«

Ken lacht. »Das ist dir aufgefallen? Na schön. Normalerweise steige ich auf das Dach der alten Turnhalle, rauche ein paar Zigaretten und denke nach. Die Tür ist meistens offen, vielleicht wegen Brandschutz oder weil The Rock vergisst sie abzuschließen, was weiß ich. Aber hey«, Ken legt seinen Zeigefinger vor den Mund, »das bleibt unter uns. Da hochzugehen ist streng verboten.«

»Du sitzt auf dem Dach und rauchst? Ganz allein?«

»Ja, Mann«, sagt er und deutet mit beiden Daumen auf sich. »Mensch ohne Freunde, sag ich doch. Bei schlechtem Wetter gehe ich in die Bib und höre mir Audiotraining-CDs für Sprachen an, die kein Mensch braucht. Letzte Woche hatte ich Finnisch. Alter, das ist vielleicht eine durchgeknallte Sprache, aber jetzt mal ernsthaft, P.S., die Frage war nix. Bei dem Spiel gehts ums Hose-Runterlassen, um was Peinliches oder Ekliges, um seelische Abgründe. Fällt dir nichts Besseres ein?«

»Was Besseres? Okay, warte. Was ist dran an der Geschichte mit der Austauschschülerin?«

Ken schnalzt mit der Zunge. »Jetzt hast du die Regeln kapiert.« Er denkt kurz nach, dann nimmt er sein Glas und trinkt es aus. »Ein Ehrenmann schweigt und genießt«, sagt er und wischt sich über die Lippen.

»Also doch nur ein Gerücht«, sagt Mehmet durch die Zähne.

Er ist im Bauch eines Containerschiffes in einen Hinterhalt somalischer Piraten geraten und hat in kürzester Zeit zwei Leben verloren.

Ken lehnt sich zurück. »Vielleicht, Mehmet. Vielleicht auch nicht.«

»Komm schon«, sage ich. »Erzähl.«

Ken legt die Füße auf den Tisch und verschränkt die Arme hinter dem Kopf.

»Also gut. Wenn ihr es *unbedingt* wissen wollt. Es war letztes Jahr bei der Schulparty. Hannah aus Drammen bei Oslo, Austauschschülerin in der 12B. Die sah original aus wie ein Cheerleader aus einem amerikanischen Highschool-Film. Oder, Mehmet? Die war doch wirklich supersweet. Wir hatten den gleichen Schulweg, daher kannte ich sie, obwohl sie zwei Jahre älter war als ich. Jedenfalls hatte ich vor der Party genug Lakritz-Schnaps getrunken, um Hannah anzusprechen. Ich habe mit der derbsten Abfuhr meines Lebens gerechnet, aber nein! Wir haben uns richtig nett und lang unterhalten, über Wicker und Norwegen und alles Mögliche, und irgendwann, als die Party schon fast zu Ende war, habe ich sie gefragt, wann sie abgeholt wird. ›Nicht‹, hat sie nur gesagt. Wie sie dann nach Hause kommen würde, wollte ich wissen. ›Ich schlafe nicht zu Hause‹, hat sie geantwortet. ›Sondern?‹, habe ich gefragt, und ich schwöre, ich hatte dabei null Hintergedanken. ›Sondern bei dir‹, hat sie gesagt. Ich dachte, ich höre nicht richtig. Wirklich, die war so was von *nicht meine Liga*. Stimmt doch, Mehmet, oder?«

»Auf jeden Fall«, krächzt Mehmet, der von den Piraten immer weiter in die Ecke getrieben wird.

»Mehr erzähle ich nicht. Nur so viel: Ich war ein richtiger *Lucky Dude* in dieser Nacht.« Ken grinst zufrieden und schlägt die Beine übereinander.

»Du bist also von einer zwei Jahre älteren Austauschschülerin abgeschleppt worden?«, frage ich stirnrunzelnd.

»True Story. Ich schwöre, dass es genau so passiert ist. Meine Cousine kann es bezeugen, die hat Hannah am nächsten Morgen aus meinem Fenster steigen sehen. Das Mädchen wird heute noch rot, wenn wir drüber reden. Hannahs Austauschjahr war zwei Wochen später leider vorbei. Was heißt *leider.* Wahrscheinlich hat sie gedacht, jetzt ist es egal, ob ich meinen Ruf ruiniere, da kann ich auch mit dem Zwerg ins Bett springen. Also war es vielleicht mein Glück.«

»Es sind zu viele«, ruft Mehmet und springt auf. »Junge, es sind zu viele! Verdammt … sie haben mich *vaporisiert.*«

Wie ein Ballon, aus dem die Luft entweicht, sinkt er zurück in den Sessel. Der Controller rutscht ihm aus der Hand und fällt auf den Teppich. Entgeistert starrt er auf die Piratenflagge, die über dem Containerschiff gehisst wird. »Mein Score«, heult er. »Das versaut mir komplett den Frag-Score.«

Ken ignoriert ihn. »Du bist dran, Paul«, sagt er. »Also: Was weiß in Wicker niemand über dich? Was ist dein größtes Geheimnis?«

»Ich hätte nichts trinken dürfen«, schimpft Mehmet. »Auf dem Level kannst du nicht saufen und spielen.« Schwankend stapft er zum Kühlschrank, wobei er beinahe die Stehlampe umwirft. Er findet eine Cola, schraubt den Verschluss auf, lässt einen Schluck ins Spülbecken laufen und schraubt sie wieder zu. Dann schüttelt er die Flasche und öffnet sie vorsichtig.

»Was machst du da?«, frage ich.

»Von zu viel Kohlensäure krieg ich Schluckauf«, sagt Mehmet und rülpst.

»Lenk nicht ab, Paul«, sagt Ken.

»Schon gut … Mein größtes Geheimnis, hm.«

Normalerweise erzähle ich niemandem von meinen Geschichten. Marvin ist bis jetzt der einzige Mensch auf der Welt, der was von mir lesen durfte. Ich meine, jemandem zu zeigen, was du geschrieben hast, das ist wie mit gefesselten Händen und ohne Kopfschutz in den Boxring steigen. Das bedeutet, dich komplett auszuliefern und darauf zu warten, dass dir jemand eine reinhaut.

»Ich schreibe«, sage ich und schlucke. »Superheldengeschichten.«

Ken rückt nach vorn auf die Sofakante. »Turbo! Was sind das für Superhelden?«

»Na ja. Da ist Dr. Flint, die Hauptfigur. Und Kid Kalium, sein Widersacher.« Ich gucke auf den Boden und warte auf eine Reaktion.

»Erzähl weiter«, sagt Ken.

»Es geht um einen sechzehnjährigen Jungen namens … Marty.« Ich merke, wie ich rot werde. »Marty ist im Zeltlager. Eines Nachts wacht er auf, weil er ein seltsames Geräusch hört. Er folgt dem Geräusch und kommt auf eine Lichtung im Wald. Er sieht, dass am Himmel etwas brennt. Ein Meteor, der auf die Erde zurast. Kurz bevor der Meteor aufschlägt, explodiert er in tausend Teile. Auf der Lichtung landet ein erbsengroßer, glühender Stein und kullert dampfend vor Martys Füße. Sieht aus wie ein Feuerstein, denkt er, und nimmt ihn an sich. Am nächsten Morgen stellt er fest, dass er die Gedanken seiner Mitschüler lesen kann! Sie tanzen wie Sprechblasen über ihren Köpfen herum. Und nicht nur das. Er kann die Gedanken beeinflussen und seine Freunde dazu bringen, alles zu tun, was er will. Klar, dass das mit dem Stein in seiner Tasche zu tun hat. Marty muss ihn am Körper tragen, um Gedanken lesen zu können, sonst funktioniert es nicht.«

Mehmet setzt sich neben mich auf die Couch, trinkt einen Schluck Cola aus der Flasche und schüttelt sie noch einmal. »Und dann? Was passiert dann?«, fragt er.

»Na ja. Am Anfang macht Marty viel Scheiß mit seinen neuen Kräften. Er lässt seine Lehrer bescheuerte Sachen sagen, bringt das schönste Mädchen der Schule dazu, mit ihm auszugehen, Kinderkram halt. Dann stellt er fest, dass sich im Land seltsame Vorkommnisse häufen. In den Nachrichten wird von Leuten berichtet, die ihr gesamtes Vermögen verschenkt hätten, ohne sich erinnern zu können, warum und an wen. Marty wird klar, dass er nicht der Einzige ist, der einen Teil des Meteoriten gefunden hat, und beschließt, seine Kräfte in den Dienst der Menschheit zu stellen, um den Schurken zur Strecke zu bringen, der immer mehr Chaos auf der Erde anrichtet. Dazu legt er sich eine geheime Identität zu und nennt sich Dr. Flint …« Ich halte inne und schaue die anderen an. »So geht die Geschichte los.«

»Lies doch mal was vor«, sagt Ken.

»Ich weiß nicht«, sage ich. »Ihr findet das bestimmt megalangweilig.«

»Das glaube ich nicht«, sagt Ken. »Mach doch mal.«

»Erst ist Mehmet dran. Danach vielleicht.«

»Okay, danach!«

»Vielleicht, habe ich gesagt.«

»Na gut«, sagt Ken. »Mehmet, du hast es gehört. Dein größtes Geheimnis. Und komm uns bloß nicht mit der Geschichte, dass du dir mit zwölf die Visage von Sirius Black auf den Rücken tätowieren lassen wolltest. Die ist uralt.«

»Ich mach nicht mit, das habe ich doch schon gesagt.«

Mehmet knibbelt das Etikett von der Colaflasche und reißt es in Stücke, die er zu rot-weißen Kügelchen formt.

»Jetzt lass dich nicht so feiern«, sagt Ken. »Du willst doch auch Pauls Geschichte hören, oder nicht?«

Er fängt an, rhythmisch auf seine Oberschenkel zu klopfen und »Meh-met, Meh-met« zu skandieren. Ich bin betrunken genug, um einzustimmen, »Meh-met, Meh-met«, und klopfe im Takt auf die Armlehne der Couch.

»Ihr habt sie doch nicht mehr alle.«

»Meh-met, Meh-met.«

»Ihr nervt. Ich geh gleich nach Hause.«

»Meh-met, Meh-met.«

»Verdammt noch mal, ich hab kein Geheimnis.«

»Blödsinn«, sagt Ken. »Ich seh dir doch an, dass du an was denkst.«

Mehmet lässt die Kügelchen auf den Tisch tropfen und seufzt. Mit dem Zeigefinger schiebt er sie in eine Reihe und ordnet sie der Größe nach.

»Ihr müsst versprechen, dass ihr mit niemandem darüber redet«, sagt er, ohne aufzusehen.

Ken beugt sich vor. »Jetzt wirds spannend. Na los, erzähl.«

»Ihr müsst es versprechen.«

»Logo, pogo.«

»Stelter?«

»Versprochen.«

Mehmet räuspert sich. Er sieht uns nicht an, guckt zwischen uns durch auf Opas Erinnerungswand mit den Fotos und der Trompete. Seine Augen sind rot und glasig, er spricht langsam und schon nicht mehr ganz deutlich.

»Es … es gibt da dieses Mädchen. Ich kenne sie schon lange, seit der Fünften. Die meisten Mädchen ignorieren mich, wenn sie mich sehen, denen bin ich peinlich, die tun so, als wäre ich Luft, aber sie … na ja, oft haben wir nicht miteinander geredet, aber manchmal.«

Mehmet steckt die nackte Colaflasche zwischen die Oberschenkel und dreht den Deckel auf und wieder zu. Seine Backen haben rote Flecken bekommen und seine Ohren glühen. »Ich mochte sie vom ersten Tag an, auf den ersten Blick. Nach der Sechsten sind wir in unterschiedliche Klassen gekommen. Ich dachte, die Welt geht unter. Wochenlang habe ich gelitten wie ein Hund, es war Horror. Ich habe probiert, es positiv zu sehen. Jetzt kannst du sie dir aus dem Kopf schlagen, jetzt kannst du dich auf den Unterricht konzentrieren und deine Noten verbessern. Aber so einfach war es nicht. Ich muss immer noch dauernd an sie denken. Jeden Morgen ist sie mein erster Gedanke, wenn ich aufwache, und jeden Abend mein letzter, bevor ich einschlafe.«

»Klingt ziemlich ernst«, sagt Ken. »Und wer ist es? Lass mich raten … Jasmin aus der A-Klasse?«

»Jasmin? Nein«, sagt Mehmet und rümpft die Nase. Dann senkt er den Kopf und starrt auf den Flaschenhals zwischen seinen Beinen. »Es ist Kat.«

»Kat?«, wiederholt Ken ungläubig.

»Ja.«

»*Die* Kat?«

»Ja.«

»Wielands Schwester? Krazy Kat?«

»Ja, doch. Kennst du noch eine?«

Ken sieht mich an. Ich weiß auch nicht, was ich dazu sagen soll. Vielleicht ist das ein Witz, eine Verarschung, weil wir ihn nicht in Ruhe gelassen haben, aber ich befürchte, Mehmet meint es ernst.

»Was ist? Warum guckt ihr so?«, fragt er gereizt.

»Ich guck doch gar nicht«, sagt Ken und beißt sich auf die Unterlippe.

Ich weiß genau, was er denkt. Kat könnte Model werden oder Schauspielerin oder Beauty-Bloggerin mit eigenem YouTube-Channel. Die lebt in einer ganz anderen Welt als Mehmet. Die lebt in einer anderen *Galaxie*. Ihr letzter Freund war 23, Banker und hatte einen Porsche. In unserer Klasse stehen alle Jungs auf Kat. Nur Ken behauptet, sie wäre nicht sein Fall. Die ist viel zu dünn, sagt er, die sieht aus wie ein Gerippe. Trotzdem bestreitet nicht mal er, dass Kat megagut aussieht. Und Mehmet ist halt … Mehmet.

»Ihr haltet mich für einen Idioten, oder?«, sagt Mehmet.

»Nein«, sage ich. »Aber …«

»Was, *aber*?«

Ich zögere. »Nichts.«

Mehmets Backen sind jetzt knallrot. Er steckt die Colaflasche in die Couchritze neben sich und ballt die Fäuste. »Ihr denkt, der spinnt, der hat doch keine Chance bei der, richtig? Ihr denkt, der ist viel zu fett, mit dem würde Kat niemals was anfangen. Super, das weiß ich auch. Könnt ihr euch vorstellen, wie beschissen sich das anfühlt? Könnt ihr das?«

»Jetzt bleib mal cool, Mehmet«, sagt Ken. »Hat doch keiner was gesagt.«

»Ich seh doch, wie ihr grinst.« Mehmets Stimme überschlägt sich beinahe. »Ich hab genug von euren bescheuerten Spielen, ich geh jetzt heim.«

Mehmet drückt sich aus der Couch, rutscht weg und plumpst zurück in die Kissen. Beim zweiten Versuch fegt er ein halb volles Glas vom Tisch. Er sieht sich irritiert um, dann stolpert er aus dem Keller und steigt die Wendeltreppe hoch.

Ken und ich springen auf. Jesus, der Boden schwankt unter meinen Füßen wie ein alter Fischkutter. Der Schnaps hat ganz schön reingehauen. Ich hangele mich die Treppe nach oben und pralle auf der letzten Stufe gegen Ken, der ebenfalls leichte Probleme mit dem Gleichgewicht hat. Aber das ist alles nichts gegen Mehmet. Der ist so betrunken, dass er nicht zur Haustür wankt, sondern durch die Terrassentür in den Garten, und es nicht mal checkt, als er vor dem Schuppen steht.

Es regnet in Strömen. Mehmet läuft an der Hecke entlang ins Gemüsebeet, das Bille und ich vor Kurzem angelegt haben, wo er bis zu den Knöcheln in der feuchten Erde versinkt. Ken und ich sehen ihm von der Terrasse aus zu.

»Wo gehts hier raus, Stelter?«, ruft er.

»Hier, an der Küche vorbei«, antworte ich und deute nach links. »Oder durchs Haus.«

Er befreit sich aus dem Beet, stapft mit dicken Erdklumpen an den Schuhen über den Rasen und rammt einen Plastikstuhl, der nach hinten umkippt. Seufzend stellt er ihn wieder auf und sackt kraftlos hinein.

Ken lehnt sich gegen die Terrassentür. »Ich versteh wirklich nicht, was alle an dem Gerippe finden«, sagt er. »Klar, die ist ganz hübsch, aber …«

Die Haustür wird aufgeschlossen. Oh shit, ist es schon so spät? Ich taste nach meinem Handy, aber ich habe es nicht eingesteckt. Bille wirft ihren Schlüssel ins Kästchen im Wandschrank, dann kommt sie zu uns auf die Terrasse marschiert.

»Hallo, die Herren«, sagt sie und schiebt sich die nasse Kapuze ihres Hoodies vom Kopf. »Ist es euch drin zu trocken?«

»Hallo, Frau Stelter«, sagt Ken und geht mit ausgestreckter Hand auf sie zu. »Ken Phillips. Schön, Sie kennenzulernen.«

»Hi Ken«, sagt Bille. Sie nimmt seine Hand, hält sie einen Augenblick fest und schaut ihm in die Augen. »Habt ihr Jägermeister getrunken?«

Ken stutzt. »Woher wissen Sie …?«

»Das rieche ich drei Meilen gegen den Wind, Ken. Ich arbeite in der Notaufnahme, da sind mir schon einige Schnapsleichen untergekommen. Und bei *Kindern* ist das Zeug offensichtlich besonders beliebt.« Bille legt die Stirn in Falten. »Was ist mit dem da?«

Sie deutet auf Mehmet. Er hat die Augen geschlossen, den Kopf weit in den Nacken gelegt und lässt sich den Regen in den aufgerissenen Mund tropfen.

»Das da ist … ähm, das ist Mehmet«, sage ich.

Bille stemmt die Hände in die Hüfte. »Schön. Wie seid ihr hier, Ken?«

»Mit dem Bus …« Ken guckt auf sein Handy. »… beziehungsweise zu Fuß. Der letzte Bus ist gerade gefahren.«

Bille holt tief Luft. »Na wunderbar, und das nach elf Stunden Dienst. Ihr beide schnappt euch Mehmet und bringt ihn zum Auto. Ich fahre euch nach Hause. Ihr gehört ins Bett. Oder besser in eine Ausnüchterungszelle.«

Es ist nicht so leicht, Mehmet aus dem Gartenstuhl zu hieven, weil er null mitmacht und sich hängen lässt wie ein abgeschossenes Walross. Ich packe ihn unter den Achseln und wuchte ihn hoch, damit Ken ihm den Stuhl vom Hintern ziehen kann. Dann versuchen wir ihn an beiden Seiten zu stützen und loszugehen, aber es klappt nicht, Ken ist zu klein. Erst mit Billes Hilfe schaffen wir es, Mehmet ums Haus und ins Auto zu manövrieren.

Als Ken ihm den Gurt anlegt, öffnet Mehmet kurz die Augen. »Kat ist kein Gerippe«, nuschelt er.

Dann fallen ihm die Augen wieder zu und er fängt leise an zu schnarchen.

Heute

Mein Magen meldet sich mit einem lauten Knurren. Ich lege das Kinoticket zurück auf den Stapel und stehe auf. Wahnsinn, wie real sich die Erinnerung angefühlt hat, wie ein richtiger Flashback. Jetzt muss ich erst mal was essen. Hunger ist ein gutes Zeichen. Nach Markos Tod im November habe ich wochenlang nichts runtergekriegt und bis Weihnachten fünf Kilo abgenommen. Bille war kurz davor, mich an den Tropf zu hängen. Echt wahr, sie hatte das Zeug schon aus der Klinik mitgebracht. Es blieb mir also nichts anderes übrig, als mich zum Essen zu zwingen. Von Bille will ich mir keine Nadel in den Arm rammen lassen, wirklich nicht. Die Infusionsflasche und die Kanüle haben den ganzen Winter wie eine Drohung in der Küche gelegen. Bille hat behauptet, das wäre keine Absicht, sie würde nur ständig vergessen, sie wieder mitzunehmen. Ja, klar.

Ich gehe aus meinem Zimmer und die knarzende Wendeltreppe runter, deren Stufen so abgewetzt sind, dass du die Originalfarbe nur noch an den Rändern erkennst. Unten im Flur stapeln sich die Umzugskisten, dazwischen stecken der Staubsauger, die Stehlampe aus dem Wohnzimmer und eine ultrahässliche Kommode von Opa, von der Bille sich nicht trennen kann. In der Küche ist außer Arbeitsplatte, Herd und Kühlschrank alles abgebaut und auf dem Weg in die neue Wohnung. Ich habe keine Lust auf trockene Croissants, also esse ich die Nudeln von gestern kalt aus dem Topf und betrachte das Chaos im Wohnzimmer. Fünf offene Kisten, aus denen Sofakissen, Bilder, Bücher und Decken herausschauen, stehen kreuz und quer im Raum, der Esstisch lehnt an der Wand, ein Bein abgeschraubt und nirgends zu sehen. In der Ecke liegt ein Scherbenhaufen, die Überreste einer Deckenleuchte, die zu Bruch gegangen ist. Keine Ahnung, wie Bille das bis heute Abend schaffen will. Im Keller ist ja noch gar nichts gepackt. Um den macht Bille einen großen Bogen, der wird als Letztes drankommen, schätze ich, und dann wird sie mich vorschicken, um die Trompete und die Bilder von der Wand zu nehmen. So richtig leicht fällt ihr der Umzug halt auch nicht, aber gut. Mein Mitleid hält sich in Grenzen. Es hat sie ja keiner gezwungen, die Villa zu verkaufen.

Als ich am Morgen nach unserem Besäufnis noch komplett verstrahlt in den Keller gekommen bin, hatte sie schon alles aufgeräumt. Der Hals der Jägermeisterflasche guckte aus dem Mülleimer, die Glasscherben waren weggefegt und die Schnapsflecken von den Fliesen gewischt. »Nächstes Mal machst du das selbst«, das war alles, was Bille dazu gesagt hat. Kein Anschiss, keine Vorwürfe, keine Beschwerde darüber, dass sie Mamataxi für meine sturzbesoffenen Freunde spielen durfte, nichts. Manchmal kann Bille schon ziemlich okay sein.

Dafür hat mir der Hintern tagelang wehgetan von Glotz' Tritt. Vor allem Sitzen war die Hölle, und am Montag hatten wir auch noch acht Stunden Unterricht. Jesus, war das ätzend. Die Sonnenbrille haben sie mir natürlich auch nicht zurückgegeben. Ich hätte den Glotz killen können, als er sie in der großen Pause wie selbstverständlich aufgesetzt hat. Ich meine, wie kann man nur so asozial sein? Das hat mich wirklich fertiggemacht. Es macht mich *heute* noch fertig, wenn ich daran denke. Was ich dagegen getan habe? Nichts. Ich Loser habe mich unter die Kastanie gehockt und versucht, mir nichts anmerken zu lassen. Vielleicht lassen sie mich jetzt wenigstens in Ruhe, habe ich gedacht. So traurig es klingt, aber dafür war ich bereit, Marvins Ray Ban zu opfern.

Die nächsten Tage hatte ich dann tatsächlich keinen Stress mit Wieland oder Glotz. Außer dem üblichen *Porno Paul*-Diss war nichts. Keine ausgespuckten Kaugummis mehr auf meinem Platz, keine durchgebrochenen Bleistifte in meinem Mäppchen, kein Müll in meinem Rucksack, und online war so weit auch alles friedlich. Aber das hat leider nicht lange angehalten. Kurz darauf haben sie nämlich rausgefunden, dass ich Vegetarier bin. Ich habe versucht es zu verheimlichen, aber beim Mittagessen steht halt immer jemand hinter dir in der Schlange und kriegt mit, was Mehmets Mutter dir auf den Teller schaufelt. Irgendwann hat Aliya gefragt, ob ich kein Fleisch essen würde. Hätte ich lügen sollen? Ich habe es kurz überlegt, mich aber für die Wahrheit entschieden. Du bist, wie du bist, sagt Bille immer, dafür musst du dich nicht schämen. Ach, Bille.

Ich dachte mir schon, dass Wieland das wieder *schwul* finden wird. Warum auch immer, ich mache ja keinen Terror deswegen und versuche die ganze Welt zu missionieren, von wegen *Fleisch ist Mord* und Klimawandel und so. Von mir aus können die jeden Tag zum KFC gehen und sich so viele Hotwings reinfahren, wie sie wollen, das ist mir *scheiß-e-gal*, wirklich, solange ich essen kann, was ich will.

Trotzdem, von da an habe ich fast jeden Nachmittag Wurstscheiben oder rohen Schinken aus meinem Rucksack gefischt. Einmal haben sie sogar ein ganzes Stück Schweineniere reingetan. Ja, *Schweineniere.* Ich hätte beinahe gekotzt, als ich das Teil gefunden habe. Meine ganzen Hefte und Bücher waren voll mit Blut und Fett und wasweißich für einem Schmodder. Diese Arschlöcher. Wäre ich Dr. Flint, hätte ich Wieland gezwungen, sich das

Ding komplett in den Hals zu schieben. Aber ich bin halt kein Superheld, ich habe keinen Meteoritenstein und keine Superkräfte, also habe ich die Niere in Zeitungspapier eingewickelt und heimlich in den Müll geworfen, damit Bille nichts merkt. Die wusste ja von nichts. Die hatte keine Ahnung, dass ich ein MoF war und in der Klassenhierarchie auf dem Weg nach unten sogar Mehmet mit Vollgas überholt hatte. Und das sollte auch so bleiben. Weil, mit Eltern kannst du über so was nicht reden. Erst recht nicht mit Bille. Die hätte sofort bei den Theines angerufen und Wielands Eltern zusammengefaltet, ohne Rücksicht darauf, was mich danach in der Schule erwartet hätte.

Nach der Sache mit der Niere bin ich nicht mehr ohne mein Zeugs aus dem Klassenraum gegangen, ich habe immer alles zusammengepackt und mitgenommen, Rucksack, Sportsachen, Bücher, Jacke, Hefte, alles, selbst wenn ich nur aufs Klo musste. Das hat mega genervt, aber es ging nicht anders. Allein der Anblick meiner Sachen muss Wieland provoziert haben.

Morgens bin ich mit so einem gewaltigen Kloß im Magen aufgewacht, dass ich kaum aufstehen konnte. Der Gedanke, den ganzen Tag neben diesem Typen sitzen zu müssen, war der blanke Horror. Und Krankmachen war nicht drin, bei Bille musst du mindestens die Pest haben, damit sie dir eine Entschuldigung schreibt. Mit jedem Meter Schulweg ist der Kloß schwerer, sind meine Beine müder geworden – als wären die Schule und ich zwei sich abstoßende Magneten.

Dann hatte der Güven einen unerwarteten Geistesblitz. Plötzlich ist ihm aufgegangen, dass Wieland und ich vielleicht doch keine so brillante Kombi sind. Warum er so lange dafür gebraucht hat? Egal. Mitte September war Schluss mit dem Experiment, das war die Hauptsache. Glotz durfte neben Wieland und mich hat er neben Ken gesetzt. Ich wäre dem Güven am liebsten um den Hals gefallen. Auf meiner Beliebtheitsskala ist er jedenfalls mit Lichtgeschwindigkeit aus dem Keller durch die Decke geschossen.

Von da an war alles anders. Der unsichtbare Widerstand auf dem Hinweg und der Kloß in meinem Bauch waren schlagartig verschwunden. Meine Motivation, zur Schule zu gehen, ist um interstellare Ausmaße gestiegen, und zwar nicht zuletzt wegen Ken. Das hätte ich mir ein paar Wochen vorher auch nicht träumen lassen, da fand ich den noch total komisch. Gut, Ken *ist* ja auch komisch. Er redet wie der coolste Dude der Schule und sieht aus wie das Gegenteil, daran ändern auch die fünfzig Liegestütze nichts, die er jeden Abend macht. Dann seine ganze »Scheiß auf Wicker, ich brauch hier keine Freunde«-Attitüde. Marko hat mal gesagt, dass Ken früher hart verarscht wurde, weil er so klein ist, und dass daraus diese krasse Anti-Haltung entstanden ist. Keine Ahnung, ob das stimmt. Ich habe jedenfalls schnell gemerkt, dass bei uns die Wellenlänge stimmt, MoF hin oder her.

Seit der Güven seine Erleuchtung hatte, war also alles besser, sogar Französisch beim Speichel-Spilker, der alten Schlaftablette. Bis dahin war das eine Stunde biblische Langeweile, die nur unterbrochen wurde, wenn der Glotz in der ersten Reihe wieder eine Ladung Spucke abgekriegt hat. Jetzt haben Ken und ich die Zeit sinnvoll genutzt: Wir haben uns Foltermethoden für Wieland und Glotz ausgedacht, zum Beispiel Waterboarding mit Theine-Pils, also Beerboarding sozusagen, außerdem hat Ken mir beigebracht, auf Finnisch und Schwedisch zu fluchen.

Nach ein paar Tagen habe ich ihm das erste Kapitel von »Die unglaublichen Abenteuer des Dr. Flint« zum Lesen rübergeschoben. Das war immer noch eine ziemliche Überwindung, auch wenn ich ihm im Suff schon davon erzählt hatte. Gespannt habe ich ihn beim Lesen beobachtet und jede Reaktion genau registriert. Ken fand die Geschichte »turbogut«. Er hat ein paarmal so laut gelacht, dass es selbst den Spilker gestört hat. Und der merkt sonst echt nicht mehr viel. »Das muss in die ›Parole‹«, hat Ken gesagt, »als Fortsetzungsroman oder so, das musst du veröffentlichen.« »No way«, habe ich geantwortet und den Text wieder in meinem Rucksack vergraben. »Bevor das in der Schülerzeitung erscheint, setze ich mich lieber in die erste Reihe und lasse mich vom Spilker bespucken.«

Ich lasse den leeren Nudeltopf mit Wasser volllaufen, schieße einen Spritzer Spüli hinein und stelle ihn zurück auf die Platte. Was Ken wohl gerade macht? Jetzt, in diesem Augenblick? Wir haben kaum gesprochen, seit er weg ist, seit er mir kurz vor den Sommerferien sein Messer in die Hand gedrückt hat, um darauf aufzupassen. Er wollte es nicht mehr in seinem Versteck lassen (»Meine Eltern werden alles durchsuchen, sobald ich weg bin, da bin ich mir sicher«), also musste ich es nehmen, obwohl ich mich mit Händen und Füßen dagegen gewehrt habe. Offiziell ist es in der Ruine verloren gegangen, in Wirklichkeit lag es die ganze Zeit unten in seinem Hantelkasten. Fast vier Wochen ist es jetzt her, dass er mir das Messer gegeben hat. Seitdem ist er quasi nicht zu erreichen. Wenn ich ihn anrufe, würgt er mich immer gleich ab. Das sei ein Gemeinschaftsanschluss, sagt er, den könne er nicht lange blockieren. Hol dir ein Handy, denke ich dann, aber Ken wäre nicht Ken, wenn er nicht solche Ideen hätte, wie *eine Weile offline* sein zu wollen. Hauptsache, anders sein als der Rest. Mensch ohne Freunde, Mensch ohne Handy. Was kommt als Nächstes?

Ich schiebe mich an den Umzugskisten vorbei und steige die Treppe hoch. Wie lang ist Bille schon unterwegs? Muss ich mich mit dem Packen beeilen? Vermutlich schon. In meinem Zimmer starrt mich die Box mit aufgeklapptem Deckel an. Davor liegen, ordentlich aufgereiht, Kens Messer, die Kinotickets, das rote Band, das iPhone, die Ray Ban, der Theater-Flyer, die Mentos-Dose, die Flint-Geschichte, der Bierdeckel und die Speisekarte.

Die Todesanzeige ist noch in der Box. Ich habe mich nicht getraut sie rauszunehmen. Muss ich das? Nein, ich muss gar nichts. Ich bin der Bestimmer. Ich entscheide.

Gut, die Box ist jetzt eh schon offen. Also, volle Konfrontation? Ich ziehe die Klarsichthülle mit der Anzeige heraus und überfliege mit angehaltenem Atem den Text. Komisch, ich hatte erwartet, dass mich das richtig umhaut, aber im Großen und Ganzen lässt mich die Anzeige kalt. Die Schule hat sie in der »Allgemeinen Zeitung Wickerland« geschaltet, mit den üblichen Floskeln, »in tiefer Trauer«, »viel zu früh«, blablabla. Das liest sich so trocken wie ein Kassenzettel. Wie eine Quittung für dein Leben: Name, Geburtsdatum, Todestag, bums, das wars. Wir danken Ihnen für Ihren Besuch.

Bis dahin ist noch niemand gestorben, den ich kannte. Außer Opa natürlich. Aber Opa war 92 und krank und im Altersheim. Es war abzusehen, dass es früher oder später passieren würde. Klar, war trotzdem megatraurig. Aber wenn jemand stirbt, der gerade mal sechzehn Jahre alt geworden ist, dann ist das irgendwie eine andere Nummer. Ich hätte viel mehr Zeit mit Marko verbringen müssen, er war einfach ein richtig guter Typ. Bei manchen Leuten merkt man das leider erst auf den zweiten Blick, oder auf den dritten. Oder erst dann, wenn es zu spät ist.

Ich drehe die Anzeige um. Auf der Rückseite ist eine Sonnenblume abgedruckt. Werbung für Solarenergie oder Speiseöl, was weiß ich, der Text ist abgeschnitten, ich kann es nicht sagen. Auf einmal wird mir schmerzhaft bewusst, dass Marko nie mehr eine Sonnenblume zu Gesicht kriegen wird, dass er nie mehr *irgendeine* beschissene Blume zu Gesicht kriegen wird, dass er keinen blauen Himmel und keinen Sommertag mehr erlebt. Eben, als ich die Todesanzeige gelesen habe, da habe ich nichts gespürt, das hat gar nichts mit mir gemacht. Aber jetzt, als ich die Sonnenblume betrachte, mit ihrem leuchtend gelben Kranz, eine einfache, billige Reklame, quetscht es mir die Eingeweide zusammen. Dabei war Marko überhaupt kein Sommertyp. Und aus Blumen hat er sich auch nichts gemacht. Trotzdem laufen mir die Tränen übers Gesicht.

Ich muss an was anderes denken, mich ablenken, das wird mir gerade alles zu viel. Ich sage die Stationen der U4 mehrmals nacheinander laut auf: Innsbrucker Platz. Rathaus Schöneberg. Bayerischer Platz. Viktoria-Luise-Platz. Nollendorfplatz. Ich schalte das Radio ein, suche einen Sender, aber es läuft überall nur Müll. Ich schalte wieder ab, gehe zum Fenster und gucke in den Garten. Unten liegt Marko, das rechte Bein grotesk verdreht, die Augen geschlossen, das Gesicht, die blonden Haare mit einer feinen, weißen Staubschicht überzogen, der Hinterkopf voller Blut. Ich drehe mich weg, aber das Bild von Marko bleibt, egal wo ich hinsehe. Ruhig atmen, Paul. Steck das Bild in die Box und mach sie zu. In die Box damit und zumachen, komm schon. Es klappt nicht. Ich kriege es nicht hin, das Bild geht nicht weg. Was, wenn ich das nie mehr aus dem Kopf kriege? Wenn das für immer dableibt, egal was ich mache, wohin ich gehe. Zwei unsichtbare Hände legen sich um meinen Hals und schnüren mir langsam die Kehle zu.

Ich springe auf und laufe nach unten. Ich muss raus, an die Luft, in den Garten, nachschauen, ob er da *wirklich* liegt, aber das tut er natürlich nicht, ich war doch selbst dabei, als sie den Sarg in die Erde gelassen haben, auch wenn meine Erinnerungen daran verschwommen sind. Ich schwitze und mir ist gleichzeitig kalt. Mein T-Shirt wird nass und schwer und unangenehm auf der Haut, ich reiße es mir über den Kopf und werfe es weg.

Dann sitze ich auf meinem Rad und fahre an Palinkas' Bunker

vorbei, die Hauptstraße runter, ein VW bremst, hupt, fuck, wo kam der denn her? Der Fahrer steigt aus und ruft mir was hinterher, ich verstehe kein Wort und biege links ab, Richtung Grundschule. Ich fahre, so schnell ich kann, trete wie wahnsinnig in die Pedale, schwerster Gang im Stehen, der Fahrtwind bläst mir ins Gesicht. Vor dem Spielplatz halte ich an und lasse das Rad zwischen meinen Beinen auf den Boden rutschen. Ich bin außer Atem und hechele wie ein Hund, aber das Gefühl zu ersticken ist weg. Jesus, so schlimm war es lang nicht mehr. Zitternd steige ich über mein Rad und setze mich in den Sand. Beruhig dich, sage ich laut, es ist vorbei.

Es ist vorbei.

Zum Glück ist keiner da. Ich bin allein auf dem Spielplatz. Wahrscheinlich würde man mich für einen Verrückten halten, oder einen Perversen. Ich habe kein Shirt an, bin barfuß, schweißüberströmt und rede mit mir selbst.

Ich hätte schwören können, dass ich ohne Plan und Ziel durch die Gegend gerast bin, aber dass es mich hierher verschlagen hat, kann kein Zufall sein, das muss mein Unterbewusstsein irgendwie getrickst haben. Der Psycho-Doc hat gesagt, ich bräuchte einen Ort, an den ich mich in Gedanken zurückziehen kann, wenn die Angst wiederkommt, einen Ort, der mir ein positives Gefühl gibt, und da ist mir als Erstes der Spielplatz eingefallen, noch vor der Villa oder unserem Garten.

Ich stehe auf und klopfe mir den Sand von der Hose. Dann steige ich an der Kletterburg hoch, lege mich auf das vermooste Flachdach und schaue in den wolkenlosen Himmel. Die Sonne scheint, die Vögel zwitschern, irgendwo lachen Kinder. Es ist, als wäre das Leben nichts anderes als ein unendlicher Sommertag. In der Nähe erklingt die Erkennungsmelodie des Eiswagens, der wie immer die Straßen auf dem Katerberg abfährt, eine kitschige

Leierkastenmelodie, die mich wahnsinnig müde macht. Die Holzbohlen unter meinem Rücken fühlen sich warm und weich an, ich mache die Augen zu und sehe nichts, keine Farben oder Muster, da ist nicht mal Schwarz. Nur Leere, und das ist gut.

Handy WCQ

Dr. Flint zerrte an den Fesseln, doch sie lösten sich nicht, schnitten ihm nur noch tiefer ins Fleisch. Gleich würde das Feuer den Dachstuhl erreichen. Wenn er sich bis dahin nicht befreit hatte und noch gefesselt und geknebelt auf diesem Stuhl saß, dann war es aus mit ihm. Mit einem Ruck warf er sich zur Seite und versuchte zum Ausgang zu robben. Rauch stieg ihm in die Nase. Er musste husten. Seine Augen tränten, er sah alles nur noch verschwommen. Doch was war das? Nur ein paar Meter vor ihm lag eine Halskette mit einem Stein. Der Meteorit! Dr. Flint schob sich mit dem Stuhl auf seinem Rücken durch den Rauch auf den Stein zu. Eine brennende Dachlatte landete krachend neben ihm. Funken trafen ihn am Bein, schmerzten aber nur kurz. Selbst wenn er den Stein erreichte, was würde es helfen? Außer ihm war niemand in der Lagerhalle, auf den er seine Macht anwenden konnte. Die beiden Schläger standen vermutlich vor der Tür und sorgten dafür, dass ihm niemand zu Hilfe eilte. Wenn er sie nur irgendwie dazu bringen könnte, in die Halle zu kommen. Es würde reichen, einem von beiden in die Augen zu sehen. Aber wie sollte er sie hereinlocken, gefesselt und geknebelt, wie er war …

Ja, wie soll Dr. Flint das bloß anstellen? Ich zerbreche mir schon seit einer Stunde den Kopf darüber, aber mir fällt partout nichts ein. Nachdenklich klappe ich den Laptop zu und schaue aus dem Fenster in die Dunkelheit. Auf der anderen Straßenseite leuchtet ein Handydisplay auf. Da sitzt wer auf dem Stromkasten. Komisch, unsere Straße ist abends um neun normalerweise toter als tot, da hockt nie jemand und spielt mit seinem Handy. Schon gar nicht allein und im Dunkeln. Mein Laptop fängt an zu quaken und reißt mich aus den Gedanken. Mehmet ruft an.

Mit Mehmet zu skypen ist momentan ein bisschen anstrengend, weil jede Unterhaltung irgendwann bei Kat landet, ganz egal was vorher Thema war. Erst wollte er uns nicht erzählen, dass er auf sie steht, und jetzt kann er gar nicht mehr damit aufhören. Schon mal von der Büchse der Pandora gehört? Ungefähr die gleiche Story.

Gegen halb zehn werde ich ein bisschen unruhig. Ich will meine Geschichte weiterschreiben. Aber Mehmet redet und redet wie ein Wasserfall. Was Kat heute anhatte. Mit wem sie sich unterhalten hat. Mit wem sie sich *nicht* unterhalten hat. Dass sie als DJane bei der SV-Party auflegt und und und. Liebe muss so schön sein. Und so beschissen, wenn sie nicht erwidert wird. Irgendwann schaffe ich es, mich zu verabschieden. Ich klicke wieder zu meinem Text und überlege, wie ich Dr. Flint jetzt aus dieser verdammten Lagerhalle rette. Kann er auch Tieren seinen Willen aufzwingen? Vielleicht ist da ja eine Ratte, die ihm die Fesseln durchbeißt …

Draußen leuchtet wieder das Display auf. Krass. Der Typ auf dem Stromkasten hat sich in der ganzen Zeit nicht von der Stelle bewegt. Vielleicht gehört der zu einer Einbrecherbande und checkt ab, wann die Leute zu Hause sind und wann sie ins Bett gehen? Da hörst du doch ständig von, organisierte Bandenkriminalität und so. Oder überdreht meine Fantasie gerade ein bisschen? Ich meine, das ist das echte Leben und keine Dr.-Flint-Geschichte.

Ein Auto kommt. Es ist Palinkas mit seinem Oldtimer, dem weißen BMW Coupé. Er parkt vor seinem Grundstück neben der Villa. Für einen Augenblick fällt das Scheinwerferlicht auf den Stromkasten und das Reihenhaus dahinter. Es ist niemand zu sehen. Wo ist der Typ denn plötzlich hin? Palinkas steigt aus. Er zieht sein Handy aus der Tasche, tippt darauf herum und im Haus gehen die Lichter an.

Kurz nachdem wir eingezogen sind, stand er mit einer Flasche Rotwein vor der Tür und wollte mit Bille auf gute Nachbarschaft anstoßen. Bille hat ihn schneller abgewimmelt, als du bei Tinder nach links wischen kannst. Palinkas ist wirklich nicht ihr Typ. Alte weiße Männer mit gegelten Haaren und Mokassins, die ihr schmierige Komplimente machen und sie mit Alkohol rumkriegen wollen, kann sie überhaupt nicht ab. Außerdem kam sie gerade aus einer Zwölfstundenschicht in der Notaufnahme und war entsprechend gelaunt.

Palinkas zieht die Haustür hinter sich zu. Kurz darauf flackert im Wohnzimmer der Fernseher auf. Ein Monstergerät, viermal so groß wie unsere Kiste, und es macht auch mindestens viermal so viel Krach.

Vor dem Reihenhaus gegenüber bewegt sich was. Ich schalte das Licht aus, gehe um meinen Schreibtisch herum und ganz nah an die Fensterscheibe, um besser sehen zu können. Ein Schatten steigt über den Zaun und duckt sich hinter den Stromkasten. Da stimmt doch was nicht. Soll ich die Polizei rufen? Aber was sollen die machen, es ist ja noch nichts passiert. Ist die Haustür abgeschlossen? Und was ist mit meinem Fahrrad? Es steht im Garten, ich habe nur das Rahmenschloss runtergedrückt. Der da draußen könnte das jetzt einfach über den Zaun heben und dann ab damit in den VW-Bus, mit dem die Komplizen um die Ecke kommen. Soll ich runter und es in die Garage bringen? Vielleicht ist das auch nur ein Junkie. Vor Junkies brauchst du keinen Schiss zu haben, die sind in der Regel harmlos, sagt Bille. *In der Regel.* Und woher will Bille das überhaupt wissen?

Ich geh besser mal runter und stelle das Fahrrad rein.

Draußen ist es schwülwarm. Gestern ist ein Sommersturm über Wicker gefegt. »François« hat ganz schön gewütet, überall liegen abgebrochene Äste und Zweige rum. Auf der anderen Straßenseite beim Stromkasten ist niemand mehr. Ich warte einen Moment, bis sich meine Augen an die Dunkelheit gewöhnt haben, aber nein, da ist keiner. Falscher Alarm? Oder ist der vielleicht nach hinten in den Garten geschlichen und versucht über die Terrasse ins Haus zu kommen? Vielleicht ist er schon drin und wartet mit einem Küchenmesser in der Hand auf mich? Jesus, ich habe zu viele Slasherfilme geguckt.

Was war das für ein Geräusch? Da zischt etwas. Mal leise, mal lauter, in unregelmäßigen Abständen. Schritte auf dem Asphalt, ein Klackern, und wieder das Zischen. Unschlüssig bleibe ich vor der Haustür stehen. Was geht da vor sich? Soll ich nachsehen oder lieber wieder rein? Ich bin zu neugierig. Langsam schleiche ich durch den Vorgarten auf den Bürgersteig und sehe mich um. Kein Mensch weit und breit. Bin ich bescheuert? Die Geräusche kamen doch eindeutig von der Straße. Mein Blick fällt auf die Motorhaube von Palinkas' BMW. Waren die Flecken da vorhin schon drauf? Vorsichtig gehe ich näher ran. Ein ätzender Geruch steigt mir in die Nase, es riecht nach Tankstelle, nach Benzin. Bei Palinkas laufen die Tagesthemen. Man hört jedes Wort, irgendwo muss ein Fenster offen stehen. Das sind keine Flecken auf der Motorhaube. Da hat jemand was hingesprayt, »FUCK YOU« in Großbuchstaben. Drunter eine Faust mit ausgestrecktem Mittelfinger. Crazy Shit. Das muss ich Ken und Mehmet zeigen. Ich halte mein Handy auf das Auto und filme. An der Fahrertür prangt ein knallroter Hashtag, #timesup, auf der Heckscheibe noch einer, #WCQ in Bubbleschrift. Den kenne ich doch irgendwoher?

Mit laufender Kamera gehe ich um das Auto herum auf die Straße. Neben der Beifahrertür kniet ein Mädchen mit dunkelbraunem Kapuzenpullover und funkelt mich durch das Display an.

»Mach das aus«, zischt sie.

Vor Schreck rutscht mir das iPhone aus der Hand und landet krachend auf dem Asphalt.

»Scheiße«, fluche ich.

»Mann, halt die Klappe.«

Sie trägt schwarze Latexhandschuhe und hält eine Spraydose in den Fingern. Ich schätze, sie ist ungefähr in meinem Alter, genau kann ich es nicht sagen, weil sie die Kapuze ihres St.-Pauli-Hoodies tief in die Stirn gezogen hat. Auf ihrem Rücken sitzt ein tarnfarbener Army-Rucksack. Vor ihr auf dem Boden liegen eine weitere Farbdose und zwei Deckel.

Palinkas' Tür geht auf.

»Ist da wer?«

Das Mädchen flucht, lässt die Spraydose fallen und rennt los. Scheppernd rollt die Dose vor meine Füße. Palinkas kommt durch den Vorgarten geeilt. »Was ist hier los? Teufel noch mal, mein Auto …« Für einen Moment bin ich vor Schreck wie gelähmt. Dann schnappe ich mir mein Handy und renne dem grünen Rucksack hinterher. Palinkas denkt mit Sicherheit, dass ich das war mit seinem Auto, oder wenigstens, dass ich mitgemacht habe. Der knallt mir bestimmt eine, bevor ich irgendwas erklären kann.

»Bleib stehen«, brüllt er und kommt mir hinterher.

Palinkas ist schneller, als ich es ihm zugetraut hätte. Ich wage nicht, mich umzudrehen, aber ich spüre, dass er mir dicht auf den Fersen ist. Es fühlt sich an, als bräuchte er nur seinen Arm auszustrecken, um mich am Kragen zu packen. Dann ein schmatzendes Geräusch und ein dumpfer Schlag. Jetzt werfe ich doch einen Blick über die Schulter. Palinkas ist ausgerutscht und rappelt sich gerade wieder vom Boden auf. »Verdammte Scheiße«, ruft er und streift sich feuchtes Laub von den Händen. In den Häusern um uns herum gehen die Lichter an. Irgendwo wird eine Tür geöffnet. Schnell weiter. Palinkas hat mich vielleicht noch nicht erkannt.

Das Mädchen hat knapp zwanzig Meter Vorsprung, aber ich hole auf. Sie überquert die Kreuzung zur Hauptstraße und sprintet ins Neubaugebiet, ohne auf den Verkehr zu achten. Ein Auto fährt hupend an ihr vorbei. Beim zweiten Haus, einem Rohbau ohne Türen und Fenster, springt sie über das rot-weiße Band, das das Grundstück absperrt, und verschwindet in das Gebäude. Ich folge ihr über die Terrasse ins Haus, durch einen Raum in den nächsten, und renne ihr dort in die Arme.

»Mann, Typ, was läufst du mir nach?«, fährt sie mich an und stößt mich weg.

»Ich … was hätte ich denn machen sollen?«

Sie stöhnt. »Nach Hause gehen zum Beispiel? Mich in Ruhe lassen?«

»Kommt raus! Ich weiß, dass ihr da drin seid. Sofort! Oder ich rufe die Polizei.«

Palinkas. Seine Stimme ist rau und deutlich zu hören, er muss draußen auf dem Gelände sein. Verdammt, ich dachte, ich hätte ihn abgeschüttelt. Jetzt sitzen wir in der Falle.

»Na großartig«, motzt die Tussi und lehnt sich gegen die Wand. »Vielen Dank auch.«

»Du hast doch den BMW vollgesprayt«, motze ich zurück. »Bist selbst schuld, wenn du Ärger kriegst.«

»Ich krieg nur Ärger wegen dir.«

»Ich …«

»Palinkas hätte mich nie gefunden, wenn du ihn nicht hergeführt hättest.«

Die Kapuze ist ihr auf die Schulter gerutscht. Sie hat eine Strickmütze auf, unter der schwarze Haarsträhnen mit rot gefärbten Spitzen hervorlugen. Ihre Nasenflügel beben. Sie streift die Latexhandschuhe ab und feuert sie wütend in die Ecke. Kopfschüttelnd dreht sie sich weg und fährt mit dem Finger über die Plastikfolie, mit der die Fenster abgeklebt sind. Mit einem Ruck reißt sie die Folie von der Öffnung. Sie steckt den Kopf nach draußen und sieht sich um.

»Was machst du?«, flüstere ich.

»Was wohl? Ich hau ab.«

Sie steigt auf das Sims und springt nach draußen. Vor dem Haus ertönt wieder Palinkas' Stimme. Er ist am Handy, erzählt irgendwas von Vandalismus, Katerberg und Neubaugebiet. Ich werde bestimmt nicht hier warten, bis die Polizei kommt, also folge ich der Tussi und klettere durch das Fenster nach draußen. Auf dem Gelände liegt ein umgekippter Betonmischer neben einem Haufen Ziegelsteine, ein Autoreifen steckt im Gebüsch. Ich springe über die Steine, renne zum Nachbargrundstück und hole sie ein, noch bevor sie drüben angekommen ist.

»Ey Typ«, stöhnt sie. »Dich werde ich wohl nie mehr los?«

»Nenn mich nicht dauernd *Typ*. Ich heiße Paul Stelter.«

Ich strecke ihr die Hand entgegen.

»Okay, alles klar. Verpiss dich, *Paul Stelter.*« Sie seufzt. »Na gut«, sagt sie dann und schüttelt mir übertrieben die Hand. »Ich bin Mara. Hello und Goodbye.«

Sie lässt meine Finger los und sprintet zur Straße. Nach wenigen Metern bleibt sie wie erstarrt stehen. Ein Streifenwagen biegt um die Ecke. Die Sirene ist zwar nicht an, aber das Blaulicht reicht schon, um mir einen Schauer über den Rücken zu jagen. Jesus, waren die schnell. Also gut, das wars. Immerhin muss sich Palinkas jetzt zurückhalten. Ich werde der Polizei erklären, dass ich mit der ganzen Sache nichts zu tun habe, dass sich Mara an seinem

Auto zu schaffen gemacht hat, dass ich nur zufällig auf der Straße war und weggerannt bin, weil Palinkas mich mit seinem Geschrei erschreckt hat. Bumm, so einfach ist das. Ich meine, warum sollte ich Mara decken? So scheiße, wie die zu mir ist? Vielleicht ist die ja irgendwie gestört oder verwirrt oder was weiß ich. Es spricht alles dafür, sich der Polizei zu stellen.

Aber es fühlt sich irgendwie *nicht richtig* an.

»Da lang«, sage ich und berühre sie am Handgelenk.

Mara erwacht aus ihrer Schockstarre und folgt mir in eine schwach beleuchtete Sackgasse. Zwischen zwei Mehrfamilienhäusern führt ein schmaler Gehweg Richtung Park. Hier kommen sie mit dem Auto nicht durch, hier müssen sie uns zu Fuß hinterher – wenn sie uns überhaupt gesehen haben. In meinem Kopf explodiert ein Gedankenfeuerwerk. *Bist du bescheuert, Paul, was ist los mit dir, willst du einen auf Held machen, oder was? Du bist nicht Dr. Flint, Mann, hast du das vergessen?* Der Sturm hat zwei Fichten entwurzelt, die den Weg versperren. Wir klettern drüber und erreichen die Sporthalle der Grundschule. Hinter der Halle ist ein Spielplatz, das weiß ich, da bin ich gleich an meinem ersten Tag in Wicker vorbeigekommen, als ich den Katerberg erkundet habe. In der Mitte steht eine Kletterburg aus Holz, ein Riesenteil, bestimmt vier Meter hoch, mit bunten Griffen zum Bouldern und Röhrenrutsche und allem.

»Der Turm«, sagt Mara, als wir am Spielplatz ankommen, und springt in den Sandkasten.

Wir klettern an der Fassade der Burg nach oben auf das Dach und legen uns flach auf den Bauch.

Hinter der Turnhalle zuckt das Blaulicht am Nachthimmel. Es bewegt sich nicht von der Stelle. Die Schaukel schwingt sachte quietschend im Wind, sonst ist es auf dem Spielplatz gespenstisch still. So still, dass ich mein Herz gegen die Brust schlagen höre, bumm bumm bumm, es kommt mir vor, als würde das ganze Holzgerüst davon erzittern. Mara atmet leise und gleichmäßig. Dann hält sie die Luft an. Ein Lichtstrahl gleitet über den Spielplatz. Ein Polizist in Uniform mit einer Taschenlampe in der Hand kommt hinter der Halle hervor und bleibt vor dem Sandkasten stehen. Er lässt das Licht über die Schaukel wandern, über die Holzfiguren, denen die Farbe schon aus den Gesichtern blättert, über die rostige Doppelwippe und die Röhrenrutsche, bis es auf der Kletterburg zum Stillstand kommt. Ich mache die Augen zu und presse meine Stirn auf das Holz. Der Polizist steigt in den Sandkasten und geht auf die Burg zu. Er umrundet sie und leuchtet durch ein Fenster hinein. Jetzt bloß nicht bewegen. Wenn auch nur ein Körnchen Sand rieselt, sind wir geliefert.

Ein zweiter Mann kommt auf den Spielplatz. »Frank? Ist da was?«

»Ich hätte schwören können, dass sie hierhergelaufen sind«, sagt der andere, während er jede Ecke des Turms ausleuchtet. »Wie viele sollen es gewesen sein?«

»Zwei, hat der Zeuge gesagt.«

Der Polizist, der Frank heißt, stapft zu seinem Kollegen und klopft seine Schuhe an einer Parkbank ab. Dann dreht er sich um und leuchtet noch mal auf die Kletterburg.

»Frank, da ist keiner.«

»Ich hätte schwören können … aber gut. Lass uns gehen.«

Der Taschenlampenstrahl verschwindet zwischen den Bäumen im Park und der Spielplatz liegt wieder im Dunkeln. Ich wage nicht, mich aufzurichten. Sind die wirklich weg oder ist das eine Falle? Vielleicht kommen sie aus den Büschen gesprungen, sobald wir runterklettern. Dann fällt irgendwo eine Autotür zu. Ein Wagen fährt los, die Hauptstraße runter. Das Blaulicht hinter der Schule ist fort, der Himmel wieder schwarz.

»Das war knapp«, flüstert Mara.

»Das kann man wohl sagen.«

»Mein Bein ist eingeschlafen«, sagt sie und setzt sich auf.

»Vorsicht. Vielleicht sind sie noch da.«

»Glaub ich nicht«, sagt sie und schaut nach unten. Der Wind hat sich gelegt, die Schaukel quietscht nicht mehr. Von den Polizisten keine Spur. »Die haben bestimmt Besseres zu tun, als mit uns Verstecken zu spielen.«

»Weiß nicht«, sage ich. »Wir sollten noch ein bisschen warten. Sicher ist sicher.«

Skeptisch schlingt Mara ihre Arme um die Knie und zieht sie an die Brust. Es ist kühler geworden auf dem Katerberg. In der Ferne leuchtet die Reklame auf den Brauereitürmen, *Theine-Bier, jetzt und hier*, in goldener Schreibschrift. Wenn du das ein paarmal liest, klingt es beinahe wie eine Drohung.

»Warum hast du das gemacht?«, frage ich und setze mich ebenfalls auf.

»Warum habe ich *was* gemacht?«

»Na, das mit dem Auto.«

Sie antwortet nicht sofort, trommelt mit den Fingerspitzen auf die Holzbohlen und atmet laut aus. »Weil er es verdient hat«, sagt sie dann.

»Palinkas? Warum?«

»Ach, vergiss es. Ist egal.«

»Na gut. Geht mich ja auch nichts an. Ich wäre zwar beinahe verhaftet worden, aber hey. Wem ist das noch nicht passiert?«

»Ich hab dich nicht gebeten mir zu helfen, okay?«

Sie legt ihren Kopf in den Nacken und starrt in den sternenlosen Himmel. Nach einer Weile fängt sie wieder an mit den Fingern zu trommeln. »Du bist nicht aus Wicker, oder?«

»Nein. Wir wohnen erst seit Juli hier. Warum?«

»Weil du sonst Bescheid wüsstest. Jeder in Wicker weiß, was Palinkas für ein Typ ist.«

»Was für ein Typ ist er denn?«

»Ein reaktionäres, fremdenfeindliches Arschloch. In einem Zeitungsinterview wurde er mal gefragt, warum auf den Werbeplakaten der Brauerei immer nur weiße Männer zu sehen wären. ›Weil Theine-Pils ein deutsches Männerbier ist‹, hat er geantwortet. So denkt der. Unglaublich, oder? Dann gibt es seit Jahren Proteste gegen die Flaschenhalsfolien, die die Theine-Brauerei verwendet. Weißt du, dieses goldene Alukreppzeugs. Eine megaunnötige Umweltsauerei. Palinkas' Reaktion auf die Proteste? ›Ich sehe in Wicker keinen Müll auf den Straßen, so schlimm kann es also nicht sein.‹«

Mara macht eine Pause und verschränkt die Arme vor der Brust. »Das alles ist schon Grund genug, ihn zum Kotzen zu finden. Aber das ist noch nicht das Schlimmste.«

Wieder hält sie inne, scheint sich nicht sicher, ob sie weiterreden soll. Ich will sie nicht drängen und halte meine Klappe.

Nervös klopft sie mit den Händen auf ihre Oberschenkel, dann fährt sie fort. »Vor Kurzem hat er fast dreißig Leute gefeuert, wegen ›Restrukturierungsmaßnahmen‹ in der Firma. Meine Mutter war auch dabei. Sie hatte erst letztes Jahr in der Brauerei angefangen und war natürlich eine der Ersten, die es erwischt hat. Jedenfalls hat dieser eklige Sack durchblicken lassen, dass man da vielleicht ›noch was machen könne, wenn …‹, sie wüsste schon.«

Mara sieht mich an. Ihre Augenlider zittern vor Wut. »Mein Bruder hat gesagt, dem müsste man einen Denkzettel verpassen. Aber das wars dann auch. Mehr ist nicht von ihm gekommen, keine Ideen, keine Vorschläge, nichts. Große Klappe, nichts dahinter, typisch Mann. Das hat mich so aufgeregt, da habe ich die Sache selbst in die Hand genommen …«

»… und beschlossen, Palinkas einen Denkzettel zu verpassen, den er nicht übersehen kann.«

»Richtig. Ich wusste, dass er mehrere Autos hat. Die haben sich quasi aufgedrängt für die Aktion.« Maras Gesichtszüge entspannen sich. »Der Codename lautet *Operation Carwash.*«

Ich muss grinsen. *»Operation Carwash?«*

»Mach dich nur lustig«, sagt sie. »Ich habe mich tagelang darauf vorbereitet. Für so was brauchst du einen Plan, Material und *natürlich* auch einen Codenamen.«

»Klingt logisch. Tut mir leid, dass ich dazwischengefunkt habe.«

»Das tut mir auch leid. Ich wäre fertig geworden, wenn du nicht so einen Krach gemacht hättest. Wenn du nicht erschrocken wärst wie … wie ein kleines Mädchen.«

Sie beißt sich mit den Schneidezähnen auf die Unterlippe und lacht leise. Ich muss mitlachen, obwohl ich mich eigentlich beschweren will, ich meine, *kleines Mädchen*, die spinnt wohl. Mara schüttelt den Kopf und presst sich die Hand vor den Mund, weil sie gar nicht mehr aufhören kann. Ihre Augen beginnen zu glänzen. Sie wischt sich eine Träne weg und streift sie an ihrem Hoodie ab. Als sie bemerkt, dass ich sie anstarre, schaue ich schnell weg und gucke über die Kante nach unten in die Dunkelheit.

»Du hast da was, Paul Stelter«, sagt sie und deutet auf meine Stirn. Ich taste mit der Hand über die Stelle. Das Holz hat einen welligen Abdruck hinterlassen, außerdem klebt da was, Sand oder Dreck, hoffentlich keine Vogelkacke.

»Immer noch. Warte.« Mara rutscht ein Stück an mich heran und reibt mit ihrem Daumen über meine Stirn.

Mir stockt der Atem. Die Berührung verursacht so was wie einen System-Shutdown in meinem zentralen Nervensystem. Ich bin nicht in der Lage, mich zu bewegen oder gar zu antworten, als sie sagt: »So, jetzt ist 's weg«. Die Leuchtreklame am Horizont ist alles, was mein Kopf verarbeiten kann, *Theine-Bier jetzt und hier*, mehr ist nicht drin.

»Du bist nicht so der Talker, was, Paul Stelter?«

»Wie?«, sage ich und versuche Zeit zu gewinnen, um mein Gehirn wieder zum Laufen zu bringen. Was zur Hölle ist denn los mit mir? »Ach so. Ja. Nein. Kommt auf die Situation an«, stammele ich. »Auf Partys stehe ich immer nur rum und weiß nicht, was ich sagen soll.«

»Geht mir auch so. Ich hasse Leute, die sich immer in den Mittelpunkt drängen und zu allem eine Meinung haben. Gehst du viel auf Partys?«

»Nein. Ich werde nicht oft eingeladen«, sage ich.

»Ich auch nicht. Ich habe nicht viele Freunde. Den meisten bin ich zu kompliziert, glaube ich.«

»Wieso?«

»Verstehe ich auch nicht«, sagt sie und grinst. »Was ist mit dir? Warum wirst du nicht oft eingeladen?«

»Ich bin irgendwie noch nicht richtig angekommen in Wicker. Die meisten aus meiner Klasse denken, ich bin ein Idiot. Die glauben, ich würde mich für was Besseres halten, weil ich aus der Großstadt komme. Aber das stimmt nicht. Manchmal fühle ich mich, als würde ich eine andere Sprache sprechen, weil mich die Leute ständig falsch verstehen.«

»Das kenne ich. Mir geht es oft genauso. Also, bei bestimmten Themen. Weißt du, unser Planet geht vor die Hunde, und so Leute wie Palinkas interessiert das einen Scheiß. Aber meine Eltern sind auch nicht viel besser. Die machen so weiter wie immer, die produzieren den gleichen Müll, die fahren genauso viel Auto wie immer, als würde es den Klimawandel nicht geben. Ich kann mir den Mund fusselig reden, die kapieren es einfach nicht. Die *wollen* es einfach nicht kapieren. Es bleibt einem ja fast nichts anderes übrig, als sich mit Sprayen Aufmerksamkeit zu verschaffen.«

»Finde ich gut, dass du was tust. Wenn ich von allem genervt bin, mache ich genau das Gegenteil, ich flüchte mich in Gedanken und lasse die Welt draußen vor der Tür.«

»Und was sind das für Gedanken? Wohin flüchtest du?«

»Weiß nicht. In meine eigene Welt. Ich schreibe Geschichten.«

Ich merke, dass ich signalrot im Gesicht werde. Was zur Hölle rede ich da? Wieso erzähle ich Mara von meinen Texten? Das Einzige, was ich über sie weiß, ist, dass sie vorhin eine Straftat begangen hat. Nicht unbedingt die beste Qualifikation, um ihr meine geheimsten Geheimnisse anzuvertrauen.

»Wow. Was schreibst du?«

»Ach, nichts Besonderes. Kurzgeschichten. Im Moment schreibe ich über einen Jungen mit Superkräften.«

Jesus, klingt das dämlich. Ich brauche unbedingt einen besseren Teaser.

»Cool. Was sind das für Superkräfte?«

»Er, Marty, kann die Gedanken anderer Leute lesen. Er kann sie dazu bringen, alles zu tun, was er will. Allerdings nur solange er den Meteoritenstein dabeihat, der ihm diese Superkräfte verleiht …«

»Coole Idee. So einen Stein hätte ich auch gerne.«

»Und ich erst. So bin ich ja überhaupt erst auf die Idee gekommen.«

»Was stellt dein Held mit dem Stein alles an?«

»Ich … ich kann das schlecht erzählen. Das musst du lesen.«

»Das würde ich gern.«

Die Theine-Bier-Werbung fängt an zu blinken und geht nach ein paar Sekunden aus. In der Dunkelheit sind nur noch die Silhouetten der beiden Türme zu erkennen. Zwölf Uhr, Mitternacht, um diese Zeit wird die Leuchtschrift abgeschaltet. Mara guckt verwundert auf die Uhr.

»Ich muss los«, sagt sie, zieht einen Schal aus ihrem Rucksack und wickelt ihn sich um den Hals.

»Kann ich dich noch was fragen?«, sage ich schnell.

»Schieß los.«

»Was bedeutet WCQ?«

Maras Gesicht wird ernst. »*Wicker City Queen*. Das ist mein Writer-Name. Hör mal, kein Mensch weiß, dass ich *WCQ* bin. Und es darf auch keiner erfahren, sonst kriege ich richtig Ärger, nicht nur wegen Palinkas. Du darfst niemandem davon erzählen. *Operation Carwash* bleibt unter uns, okay?«

»Okay, klar.«

Mara guckt nach unten, dann steht sie auf. Ihre Knochen knacken.

»Ich muss jetzt, es ist schon spät.«

Ihr Fahrrad steht am McDo an der Waldstraße, die vom Katerberg zur Innenstadt führt. Ich behaupte, dass ich Lust auf Pommes hätte, und begleite sie. Die Stühle sind schon hochgestellt und das Licht am Drive-in-Schalter wird gerade ausgemacht, als wir auf den Parkplatz kommen. Vor dem Standaschenbecher am Eingang stehen zwei müde aussehende Frauen in McDonald's-Outfits und rauchen Mentholzigaretten. Ein Typ mit Basecap lässt die Schranke herunter.

»Willkommen in Wicker, Paul Stelter. Hier schließt selbst der McDrive um kurz nach zwölf. Sorry.«

»Ich werde es verkraften. Außerdem hatte ich heute schon Pommes in der Schulkantine.«

Mara kramt in ihrem Rucksack nach dem Fahrradschlüssel. »Gehst du aufs Städtische?«

»Ja. In die Zehnte. Du?«

»Auf die IGW. Auch Zehnte. Gib mir mal deine Nummer«, sagt sie beiläufig, während sie ihr Rad aufschließt.

Ich muss schlucken. Ja, klar, meine Nummer. Die kann sie haben, sofort, einen Moment, haben wir gleich, die kann ich im Traum runterbeten, *jeder* kann seine Handynummer im Traum runterbeten, nulleinssiebennulleinsnull, nein, einszweinull, oder doch einsnull, *jetzt konzentrier dich doch mal, du Honk*, nulleinssiebennulleinsnull, Shit, ich glaube, ich habe einen Blackout.

»Warte mal«, stottere ich und hole mein Handy aus der Hosentasche. Das Display ist komplett zersplittert. Ich halte den Einschaltknopf für ein paar Sekunden gedrückt, aber der Bildschirm bleibt schwarz.

»Du kannst deine Nummer nicht auswendig?«, fragt Mara ungläubig.

»Ähm, nein. Doch. Mir fällt sie nur gerade nicht ein. Ich rufe mich so selten an …«

Jeder zivilisierte Mensch braucht eine Karte, Paul, raunt Kens Stimme in meinem Ohr.

»Oh«, sagt Mara und nimmt ihren Rucksack wieder von den Schultern. »Eine Sekunde.«

Sie fischt einen Kugelschreiber und Taschentücher heraus, zieht eins aus der Packung, breitet es auf dem Sattel aus und schreibt ihre Telefonnummer drauf.

»Meld dich mal«, sagt sie und hält mir das Taschentuch hin. »Ich will ja noch deine Geschichte lesen.«

»Mach ich«, sage ich.

Mara packt den Kugelschreiber weg und holt einen roten Edding hervor. »Gib mal dein Handy.«

Ich gebe es ihr und sie malt ihr Kürzel WCQ auf die Rückseite.

»Wenn es schon kaputt ist, hat es jetzt wenigstens eine Signatur von mir. Vielleicht kriegst du da irgendwann richtig viel Geld für«, sagt sie grinsend. »Also, machs gut, Paul Stelter. Und denk dran: Du darfst keinem was von heute Nacht erzählen. Versprochen?«

»Versprochen.«

Mara drückt mir das iPhone in die Hand. Sie steigt auf ihr Rad, tritt in die Pedale und lässt sich dann im Stehen den Berg zur Innenstadt hinunterrollen. Die Kapuze rutscht ihr vom Kopf und der Schal flattert hinter ihr her wie ein Superheldencape. »Wir sprechen uns, Paul Stelter …«, ruft sie über ihre Schulter. Den Rest verstehe ich nicht mehr, sie ist schon zu weit weg, schon an den Schrebergärten vorbei. Sie bleibt die ganze Abfahrt stehen, obwohl die Straße feucht und rutschig ist. Ich sehe ihr nach, bis ich nur noch ihr Rücklicht als roten Punkt erkenne, der immer kleiner wird und schließlich ganz mit den Lichtern der Innenstadt verschmilzt.

Heute

– Paul, wir sind wieder da!

Bille kommt mit ihrem Gefolge von freiwilligen Umzugshelfern in den Flur gepoltert: Yared und Tobias aus der Klinik und ein paar Leute vom Flüchtlingshilfeverein, deren Namen ich vergessen habe. Fun Fact: Meine Mutter hat in den letzten zwölf Monaten mehr Freunde gefunden als ich in den letzten siebzehn Jahren. Egal wo sie hingeht, Bille steht immer sofort im Mittelpunkt, und alle reißen sich darum, mit ihr zu reden. Keine Ahnung, wie sie das macht. Von mir nehmen die Leute oft kaum Notiz. Nicht, dass mich das stören würde, nein, ich will gar keine große Aufmerksamkeit. Ich finde es einfach erstaunlich, wie verschieden Bille und ich sind. Mein Vater ist übrigens auch kein wahnsinnig introvertierter Mensch. Peter arbeitet bei Vodafone im Vertrieb, da kannst du gar nicht schüchtern sein, sonst hast du deinen Beruf verfehlt, und dafür hat Peter viel zu viel Kohle auf der Bank. Also, schwer zu sagen, warum ich so bin, wie ich bin. Vielleicht wurde ich als Baby vertauscht. Vielleicht hat Bille mich adoptiert. Vielleicht hat sie mich als Kleinkind auf den Kopf fallen lassen. You never know.

– Du bist ja immer noch nicht weiter, sagt Bille, als sie in mein Zimmer gestiefelt kommt. – Was ist mit dem Schrank? Den wolltest du doch ausräumen.

– Bin nicht dazu gekommen.

Ich bin ja auch erst seit fünf Minuten zurück, denke ich, aber das werde ich ihr bestimmt nicht auf die Nase binden. *Sorry, ich war ein bisschen Rad fahren und hab dann auf dem Spielplatz ein Nickerchen gehalten.* Ihr Blick fällt auf die Box und die Sachen daneben.

– Lass dir Zeit, sagt sie mit sanfter Stimme. – So eilig haben wir es auch wieder nicht. Hast du Hunger? Wir wollen nachher Pizza bestellen.

– Hab die Nudeln gegessen.

– Gut. Kommst du trotzdem gleich mal runter?

– Okay.

Sie hat die Tür schon halb zugezogen, als sie plötzlich innehält.

– Paul, sollen wir reden? Das haben wir lang nicht mehr.

– Jetzt? Wieso? Deine Leute …

Bille guckt mich an. – Die können warten. Du hast … du hast ganz rote Augen.

– Das ist … weil … ich hab gekifft.

Bille lacht. – Du Spinner.

– Selber Spinner.

– Mal ehrlich. Alles okay?

– Ja. Geh ruhig. Ich mach hier mit dem Schrank weiter.

Bille ringt sich ein Lächeln ab und nickt. Dann schließt sie die Tür. Ich weiß, dass sie es gut meint, aber im Moment habe ich keine Lust, mich bei ihr auszuheulen.

So einen Aussetzer wie vorhin hatte ich das letzte Mal im Juni, da bin ich mit Klamotten in den See gesprungen. Nein, ich wollte mich nicht umbringen. Wie hätte das auch funktionieren sollen, die Brücke ist gerade mal drei Meter hoch. Ich bin gesprungen, weil ich aus meinem Kopf rausmusste. Klingt komisch, ich weiß, aber das trifft es irgendwie am besten.

Die Erinnerung selbst ist noch nicht mal das Schlimmste. Marko, wie er tot auf dem Steinhaufen liegt, das ist ein Anblick, den ich nie vergessen werde und der mich unendlich traurig macht, ja. Richtig schlimm wird es aber erst, wenn dieses Bild dauernd in meinem Kopf aufpoppt und ich nichts dagegen tun kann. Wenn sich meine Gedanken nicht mehr kontrollieren lassen und ich überall den toten Marko sehe und das nicht aufhört, sosehr ich auch dagegen ankämpfe. Wenn das mit dem Wegpacken im Kopf nicht funktioniert, wenn das Bild immer wieder auftaucht, obwohl es eigentlich fest verschlossen in der Box stecken sollte. Dann bekomme ich richtig Schiss, dass das immer so weitergeht, dass ich verrückt werde und eine Psychose kriege, wie irgendwelche Typen, die zu viele Pillen geschluckt haben und den Rest ihres Lebens in der Geschlossenen verbringen.

Irgendwann habe ich festgestellt, dass dagegen nur eins hilft: Ich muss meinen Körper in einen komplett anderen Zustand versetzen, durch Rennen zum Beispiel, oder Fahrradfahren, durch irgendwas, das mich anstrengt und auspowert. Oder halt ins Wasser springen, wenn zufällig ein See in der Nähe ist, das geht auch, dann kriege ich so eine Art Brain Freeze und denke gar nichts mehr.

Vielleicht habe ich die Box ja aufgemacht, weil ich genau so eine Attacke provozieren wollte. Das hört sich jetzt bestimmt schräg an, aber ich bin gerade ein bisschen erleichtert, dass mir mal wieder die Sicherungen durchgeknallt sind. Irgendwie habe ich ein schlechtes Gewissen, wenn sich meine Welt weiterdreht, als ob nichts gewesen wäre. Ich meine, Marko ist noch nicht mal ein Jahr tot, und ich denke wieder an ganz banale Dinge wie: Was läuft gerade im Kino? Warum braucht der Güven so lang, um einen beschissenen Multiple-Choice-Test zu korrigieren? Wieso hat die 16 *schon wieder* Verspätung? Manchmal kriege ich dann richtig Schuldgefühle, weil ich nicht mehr ganz so traurig und im Arsch bin wie im letzten Winter, obwohl ich finde, dass ich immer noch *richtig* traurig und im Arsch sein müsste. Bille sagt, das ist normal und muss so sein. Irgendwie müsse man ja drüber wegkommen und weitermachen, und das hieße nicht, dass wir Marko vergessen würden. Trotzdem beruhigt es mein Gewissen, wenn ich wieder einen Aussetzer hatte. Dann bin ich wieder so am Boden, wie es sich gehört.

Draußen pflügt sich die Müllabfuhr durch die Straße. Rumpelnd werden Mülltonnen über den Asphalt getreten und in den Rumpf des Fahrzeugs entleert. Unten lacht einer von Billes Helfern laut auf. Gott, wahrscheinlich ist einer dabei, mit dem Bille demnächst was anfängt und mit dem ich dann wieder klarkommen muss. Okay, meinetwegen. Solange sie nicht so eine Harakiri-Aktion startet wie mit dem Silbereisen, als wir schon nach ein paar Wochen Beziehung bei ihm eingezogen sind, soll es mir recht sein. »Ich muss mich mal committen«, hat sie damals immer wieder betont. Also, das hätte sie auch in getrennten Wohnungen machen können. Aber egal, ich sag dazu nichts mehr.

So. Weiter gehts, aufräumen, zusammenpacken, sonst wird Bille wirklich sauer. Was stelle ich mit dem iPhone an? Behalten oder Sondermüll? *Vielleicht kriegst du da irgendwann mal richtig viel Geld für.* Ich stehe auf und hänge es ans Ladekabel. Vielleicht tut sich noch was. Vielleicht kriege ich ja irgendwie das Video von Mara runtergezogen, als ich sie hinter Palinkas' BMW erwischt habe. »P. S., die Sache mit Mara ist vorbei«, würde Ken jetzt sagen. »Get over it.«

Ich wünschte, er würde sich mal wieder melden. Nach Markos Tod haben wir fast jeden Abend telefoniert oder gechattet. Seit er in Berlin ist, herrscht quasi Funkstille. Ich überlege immer wieder, ob ich bei unserem letzten Treffen vor den Ferien irgendwas gesagt habe, das er scheiße fand. Aber Ken ist echt kein Typ, der schnell beleidigt ist. Der sagt dir klar und deutlich, wenn ihm irgendwas nicht passt. Na ja, Hauptsache, es geht ihm gut. Das hat er jedenfalls gesagt, dass es ihm gut geht, als ich ihn letztens für knappe zwei Minuten am Flurtelefon hatte. Nette Leute, und die Arbeit würde ihm auch Spaß machen. Er hat tatsächlich *nette* Leute gesagt. Ich habe es kaum glauben können. Weil, ich kann mich nicht erinnern, dass Ken-»ihr geht mir alle auf den Sack«-Phillips mal irgendwen als *nett* bezeichnet hätte. Schon absurd, dass er jetzt in meiner Heimatstadt ist und ich in seiner. Eigentlich hatten wir ausgemacht, dass ich ihn besuchen komme und ihm meine Lieblingsorte zeige: den Teufelsberg, den Schlachtensee, die U4 (meine Lieblings-U-Bahn), den Flakturm im Humboldthain und so weiter. Aber er hat ja ständig Dienst, auch am Wochenende.

Das Handydisplay bleibt schwarz. Das Teil ist hin. Kein Wunder, an dem Samstagmorgen nach *Operation Carwash* habe ich es noch mal volle Kanne auf den Boden geknallt – und dieses Mal mit Absicht. Da muss es endgültig seinen Geist aufgegeben haben.

Es war noch früh, ich war gerade aufgewacht, als es geklingelt hat. Ich habe sofort gewusst, dass das die Polizei ist. Schwer zu sagen, ob die beiden Beamten vor der Tür dieselben waren, die Mara und mich auf den Spielplatz verfolgt hatten, ich glaube aber nicht. Sie wollten wissen, ob ich letzte Nacht etwas gesehen oder gehört hätte, das Auto des Nachbarn sei durch Vandalismus schwer beschädigt worden. Ich bin natürlich voll ins Stottern geraten. Ich hätte nichts m-mitbekommen, habe ich gesagt, ich hätte oben in meinem Z-Zimmer einen Film auf N-Netflix geguckt. Am liebsten hätte ich mir auf die Zunge gebissen. Ich Idiot, die mussten ja nur bei unserem Provider nachfragen, um rauszukriegen, dass ich an dem Abend nicht mal eine beschissene Insta-Story gestreamt hatte. Aber das hat die alles gar nicht interessiert. Ich glaube, die haben nicht mal bemerkt, wie meganervös ich war. Sie wollten nur noch wissen, wo meine Eltern wären. Ich habe ihnen gesagt, dass ich allein mit meiner Mutter wohne, die Nachtdienst hätte und noch nicht zurück wäre. Das wars, dann sind sie wieder gegangen. Von meinem Fenster aus habe ich gesehen, dass sie auch die anderen Nachbarn abgeklappert haben. Reine Routine also.

Trotzdem glaube ich, dass Palinkas mich im Verdacht hatte. Seit *Operation Carwash* habe ich versucht ihm aus dem Weg zu gehen, aber bei deinem Nachbarn lässt sich ein Treffen natürlich nicht immer vermeiden. Jedes Mal, wenn wir uns zufällig auf der Straße begegnen, guckt er mich komisch an. Das ist jedenfalls mein Eindruck. Vielleicht ist das aber auch wegen der Abfuhr, die er von Bille kassiert hat, keine Ahnung.

Als die Polizisten weg waren, bin ich zurück ins Bett gefallen. Am liebsten hätte ich Mara sofort angerufen oder ihr geschrieben – *rate mal, wer gerade vor der Tür stand* –, aber das ging natürlich nicht. Ich musste noch ein bisschen warten, es würde viel zu aufdringlich wirken, wenn ich mich jetzt schon melden würde, es war ja nicht mal zehn Uhr morgens. Also habe ich mir die Nacht noch einmal durch den Kopf gehen lassen. Habe daran gedacht, wie Mara und ich ganz dicht nebeneinander auf dem Turm gelegen haben. Wie Mara mich angesehen hat, wie sie mir mit ihrem Daumen über die Stirn gefahren ist. Und dann habe ich, na ja, wie soll ich es sagen, dann habe ich mir halt vorgestellt, dass Mara und ich nicht mehr auf dem Spielplatz sind, sondern hier in meinem Zimmer, auf meinem Bett. *In* meinem Bett. Wie man halt so Fantasien hat. Echt jetzt, muss ich noch mehr sagen? Als ich mit dem *Fantasieren* fertig war, habe ich das erstbeste Taschentuch gegriffen, das auf dem Nachttisch lag. Ich war irgendwie noch nicht voll auf der Höhe. Als ich gemerkt habe, dass ich *Maras* Taschentuch erwischt hatte, das mit ihrer Nummer drauf, war es schon zu spät.

Zwei, drei Ziffern konnte ich noch lesen, der Rest war verwischt, verschmiert, nicht mehr zu erkennen.

Ich dachte, ich drehe durch. Jesus, wie bescheuert kann man sein? Wie zur Hölle sollte ich Mara jetzt erreichen? Ich wusste ja noch nicht mal ihren Nachnamen. Ich wusste *gar nichts* über sie. Vor Wut habe ich mein Handy auf den Boden geknallt und ihm damit wohl endgültig den Todesstoß verpasst. Selbst heute könnte ich mich noch dafür ohrfeigen. Alles hätte anders laufen können, wenn ich Mara gleich angerufen hätte. *Alles.*

Ich ziehe das Ladekabel aus der Steckdose und lege das Handy zurück in die Box, dann die Todesanzeige und die Kinokarten. Bei den »Unglaublichen Abenteuern« stocke ich. In der Box stecken so viele dunkle Erinnerungen, die mich wahnsinnig traurig machen, die mich wütend und verzweifelt werden lassen. Aber es sind auch die anderen Momente in der Box. Die guten Erinnerungen, die manchmal durchscheinen, auch wenn seit Markos Tod ein dicker Schleier darüber liegt.

»Für die Akten: Wir wissen ihren Vornamen, auf welche Schule sie geht und dass sie einen Bruder hat. Noch was, Stelter?«

»Ihre Mutter hat für die Brauerei gearbeitet und wurde gefeuert. Sie kommt aus Wicker und fährt ein Rennrad.«

»Renn-rad«, murmelt Mehmet, während er das Rad auf die Liste setzt. »Farbe?«

»Weiß nicht mehr. Es war zu dunkel. Silber?«

»Gut. Migrationshintergrund?«

»Wer jetzt? Mara oder das Fahrrad?«

»Sehr komisch. Also?«

»Ich weiß nicht. Sie hat schwarze Haare.«

»Du bist wirklich ein messerscharfer Beobachter, Stelter. Sieht sie aus wie ich oder nicht?« Mehmet guckt mich an und schneidet eine Grimasse.

»Ähm, nein«, sage ich. »Definitiv nicht.«

Er wartet, bis der Bus das Kopfsteinpflaster am Marktplatz hinter sich gelassen hat, bevor er die »Fakten« auf seinem Notizblock vervollständigt:

- Vorname: Mara
- Nachname: unbekannt
- Aussehen: schwarze Haare / Herkunft: nicht identifizierbar
- Schule: IGW; 10. Klasse

- Geschwister: 1 (?) Bruder
- Mutter: Ex-Mitarbeiterin der Theine-Brauerei
- Rennrad (Farbe unbekannt, möglicherweise silbern)

Vor uns sitzen Jonas und Leo, die Zwillinge. Sie haben ihre Handys vernetzt und spielen irgendeinen Shooter gegeneinander. Jonas hat seinem Bruder gerade zum zweiten Mal die Kappe vom Kopf gezogen und durch den Bus geworfen, weil Leo ihn mit einer Machete niedergemetzelt hat. Weiter hinten hockt Jana aus der C-Klasse, Kopfhörer über den Ohren, allein. Sie hält ein Schreibheft vor das Fenster, um nicht von der Sonne geblendet zu werden.

»Insta? Facebook?«, fragt Mehmet und streicht sich über das Kinn. »Was gefunden?«

»Nein. Nichts.«

Was für eine Frage. Wenn ich online was über Mara rausgekriegt hätte, würde ich mit Sicherheit nicht bei Mehmets Kamikaze-Plan mitmachen. Ich habe »Mara Wicker«, »Mara IGW, 10. Klasse« und wasweißich nicht alles gegoogelt und es hat nichts gebracht. Auch der Hashtag #WCQ ist eine Sackgasse, mit dem findest du bei Twitter und Instagram nur Kommentare und Fotos zur »FIFA World Cup Qualification«. Bei Facebook habe ich in der Freundesliste von Krazy Kat Theine (als populärstes Mädchen unserer Stufe hat sie die meisten Kontakte) nach Leuten auf der IGW gesucht und eine Aylin gefunden, die wiederum zwei Freundinnen hat, die Mara heißen. Die eine hat gar keine öffentlichen Bilder, die andere als Profilfoto einen Sandstrand, auf dem jemand mit weißen Steinen »Mara« gelegt hat. Ich habe beiden eine Freundschaftsanfrage geschickt. Das war am Sonntag und beide Anfragen sind bis jetzt unbeantwortet. Facebook ist echt zu nichts zu gebrauchen.

Noch drei Stationen, dann sind wir da. »Integrierte Gesamtschule Wicker – IGW«, die Haltestelle heißt sogar so. *Natürlich* kenne ich die Stationen auswendig, das ist bei zwei Buslinien keine Kunst, dafür musst du kein Profi sein. Als Nächstes kommt der Hauptbahnhof. Ich könnte aussteigen und mit der 16 nach Hause fahren. *Sorry, Mehmet, ist nett gemeint, aber dein Plan ist Kacke, ich bin raus.* Der Bus hält an und die Türen öffnen sich schnaubend. Die Zwillinge steigen aus, ohne von ihren Handys hochzusehen, und trotten durch die Unterführung zur Regionalbahn.

»Wir gehen am besten noch mal durch, über was ihr auf dem Spielplatz geredet habt«, sagt Mehmet und schüttet sich eine Ladung Tic Tacs in den Mund.

»Schon wieder? Das haben wir schon dreimal gemacht.«

»Man merkt, dass du von Detektivarbeit keine Ahnung hast, Stelter. Durch die ständige Wiederholung versuche ich, meine Gedanken zum *Klingen* zu bringen.«

»Holy Shit, Mehmet. Hast du gekifft?«

Dass Mara WCQ ist, weiß er nicht. Das bleibt geheim, das habe ich ihr versprochen. Eigentlich hätte ich ihm überhaupt nichts sagen dürfen, aber als er Samstag angerufen hat, war ich so verzweifelt wegen der verwischten Nummer, dass ich ihm einfach von Mara erzählen *musste.* Den Part mit dem Taschentuch habe ich allerdings für mich behalten. Also, Mehmet denkt, ich hätte mir die Nase damit geputzt, und das klingt schon bescheuert genug. Nachmittags bin ich dann zu ihm, weil er mir seinen brandneuen Gaming-Sessel vorführen wollte, für den er ein halbes Jahr lang gespart hat. Mehmet ist megastolz auf das Teil. Er hat mir jedes einzelne Feature gezeigt: die eingebauten Lautsprecher, den Subwoofer, den Vibrationsmotor, die Drehregler und so weiter. Als er fertig war, hat er sich reingesetzt, die Hände über dem Bauch gefaltet und was von seinem »Plan« gefaselt. Ich dachte, der will mich verscheißern, aber Mehmet hat es todernst gemeint. »Was willst du denn sonst machen?«, hat er gesagt. »Warten, bis sie bei dir vor der Tür steht?« Wir haben noch eine Runde gezockt, dann bin ich wieder gegangen. Samstagabends bin ich mit Kochen dran und Mehmet musste sich auf die Theater-AG vorbereiten. Yep, auf die *Theater-AG*. Ich habe es auch nicht glauben wollen. Mehmet und schauspielen, das passt ungefähr null. Es müsste schon eine Bühnenfassung von Wargames Evolution Pro sein, dann würde ich es im Kopf vielleicht zusammenkriegen. Erst als er mir den Flyer für »Endstation Neukölln« in die Hand gedrückt hat, ist mir klar geworden, warum er sich plötzlich fürs Theater interessiert: Katharina »Krazy Kat« Theine spielt die Hauptrolle.

»Bäm!«

Eine Bananenschale trifft Mehmet an der Stirn. Er schreit auf und geht in seinem Sitz in Deckung.

»Versenkt«, bellt Glotz und klatscht sich mit Wieland ab.

»Sag deiner Mutter, sie soll morgen mal was Anständiges kochen, Mehmet«, ruft Wieland und zieht die Nase hoch. »Der Kantinenfraß war heute mal wieder zum Kotzen.«

Sie müssen gerade eingestiegen sein. Ich muss mir angewöhnen, an den Haltestellen besser aufzupassen. Für Wieland und Glotz sind Mehmet und ich im wahrsten Sinne des Wortes laufende Zielscheiben. Wieland zieht seine Wicker-Jacke aus und setzt sich neben Jana. Er begrüßt sie mit schmatzenden Küsschen, die haarscharf links und rechts an ihren Lippen vorbeigehen, und beachtet uns nicht weiter. Sobald er eine Frau sieht, die ihm gefällt, ist ihm alles andere egal, sogar die Möglichkeit, Mehmet und mir auf den Sack zu gehen. Das Schlimme ist, dass die meisten Mädchen ihn gut finden. Nur weil er groß, muskulös und braun gebrannt ist. Soll noch einer sagen, Jungs wären oberflächlich.

Glotz redet zwar die ganze Zeit vom *Ficken*, aber im Gegensatz zu Wieland habe ich ihn noch nie mit einem Mädchen gesehen. Wie immer an sonnigen Tagen hat er Marvins Brille auf. Er macht einen Klimmzug an zwei Halteschlaufen und grinst mich an. Ich bücke mich und hebe die Bananenschale auf. Am liebsten würde ich sie ihm ins Gesicht feuern.

»Lass«, sagt Mehmet und legt seine Hand auf meinen Arm. »Du musst den Pitbull ignorieren. Sonst machst du alles nur noch schlimmer.«

»Wirf schon, du Homo«, sagt Glotz und hängt sich wie ein Affe an die Schlaufen. »Oder traust du dich nicht?«

»Hör nicht hin«, flüstert Mehmet und hebt sein Notizbuch auf, das ihm bei der Bananenattacke auf den Boden gerutscht ist. »Wenn du ihn nicht beachtest, verliert er das Interesse.«

Ich beiße auf die Zähne und lasse die Bananenschale fallen. Wieso nennt der mich *Homo*? Die wollen mich doch auf einem Sex-Tape mit einer Prostituierten gesehen haben. Ich meine, nicht dass mich das beleidigen würde, aber es macht halt überhaupt keinen Sinn. Egal, Mehmet hat recht, ich ignoriere den einfach.

»Der übernächste Halt ist die Zielstation«, sagt er und wischt sich mit einem Tempo den klebrigen Bananenrest aus dem Gesicht. »Hast du den Text dabei?«

»Ja«, flüstere ich und hole drei zusammengefaltete Seiten aus meinem Rucksack. Ich gucke vorsichtig über meine Schulter, bevor ich sie ihm in die Hand drücke.

Mehmet räuspert sich. »Dr. Flint zerrte an den Fesseln, doch sie lösten sich nicht …«

»Schhht … nicht so laut!«

»Schon gut«, sagt Mehmet und liest flüsternd weiter. »Dr. Flint zerrte an den Fesseln, doch sie lösten sich nicht, schnitten ihm nur noch tiefer ins Fleisch. Gleich würde das Feuer den Dachstuhl erreichen, und wenn er bis dahin noch gefesselt und geknebelt … Mensch, Stelter, hast du nichts anderes? Mädchen schreiben doch keine Superheldengeschichten.«

»Ich hab nur das«, sage ich beleidigt und nehme ihm den Text wieder ab.

»Na gut. Es wird schon klappen.«

»Warum muss es überhaupt eine Geschichte von mir sein? Warum kein stinknormales Buch? Oder sonst irgendwas, ein Schlüssel? Ein Schal? Ein Regenschirm?«

»Weil es was *Persönliches* sein muss. Sonst funktioniert der Plan nicht. Sollen wir ihn noch mal durchgehen?«

»Auf keinen Fall.«

Glotz lässt sich auf den freien Sitz vor uns fallen. »Ist das heiß heute«, sagt er und schiebt sich die Sonnenbrille auf den kurzrasierten Schädel.

Mehmet guckt weg und starrt aus dem Fenster auf die riesige Baugrube hinter dem Bahnhof. Hier wird das neue Rathaus und Verwaltungszentrum von Wicker gebaut, natürlich gesponsert von der Alfred-Theine-Stiftung, wie so ziemlich alles in der Stadt.

»… und wie das blendet, Digger.«

Glotz nickt, sodass ihm die Ray Ban auf den Nasenrücken rutscht. Er trägt ein weißes Multifunktionsshirt, das sich eng um seine Muskeln spannt, kurze Hosen und Adiletten an den Füßen. Seine Oberschenkel sind so dick, das meine zweimal reinpassen würden. Glotz ist ein Tier. Ich wünschte, ich hätte Dr. Flints telepathische Superkräfte. Dann würde er mir die Brille auf der Stelle zurückgeben und winselnd um Entschuldigung bitten. Jetzt rülpst er so laut, dass sich ein paar Leute kopfschüttelnd zu uns umdrehen. Er steht auf und klatscht mir mit der flachen Hand auf die Stirn.

»Schuuulz«, sagt er und hangelt sich nach hinten zu Wieland und Jana.

»Die Nächste ist unsere«, seufzt Mehmet und packt den Notizblock in seinen fleckigen Rucksack.

Der Bus hält vor dem Schulhof der IGW und wir steigen aus. Eigentlich wollte ich auch Ken von Mara erzählen, aber nach dem Gespräch mit Mehmet hat mich das schlechte Gewissen gepackt und ich habe es erst mal sein lassen. Ich habe Ken in den letzten Tagen auch kaum gesprochen. Montag war er krank, und heute hatte er wieder einen seiner MoF-Tage, an denen er so ein bisschen autistisch wird und in jeder Pause abhaut, um aufs Dach oder in die Bib zu verschwinden.

Mehmet und ich gehen auf den Schulhof. Wir kommen an drei langen Fahrradständerreihen vorbei, die bis auf den letzten Platz belegt sind. Keine Chance, Maras Rad hier zu finden, es sind viel zu viele, mindestens hundert oder mehr. Eine Horde Fünftklässler jagt an uns vorbei, ein Maler im Blaumann überstreicht ein Graffiti an der Gebäudewand. Wie vom Blitz getroffen bleibe ich stehen. Der Typ hat zwar schon einmal drübergestrichen, aber die Schrift scheint immer noch durch: #notheidisgirl #WCQ.

»Was ist?«, sagt Mehmet.

»Nichts ist«, sage ich.

»Na dann komm.«

Im Eingangsbereich hängt ein riesiger Flachbildschirm über der Tür, auf dem Veranstaltungshinweise und Vertretungsstunden in Dauerschleife laufen. An den Wänden sind Plakate und Aushänge angebracht: Ab Montag kann man sich für den Informatik-Biber registrieren, am 19. Oktober findet die große SV-Party im Städtischen Gymnasium statt, außerdem werden Schüler für den Austausch mit der Partnerschule in Bielawa / Polen gesucht. Hinweisschilder weisen nach rechts zur Mensa, nach links zur Aula und zu den Turnhallen. Auf einem Standterminal wird der Raumplan angezeigt.

»Junge, wieso haben die so viel Kohle?«, sagt Mehmet und beugt sich über das Terminal.

Zwei Jungs, achte oder neunte Klasse, schätze ich, springen die Treppe runter. Ein Lehrer im Sportanzug eilt zur Turnhalle. Jetzt wird es brenzlig: Mara könnte jederzeit um die Ecke kommen und uns über den Weg laufen. Wie soll ich ihr erklären, was Mehmet und ich hier treiben? Was, wenn sie es total creepy findet, dass ich plötzlich hier auftauche und nach ihr suche? *Mensch, Paul Stelter, du checkst ja gar nichts. »Meld dich mal«, das sagt man halt so, das ist 'ne Floskel, nichts weiter. Warum hast du mir keine WhatsApp geschickt, da hätte ich vielleicht drauf geantwortet, aber du kannst doch nicht einfach herkommen, alter Schwede, was sollen die anderen denken? Was soll mein* Freund *denken? Hast du etwa geglaubt, ich will was von dir? Oh mein Gott, Paul Stelter. Du bist so naiv.*

Wir müssen Mehmets Plan so schnell wie möglich durchziehen. Dann gehe ich mit Maras Nummer nach Hause, rufe sie an oder texte ihr, wie ausgemacht, und sie wird nie erfahren, dass ich hier gewesen bin.

»Das Sekretariat ist links am Ende des Flurs«, sagt Mehmet und stapft los.

»Warte«, sage ich und halte ihn am Arm fest. »Für den Fall, dass wir Mara treffen: Du weißt von nichts, okay? Ich habe nichts von Palinkas oder dem Auto oder sonst irgendwas erzählt. Du … du bist nur mitgekommen, weil wir später zusammen … zum Sport gehen wollen.«

Mehmet guckt auf seinen Bauch, der unter seinem zu engen Darth-Vader-Shirt hervorquillt. Er schiebt die Unterlippe über die Oberlippe und nickt. »Hört sich nach einer plausiblen Erklärung an.«

Im Sekretariat steht eine ältere Frau mit orangen Haaren, knallroter Brille, knallrotem Lippenstift und knallrot lackierten Fingernägeln hinter einer Art Tresen und sieht uns missmutig an.

»Ja, bitte?«, fragt sie.

»Schönen guten Tag, Frau …«, sagt Mehmet und beugt sich nach vorn, um ihr Namensschild zu entziffern. »Frau Bary. Ich … wir suchen jemanden.«

Mehmet stupst mich mit dem Ellenbogen an. Ich hole die »Unglaublichen Abenteuer« aus meinem Rucksack und lege sie auf den Tresen. Frau Bary nimmt die Blätter in die Hand und faltet sie auseinander. Mein Herz fängt an zu rasen, während sie meinen Text überfliegt.

Mehmet räuspert sich. »Das Mädchen heißt Mara. Komm schon, Stelter, jetzt erzähl halt selbst.«

»Ja, also«, stottere ich. »Mara und ich … wir sind in einem Literaturclub. Letzte Woche haben wir uns getroffen, um uns unsere Texte vorzulesen. Mara hat eine Geschichte über einen Jungen mit telepathischen Fähigkeiten geschrieben, der … ist ja auch egal, jedenfalls hat sie den Text im Wi1 liegen lassen. Ich würde ihn ihr gern wiedergeben, weil, sie hat da überall Notizen draufgeschrieben, sehen Sie? Ich weiß aber nur ihren Vornamen und dass sie hier in die zehnte Klasse geht.«

»Ihr könnt das dalassen«, sagt Frau Bary und lässt die Blätter hinter dem Tresen verschwinden. »Ich mache einen Aushang am Schwarzen Brett.«

»Nein!«, rufe ich. »Die Geschichte, die Notizen, das ist alles superpersönlich. Ich würde ihr den Text lieber selber geben. Können Sie mir nicht den Namen oder die Telefonnummer …«

»Das geht leider nicht. Wir dürfen keine Informationen über unsere Schülerinnen und Schüler herausgeben. Aus Datenschutzgründen, das ist streng verboten.«

»Nicht mal die E-Mail-Adresse?«

Frau Bary schüttelt den Kopf. »Tut mir leid.«

Sie holt die Flint-Geschichte wieder hervor und reicht sie mir über den Tresen. Mehmet schnalzt enttäuscht mit der Zunge. So ein Scheiß, denke ich, bin aber auch ein klein bisschen erleichtert. Dann halt nicht. Vielleicht bleibt mir damit ja eine Enttäuschung erspart, wer weiß. So oder so, das Schicksal hat entschieden. Wicker ist nicht groß, irgendwann werde ich Mara bestimmt wieder über den Weg laufen.

»Frau Bary«, sagt Mehmet. »Ich muss Ihnen etwas beichten.« Er faltet die Hände und legt sie auf den Tresen. »Die ganze Sache ist gelogen. Das mit dem Text, das war eine Ausrede. Der Stelter hat die Geschichte selber geschrieben. Er hat sich in diese Mara verknallt und will sie unbedingt wiedersehen.«

»Mehmet! Spinnst du?«

»Junge, das ist doch die Wahrheit!«

»So ein Schwachsinn.«

Frau Bary zupft eine orange Haarsträhne über ihrer Schläfe zurecht. Sie mustert mich von Kopf bis Fuß. Dann verdreht sie theatralisch die Augen und hackt mit ihren Fingernägeln auf die Tastatur eines Rechners ein, der irgendwo hinter dem Tresen verborgen ist.

»In der Zehnten gibt es nur eine Mara. Mara Kaiser, 10c. Die haben gerade Englisch, in Raum … Moment … 126.«

»Wow, vielen Dank!«, ruft Mehmet.

»Von mir wisst ihr das nicht, ist das klar?«

»Klar, Frau Bary«, sagt Mehmet und schiebt mich aus der Tür. »Auf Wiedersehen!«

Vor dem Sekretariat sitzen zwei Mädchen mit Rucksäcken auf dem Schoß und gucken uns neugierig hinterher. Mehmet holt die Tic-Tac-Dose aus der Hosentasche, schüttelt sie und verzieht enttäuscht das Gesicht, weil nur noch eine Pille drin ist. Er bleibt vor einer Vitrine mit Pokalen stehen, die die Sportteams der IGW gewonnen haben, und lässt das letzte Tic Tac in seinen Mund tropfen.

»Mehmet«, sage ich. »Was sollte der Scheiß?«

»Was denn«, sagt er. »Wir wissen jetzt, wie sie mit Nachnamen heißt, wir wissen sogar, wo sie sich gerade aufhält. Worüber regst du dich auf?«

Ohne meine Antwort abzuwarten, geht er auf das Raumplanterminal zu.

»Was machst du?«, frage ich.

»Was glaubst du denn?«, antwortet er und fährt mit seinem stummeligen Daumen über den Screen.

»Vergiss es. Wir gehen. Sofort. Ich habe ihren Namen, das reicht, damit finde ich ihre Nummer raus.«

»Raum 126 ist gleich um die Ecke …«

»Ja und?«

»Wir gehen hin.«

»Auf keinen Fall. Ich hau ab.«

Mehmet zuckt mit den Schultern. »Okay«, sagt er und drückt die Glastür auf, die zu den Schulräumen führt. Jesus, was ist bloß los mit dem? Wenn der bei Kat mal so mutig wäre. Wenn er die sieht, ist er noch zu feige, um *Hallo* zu sagen, dann kriegt er seine Flecken im Gesicht, nuschelt irgendwas Unverständliches vor sich hin, und alle denken, Mensch, Mehmet, chill mal. Und bei mir führt er sich auf, als wäre er der Date-Doktor. Ich muss ihm hinterher. Wer weiß, was der sonst anrichtet.

»Hier ist es. Raum 126«, sagt Mehmet und bleibt vor einer gelben Tür stehen.

»Schön«, sage ich. »Und jetzt?«

»Lass mich mal nachdenken«, sagt Mehmet.

»Genug nachgedacht«, sage ich und ziehe am Ärmel seiner Fleecejacke.

Aber Mehmet ist ein richtiger Brocken, wenn der nicht gezogen werden will, bewegt er sich keinen Millimeter.

»Herr des Lichts«, murmelt er. »Lass dein Licht über uns leuchten, denn die Nacht ist dunkel und voller Schrecken.«

Zu meinem Entsetzen reißt er die Tür auf. Ein glatzköpfiger Mann mit Camp-David-Shirt steht vorne am Whiteboard, den Marker in der einen, den Wischlappen in der anderen Hand. Aus dem Klassenraum starren uns ungefähr dreißig Augenpaare an.

»Was wollt ihr?«, fragt der Camp-David-Typ.

Mehmet räuspert sich: »Die polnischen Austauschschüler sind da.«

Jetzt sind ihm endgültig alle Sicherungen durchgebrannt. Was redet er da? Ich kapiers nicht. Camp David geht es nicht anders. Er guckt, als hätte Mehmet gesagt, *die Außerirdischen Seelenfresser sind da.*

»*Wer* ist da?«

»Die Austauschschüler. Aus Polen«, wiederholt Mehmet, ein klein bisschen Ungeduld in der Stimme, so als ob das nun wirklich eine völlig schwachsinnige Frage wäre, und deutet über seine Schulter auf mich.

»Das ist Pawel. Die anderen warten im Sekretariat. Die Mara soll bitte mitkommen und beim Übersetzen helfen.«

Ein paar Köpfe drehen sich zu einem Mädchen in der letzten Reihe. Dunkelblond, schlank, Brille. Zögernd steht sie auf. »Aber … ich kann doch gar kein Polnisch.«

Die Köpfe drehen sich zurück zu uns.

»Junge, ist die schwer von Begriff«, flüstert Mehmet.

»Das ist sie nicht«, sage ich.

»Wie bitte?«

»Das ist sie nicht. Das ist nicht Mara.«

»Könnt ihr mal bitte erklären, was das soll?«, sagt Camp David.

Er wirft Marker und Wischlappen in die Ablage und klatscht sich die Hände ab.

»Äääähm«, sagt Mehmet lang gezogen. »Ich glaube, hier liegt eine Verwechslung vor. Ist das nicht die 10a?«

Stöhnen aus der Klasse. »Wir sind die 10c, ihr Penner«, ruft einer von hinten.

»Wie heißt du?«, sagt Camp David und kneift die Augen zusammen. »In welche Klasse gehst du? Ich kenne dich nicht.«

»Elfte«, sagt Mehmet und schlägt die Tür zu. »Weg hier, Stelter.«

Wir rennen in die Eingangshalle und auf den Pausenhof, dann um das Gebäude herum, auf eine frisch gemähte Rasenfläche. Vor der Fensterfront eines leeren Physiksaals lassen wir uns ins Gras sinken. Mehmet keucht und röchelt, als wäre er gerade einen Marathon gelaufen. Von Camp David ist nichts zu sehen. Zum Glück, der hat nicht den Eindruck gemacht, als würde er Spaß verstehen.

»Bist du sicher, dass sie *IGW* gesagt hat?«, fragt Mehmet außer Atem.

»Todsicher. *IGW, zehnte Klasse* hat sie gesagt. Ich verstehe das nicht. Vielleicht hat sich die Sekretärin vertan und es gibt doch noch eine andere Mara.«

Mehmet schließt die Augen. »Ich sag es nicht gerne, aber vielleicht will sie gar nicht von dir gefunden werden?«

»Warum hat sie mir dann ihre Nummer gegeben?«

»Vielleicht war es nicht ihre *richtige* Nummer.«

»Warum sollte sie mir eine *falsche* aufschreiben? Ich habe sie ja gar nicht danach gefragt.«

»Mysteriös«, sagt Mehmet. »Sehr mysteriös.«

Die Sonne kommt hinter einer Wolke hervor und scheint in unsere Gesichter. Ich rücke ein Stück zur Seite in den Schatten einer Platane. Mehmet hat die Augen immer noch zu. Seine Haare stehen nach allen Seiten ab, sein Gesicht ist dunkelrot und die Stirn liegt in Falten. So sieht er voll aus wie seine Mutter. Als ob sein Vater nicht nur aus seinem Leben, sondern auch aus seinen Genen geflohen wäre.

»Mehmet?«

»Was ist?«

»Die polnischen Austauschschüler?!«

Er grinst. »Hätte doch beinahe geklappt.«

Heute

Das Telefon klingelt. Ich dachte, Bille hat es längst ausgestöpselt und eingepackt. Weil, es ruft eh superselten jemand auf dem Festnetz an, eigentlich nur Tante Miriam und irgendwelche Callcenter-Typen, die dir sonst was andrehen wollen. Bille nimmt ab. Sie klingt überrascht, *Ja, ja, der ist da, einen Moment.* Ihre Absätze klappern über die Treppenstufen, die Tür öffnet sich und Bille streckt mir das Telefon entgegen.

– Für dich, sagt sie. – Es ist Ken.

Ich lasse die »Unglaublichen Abenteuer« fallen und springe auf. Bille gibt mir den Hörer in die Hand, dann warte ich, bis sie wieder draußen ist.

– Ken … hi. Wie gehts?

– Alles gut, sagt Ken. – Alles wie immer. Die Kloppis nerven manchmal, aber meistens sind sie echt erträglich.

– Die … Kloppis?

– Ja, die Bekloppten halt. Die *Bewohner* heißt es offiziell, aber wir sagen Kloppis, das ist kürzer und, mein Gott, die sind nun mal bekloppt, sonst wären sie ja nicht im Heim.

– Ist es immer noch so stressig?

– Schon. Aber es macht Spaß. Zum Beispiel Steffen und Chris, die beiden Spastiker, die den ganzen Tag mit Helm rumlaufen. Das sind zwei richtig korrekte Typen, auch wenn sie einen an der Waffel haben. Ich sag dir, die flippen aus, wenn ich Dienst habe und auf Station komme, so freuen die sich. Oder der Herr Bennett. Der hat am selben Tag Geburtstag wie ich, am 10. Januar, allerdings 1932. Siebzig Jahre früher, Paul. Gib dir das mal. Den darf ich nachmittags immer an der Uferpromenade im Rollstuhl spazieren fahren, wo er mir jedes Mal die Story erzählt, wie er als GI nach Deutschland kam.

– Und der ist behindert?

– Nee, nicht so richtig. Der ist einfach alt und ein bisschen dement. Da sind die Übergänge fließend.

– Nervt dich das nicht, dass der dich immer mit der gleichen Geschichte zutextet?

– Weißt du was, das stört mich null. Es stört mich auch nicht, wenn er sein Essen vom Tisch fegt, weil es ihm nicht schmeckt, obwohl ich es dann aufwischen darf. Oder wenn Benny, einer von den Downies, nach mir schlägt, weil er seine Fünf Minuten hat. Letzte Woche bin ich ihm zu spät ausgewichen und er hat mich voll im Gesicht erwischt. Ich hatte tagelang den Abdruck seiner Hand auf der Backe. Das ist nicht geil, aber ich komm damit klar. Du musst halt wissen, wann du ihm besser aus dem Weg gehst. Ansonsten ist Benny ziemlich gechillt. So wie fast alle hier. Gut, Arschlöcher gibt es überall, aber die meisten sind einfach … so wie sie sind. Bei denen weißt du, woran du bist, da macht dir keiner was vor, da hat keiner irgendwelche Hintergedanken. Die sagen dir ins Gesicht, wenn sie was scheiße finden. Oder sie knallen dir halt eine, wenn ihnen was nicht passt. Das ist derb, aber ehrlich. Ehrlicher als die meisten *normalen* Leute.

– Freut mich, dass es dir gefällt.

Ich versuche, nicht zu beleidigt zu klingen, weil, ich weiß ja, dass er nicht mich damit meint. Trotzdem nervt es mich, dass er so gut zurechtkommt, während ich heute schon wieder eine Panikattacke geschoben habe.

– Wie ist es bei dir? Wann zieht ihr um?

– Heute. Ich sitze hier zwischen lauter Kisten, und das Haus ist voll mit Verehrern von Bille, die uns helfen und am liebsten gleich mit einziehen würden. Mein Zimmer ist schon fast ausgeräumt. Im Moment komme ich aber nicht weiter, weil … vorhin bin ich auf ein paar Sachen gestoßen, die ich nach Markos Tod weggepackt hatte. Nichts Besonderes eigentlich, einfach nur Zeugs aus dem letzten Jahr, aber das hat mich trotzdem ganz schön runtergezogen …

Schweigen. In der Leitung knackt es.

– Ken? Bist du noch da?

– Ja. Sorry, das ist so ein Uralttelefon hier. Wundert mich, dass es überhaupt noch funktioniert.

– Vielleicht solltest du mal wieder runterkommen von deinem Offline-Trip.

– Mal sehen. Wenn ich zurück bin, vielleicht. Es ist echt entspannt so ohne Handy, glaub mir. Das ist wie Urlaub für dein Hirn.

– Ja. Glaub ich.

Ich warte, dass Ken noch was sagt, aber es bleibt still am anderen Ende der Leitung. Das hat es bei uns noch nie gegeben, unangenehme Gesprächspausen, wenn keiner weiß, was er sagen soll. Heute ist das erste Mal.

– Ich hatte …, sage ich schließlich nach einer gefühlten Ewigkeit. – Ich hatte vorhin wieder so einen Aussetzer.

– Wie vor den Sommerferien, als du dich beinahe im See ertränkt hättest?

– Ja. Ziemlich genau so.

– Alter, sagt Ken und seufzt. – Was ist passiert?

Ich gehe mit dem Telefon ans Fenster und gucke nach unten in den Garten. Da, wo ich vorhin Marko gesehen habe, steht jetzt der Esstisch, den sie rausgetragen haben, um im Wohnzimmer Platz zu schaffen.

– Ich hatte den ganzen Morgen Flashbacks. Auf einmal habe ich Panik gekriegt und musste raus. So richtig bin ich erst auf dem Spielplatz hinter der Grundschule wieder zu mir gekommen. Nass geschwitzt und mit Herzrasen, ich muss wie ein Wahnsinniger mit dem Rad über den Katerberg gerast sein.

– Mann, Mann, Mann, Paul. Du musst auf dich aufpassen. Gehst du noch zu dem Psycho-Typen?

– Ja. Aber das bringt irgendwie nichts. Ich gehe eigentlich nur noch Bille zuliebe hin. Ken … träumst du noch davon? Ich meine, davon, wie es passiert ist? Bei mir wird es weniger, aber alle paar Nächte kommt der Traum wieder.

Es knackt erneut. Ich höre Ken atmen. Ich höre ihn schweigen. Dann holt er tief Luft.

– Ich träume jede Nacht davon, sagt er matt.

– Jede Nacht?

– Jede Nacht.

– Letztens habe ich davon geträumt, wie wir ihn gefunden haben, sage ich und schlucke. – Er hat die Augen aufgeschlagen, mich angeguckt und gesagt: *Es ist deine Schuld!*

– Du weißt, dass es nicht deine Schuld ist.

– Ich habe ihn auf die Idee mit dem Video gebracht.

– Jetzt fang nicht schon wieder damit an. Das hatten wir schon tausendmal. *Es. Ist. Nicht. Deine. Schuld.* Fertig.

– Okay.

– Nix *okay.* Sag es.

– Es ist nicht meine Schuld.

– Na also. Noch mal.

– Es ist nicht meine Schuld.

– Gut.

Ich beiße mir auf die Lippen, um die Tränen zurückzuhalten. Unten im Wohnzimmer summt ein Akkuschrauber. Etwas fällt zu Boden, *klack klack*, die Schrauben vielleicht. Bille gibt Anweisungen. »Vorsicht mit den Lampen, die Vorhänge hier rein.« Sie würde mit Sicherheit eine gute Vorarbeiterin auf einer Baustelle abgeben, mit Knopf im Ohr und Klemmbrett in der Hand.

– Paul? Alles okay bei dir?, sagt Ken.

– Ja. Nein. Was weiß ich. Ich bin irgendwie … durch.

– Kann ich verstehen. Hast du was von Mara gehört?

– Nein, sage ich. – Natürlich nicht. Was denkst du denn?

– Okay, sorry. Hör mal, ich wollte noch was anderes fragen. Das klingt jetzt vielleicht ein bisschen komisch, aber hast du Geld?

– Was?

– Kannst du mir was leihen? Ich bin blank.

– Ken, du hast doch reiche Eltern. Ich hab bloß Bille.

– Bloß Bille? Hallo, die ist Oberärztin. Aber egal, kein Problem. Ist nur so, dass meine Eltern gerade ein heftiges Sparprogramm fahren. Seit … seit November sind die das komplette Gegenteil von früher. Du weißt ja, wie sie drauf waren.

– Weiß ich.

– Jetzt sind die ungefähr so entspannt wie die Polizei bei einer Antifa-Demo. Abgesehen davon, dass ich die kompletten Sommerferien ohne Gehalt hier arbeiten darf, haben sie mir auch noch das Taschengeld gekürzt.

– Ich könnte dir 50 Euro leihen …

– Ach nee, lass mal. Aber du könntest mir einen anderen Gefallen tun. Du könntest mein Messer auf eBay verticken. Da krieg ich bestimmt 200 Tacken für.

– Wie bitte? Du willst, dass ich das Messer verkaufe? Dein *Baby*?

– Paul, es ist ein Spielzeug. Ich hab mir das geholt, als ich dreizehn war. Was soll ich jetzt noch damit anstellen? Also, machst du's?

– Ich weiß nicht. Ich meine, wenn die Polizei das mitkriegt. Die glauben doch, du hättest es verloren. Wenn das jetzt bei eBay auftaucht …

– Hm, ja. Da könntest du recht haben. Dann schick es mir bitte mit der Post. Okay?

– Und dann? Willst du es auf dem Flohmarkt verkaufen oder wie stellst du dir das vor?

– Weiß ich noch nicht. Schick es mir einfach, dann schaue ich weiter.

– Für was brauchst du denn das Geld?

– Nix Besonderes. Mal was trinken gehen mit den Kollegen, Kino und so. Das kann ich mir alles kaum leisten im Moment … hey, ist ja gut da draußen. Du, ich muss langsam Schluss machen. Hier stehen schon drei Leute Schlange, die telefonieren wollen.

– Haben die alle kein Handy?

– Alter, das sind Kloppis, natürlich haben die kein Handy. Also, schick mir das Messer bitte und lass uns bald wieder sprechen. Die Adresse hast du?

– Hab ich.

– Gut. Halt die Stellung, Paul.

– Okay. Du auch.

Es klickt. Ken hat aufgelegt.

Ich ziehe das Messer aus dem Holster und fahre mit dem Finger über die Gravur auf der Klinge. KP. Ken Phillips. Ich kann einfach nicht glauben, dass er es verkaufen will. Dass er plötzlich so tut, als wäre es Kinderkram. Vor gerade mal vier Wochen hat er mich noch angefleht, das Messer für ihn aufzubewahren, weil er Schiss hatte, seine Eltern könnten es finden und ihm wegnehmen. Ken hatte für das Teil mehr Gefühle als für die meisten Menschen in

Wicker. Und jetzt will er es zu Geld machen, damit er »was trinken gehen« kann? Ernsthaft? Ken hasst es, was trinken zu gehen. Rumsitzen und trinken und labern, das könne er auch zu Hause, dafür müsse er nicht in eine Bar und Geld ausgeben, hat er immer gesagt. Und jetzt will er sein *Baby* dafür hergeben? Das macht doch keinen Sinn.

Am liebsten würde ich Mara anrufen und mit ihr darüber sprechen. Letzte Woche hat sie eine Story von sich und ihrer Jugendgruppe bei einer Strandparty auf Kreta gepostet. Keine Ahnung, ob sie inzwischen wieder zurück ist. Ihre Insta-Posts sind seit Monaten das Einzige, was ich von ihr mitkriege.

Es klopft. Ich lege das Messer in die Box und klappe den Deckel zu.

– Wir wollen gleich Pizza holen, sagt Bille. – Brauchst du die Speisekarte?

– Bestellt ihr bei Pizza King?

– Ja.

– Ich hab eine, sage ich und halte ihr den Menüflyer hin, den ich in der Box gefunden habe. – Aber ich glaube, ich habe keinen Appetit.

– Paul … fang nicht schon wieder damit an.

– Nein, echt jetzt, ich bin noch satt von den Nudeln. Wirklich. Ich habe den ganzen Topf gegessen. Schau doch rein.

Bille guckt mich skeptisch an.

– Gut. Sag Bescheid, falls du es dir anders überlegst, sagt sie und zieht die Tür hinter sich zu.

Auf keinen Fall werde ich mir das anders überlegen, Sybille Stelter. Seit letztem September ist Pizza King ein absolutes No-Go für mich. Mir wird schon schlecht, wenn ich nur daran denke.

Pizza King

»Numero fünf.« Triumphierend zieht Mehmet einen Querbalken durch die vier senkrechten Striche unter seinem Namen. Er lässt den Kugelschreiber fallen, steckt den Daumen in den Mund und lutscht ihn genüsslich ab. Ken hat uns zum Wettessen bei Pizza King herausgefordert. Also, im Prinzip hat er Mehmet herausgefordert, den amtierenden Rekordhalter und ungeschlagenen All-Americana-doppelt-Käse-Champion. Gemüsepizza zählt nämlich – *wenn überhaupt!* – nur halb, da waren sie sich einig, die Affen. Ken bestellt gerade sein fünftes Stück, das Rennen ist also noch lange nicht entschieden. Es wundert mich nicht, dass Mehmet so viel Essen in sich reinschieben kann, aber bei Ken frage ich mich wirklich, wo er das alles hinsteckt.

Wie immer an den *All You Can Eat*-Abenden ist es in der Trattoria voll bis auf den letzten Platz. Die 10c hat den langen Tisch in der Mitte in Beschlag genommen, Glotz und Wieland sitzen mit Kat, Aliya und Jana hinten in der Ecke am Fenster. Glotz beugt sich zu Wieland und flüstert ihm etwas ins Ohr. Wieland lacht und guckt über seinen aufgestellten Polohemdkragen zu mir rüber. Sein blendend weißes Gebiss funkelt mich an. Sofort ist der Kloß in meinem Bauch zurück. Im Moment haben sie es wieder voll auf mich abgesehen. Gestern haben sie mir ein benutztes Kondom in die Jackentasche geschmuggelt. Keine Ahnung, ob da wirklich Sperma drin war, aber allein die Vorstellung war zum

Kotzen. Jedenfalls hatte ich in der Pause plötzlich diesen klebrigen Gummi in der Hand. Wieland hat mich fotografiert, als ich das Teil wie einen toten Fisch angeekelt hochhalte, und das Bild mit den Hashtags #pornopaul #backinbusiness auf Insta gepostet. Ich hab es zwar gleich gemeldet, aber das Scheißfoto ist immer noch online.

»Jetzt erzähl schon«, sagt Ken mit vollem Mund und stößt Mehmet mit dem Ellenbogen an.

Mehmet hat uns eine Story über Wieland und Glotz geteasert, schiebt sich aber immer wieder Pizza nach und kommt nicht aus dem Knick. Mein Magen macht ein komisches Geräusch. Ich habe schon genug gegessen, glaube ich. Mehmets Rekord liegt bei dreizehn Stück – dreizehn Stück Pizza mit einem fingerdicken Hackfleischbelag und Extra-Käse. Ich bin schon mit viermal *Vegetariana* bedient.

»Also«, sagt er, nimmt eine Gabel aus dem Besteckkorb und rührt mit dem Stiel die Kohlensäure aus seiner Cola. »Ich bin nach der Sechsten ins Blaue Zimmer. Es war wie immer voll und laut, also hab ich mir einen Fatboy geschnappt und mich mit dem Rücken zu den anderen reingelegt, damit ich in Ruhe meine Session spielen konnte.«

»Was für eine Session?«

»Mensch, Stelter, das hab ich doch schon dreimal erzählt. Mittwochs spiele ich immer gegen die Russen, Oleksy und Mischa. Ich will jetzt nicht angeben, aber diesmal hatten die Boons nicht den Hauch einer Chance gegen mich. Weniger als eine Stunde habe ich gebraucht, um ihre Klon-Armeen restlos zu exterminieren.«

»Komm zum Punkt, Mehmet«, sagt Ken und nippt an seinem Bier.

»Schon gut. Als ich fertig war und den Kopfhörer abgesetzt habe, war außer mir fast keiner mehr im Raum. Fast keiner – bis auf Glotz und Wieland. Sie haben vorne am Kaffeeautomaten gestanden und mich nicht gesehen.«

Mehmet kratzt das Hackfleisch auf seinem Teller zusammen, lädt es auf die Gabel und schiebt es sich in den Mund. »Ich bin sofort wie versteinert«, fährt er schmatzend fort. »Zum Glück haben sie mich nicht bemerkt. Wer weiß, was die sonst mit mir angestellt hätten. Ich musste mir also anhören, worüber die beiden reden, während sie auf ihren Kaffee gewartet haben.«

»Und?«, sage ich. »Machs doch nicht so spannend.«

»Glotz hat erzählt, dass sein kleiner Bruder wieder in der Ruine war. Er behauptet, dass eine Wand eingestürzt ist, durch die man in den Ostflügel kommt, blabla, die Geschichte kennen wir ja schon. Wieland fand das erst nicht so spannend, aber dann hatte er plötzlich eine Idee. Das wäre doch was für ihr nächstes *Deathmatch*, hat er gesagt, mit Stirnleuchten in der Ruine, das käme doch krass. Glotz ist voll darauf eingestiegen und hat vorgeschlagen, die *Crew* so schnell wie möglich zusammenzutrommeln, bevor die Ruine wieder geschlossen wird, am besten gleich Samstag früh. Das wars, dann sind sie abgehauen.«

Kens Handy piept. Er nimmt es aus der Tasche und tippt darauf herum.

»Ich checks nicht«, sage ich. »Was für ein *Deathmatch*?«

»So nennen sie es, wenn sie beim Gotcha jeder gegen jeden spielen«, sagt Mehmet.

Er schiebt sich den letzten Pizzarest zwischen die Zähne, zieht den Bierdeckel mit der Strichliste zu sich und malt den sechsten Strich unter seinen Namen.

»Meine Cousine kommt gleich«, sagt Ken und legt sein Handy weg. »Hört mal, die ist ein bisschen … *schüchtern*. Also benehmt euch. Klar?«

»Klar«, sagt Mehmet und rülpst.

»Alter!«, sagt Ken.

»Das kommt von der Kohlensäure«, sagt Mehmet und rührt wieder in seiner Cola rum.

Ken guckt zu Wieland und Glotz und streckt uns den Kopf entgegen. »Wisst ihr was? Ich habe eine Idee, wie wir denen eins auswischen können.«

»Schieß los«, sage ich.

»Wir gehen vor ihnen in die Ruine«, flüstert er. »Und pinseln was für sie an die Wände. *Fuck Wicker* oder *Fuck die Crew* oder so was. Stellt euch mal vor, wie die gucken werden! Die denken, dass sie die Ersten sind, die sich im Ostflügel rumtreiben, und dann so was!«

»Hört sich gut an«, sagt Mehmet. »Ich bin dabei.«

»Ich auch«, sage ich.

»Mega. Wie wäre es Mittwoch nach der Schule?«

»Mittwoch kann ich nicht«, sagt Mehmet. »Da ist Theater-AG.«

Ken verschluckt sich beinahe. »Wie bitte? Was willst du denn da?«

»Na, was wohl.«

»Du willst mich doch verscheißern. Du bist in der Theater-AG?«

»Ja, klar.«

Josef kommt an den Tisch. Josef ist um die fünfzig, klein und glatzköpfig und der Besitzer der Trattoria. Er klatscht ein Stück *Vegetariana* auf meinen Teller, stellt Ken ein Bier vor die Nase und schlurft zum Nachbartisch. Weißer Käse läuft über den Tellerrand und tropft träge auf die Wachstuchtischdecke.

»Kat spielt die Hauptrolle«, sage ich und fange mir einen tödlichen Blick von Mehmet ein.

»Das ist also der Grund«, stöhnt Ken. »Du musst *das Gerippe* stalken.«

»Erstens stalke ich niemanden und zweitens ist Kat kein *Gerippe.* Hör auf, sie so zu nennen.«

Beleidigt verschränkt Mehmet die Arme über dem Bauch. Ich schaue nach hinten zu Kat. Als wir vorhin in die Trattoria gekommen sind, hat sie uns als Einzige am Tisch zugewunken, während Wieland, Glotz und die anderen weggeguckt haben. Bei Mehmet sind natürlich alle Sicherungen durchgeknallt. Er hat zurückgewunken und dabei mit den Armen gerudert wie ein Nichtschwimmer kurz vorm Ertrinken.

»Mehmet«, sagt Ken. »Mach dir doch nichts vor. Bei Kat stehen die Typen Schlange. Du kannst dich doch an ihren Exfreund erinnern, oder? Ben der Banker? Der Typ sah aus wie Justin Bieber und hatte einen Arschvoll Geld …«

»Ken …«, sage ich.

»Ist doch wahr, Mann.«

Im Vorraum blinkt der Flipperautomat und spiegelt sich in den Fenstern. Aus den Boxen tönt ein italienischer Schlager, Eros Ramazotti oder so. Bei Josef läuft immer die gleiche Playlist, irgendwelche Schnulzen aus dem letzten Jahrtausend, die Bille auch manchmal aufdreht, wenn sie mich ärgern will. »Das Haus braucht auch mal romantische Musik«, sagt sie dann. »Nicht immer nur deinen Depri-Kram.« Mehmet schaut auf den Boden und klopft mit den Fingerspitzen auf den Tisch. Der Geruch von angebranntem Käse hängt in der Luft. Mir ist endgültig der Appetit vergangen. Die Pizza, die Josef mir gerade auf den Teller geknallt hat, kriege ich definitiv nicht mehr runter.

»Whatever«, sagt Ken. »Dann Donnerstag?«

»Von mir aus«, sagt Mehmet beleidigt.

»P. S.?«

»Was? Ja. Donnerstag geht.«

Ken sieht mich fragend an. »Alles okay bei dir?«

Ich nicke und trinke einen großen Schluck Wasser. Der Kloß in meinem Bauch wird immer unangenehmer, was ausnahmsweise nichts mit Wieland oder Glotz zu tun hat. Es sind die vier Stücke *Vegetariana*, die mir zu schaffen machen. Es fühlt sich an, als hätten sie sich zu einem gewaltigen Pizzaklumpen verbunden, der sich wie ein Panzer in Richtung Dickdarm pflügt und die Angriffe der Verdauungsenzyme abschmettert wie lästige Fliegen.

Plötzlich kriegt Mehmet seine Stressflecken im Gesicht. Hektisch schnappt er sich eine Serviette und wischt sich das Fett von den Lippen. Was ist denn jetzt los? Bevor ich mich umsehen kann, steht Kat neben mir.

»Hi Jungs«, sagt sie mit einem Lächeln auf den Lippen, bei dem es sogar Ken den Atem verschlägt. »Ich will euch nicht stören. Nur ganz kurz, Mehmet. Linda und ich treffen uns morgen Nachmittag, um für die Probe zu üben. Die vorletzte Szene, wo sich Blanca, Stella und Yassin treffen. Hast du Lust mitzumachen? Bis zur Aufführung ist es nicht mehr lang, und ich glaube, wir müssen uns alle noch ein bisschen reinhängen.«

Mehmet zeigt keine Regung. »Gut«, sagt er tonlos. »Wann?«

»So um drei?«

Mehmet zieht sein Galaxy aus der Tasche, tippt fünfmal die Null ein und öffnet seinen Kalender. »Drei«, sagt er nachdenklich. »Drei … drei … hm, ja. Drei müsste gehen.«

»Super«, sagt Kat. »Dann treffen wir uns um drei auf dem Pausenhof. Tschüss, Jungs.«

Mit offenen Mündern starren wir ihr hinterher. Mehmets Gesicht wird von mehreren kleinen Explosionen erschüttert. Seine Wimpern zucken, seine Lippen fangen an zu beben, die Flecken leuchten jetzt grellrot.

»Ich kriegs nicht auf die Kette«, sagt Ken. »Der Hund zückt eiskalt sein Handy und tut so, als ob es wichtigere Termine gäbe als eine Verabredung mit Kat. Als ob es irgendjemanden gäbe, dem er nicht abgesagt hätte.«

Mehmets Augen fangen an zu strahlen, als hätte sein Hirn gerade erst verarbeitet, was passiert ist. »Oh mein Gott, ich kann kaum glauben, dass Kat mit mir proben will. Oder träume ich? Leute, sagt mir bitte, dass ich nicht träume.«

Er patscht mir mit seinen Riesenhänden ins Gesicht.

»Lass das, Mehmet.«

»Okay, das fühlt sich echt an. Es ist also wirklich wahr? Kat will sich mit mir treffen?«

»Ja, Mann«, sagt Ken.

»Ich kann es nicht fassen. Was für ein Tag! Auf den Schreck muss ich erst mal was essen. Was ist los mit dir, Stelter? Bist du satt?«

»Mir ist irgendwie nicht gut«, sage ich.

Der Kloß in meinem Bauch wird immer unerträglicher. Außerdem ist es wahnsinnig stickig hier drin, obwohl die Fenster gekippt sind. Ken zieht meinen Teller zu sich. Er holt sein Survivalmesser aus dem Rucksack und teilt das Stück in zwei gleich große Hälften. Das eine legt er auf seinen Teller, das andere gibt er Mehmet. Er wischt die Klinge sorgsam mit einer Papierserviette sauber und steckt das Messer wieder weg.

»Mit dem normalen Besteck wäre das natürlich nicht gegangen«, sagt Mehmet spöttisch. »Nicht mit diesen stumpfen Dingern«, sagt Ken. »Hey, da ist Mara.«

Moment. Das kann nicht sein, das muss eine andere sein, was wäre das für ein Zufall, so klein ist Wicker auch wieder nicht. Das Mädchen, das an unseren Tisch kommt, trägt eine abgewetzte Lederjacke, die ihr zwei Nummern zu groß ist, drunter eine Bluse mit Blümchenmuster, bis oben hin zugeknöpft. Sie hat die schwarzen Haare mit den roten Spitzen zu einem Dutt gebunden, eine Brille mit dünnem Goldrand auf und eine Flötentasche in der Hand. Schüchtern hat Ken sie genannt, ein Mädchen, das niemals nachts mit einer Spraydose um die Häuser ziehen würde.

»Das ist meine Cousine«, sagt Ken. »Die menschgewordene Hackfleischpizza hier heißt Mehmet, und das da ist Paul.«

»Hallo, Paul Stelter«, sagt sie und starrt mich mit großen Augen an.

»Hi«, krächze ich.

»Ihr kennt euch?«, fragt Ken erstaunt.

»Flüchtig«, sagt Mara knapp und setzt sich auf den Platz mir gegenüber. Sie nimmt sich die Speisekarte und beginnt darin zu blättern. Josef bringt zwei neue Pizzastücke für Mehmet und Ken.

»Wolltest du dich nicht bei mir melden?«, fragt sie, ohne von der Karte aufzusehen.

Hundertmal habe ich mir vorgestellt, was ich sage, wenn ich sie wiedersehe, ich habe vor dem Spiegel in meinem Zimmer gestanden und es geübt, Wort für Wort, immer und immer wieder, und jetzt ist es so weit und ich kriege keinen Ton raus, als wäre da eine Schranke in meinem Kopf, die den Weg zu allem versperrt, was ich mir ausgedacht habe.

Mara legt den Kopf schief. »Gehts dir gut? Du siehst blass aus.«

»Stopp mal«, sagt Mehmet, der mit beiden Elefantenfüßen auf der Leitung gestanden hat. *»Mara?!«*

»Also ich kapier gar nichts«, sagt Ken. »Könnt ihr mich mal aufklären?«

Nein, Ken, können wir nicht, schießt es mir durch den Kopf. Am Ende verrät Mehmet noch, dass wir in der IGW waren, am Ende erzählt er Mara den gleichen Schwachsinn, den er der Sekretärin erzählt hat. Ich muss dringend an die Luft.

»Bin gleich wieder da«, sage ich und stehe auf.

»Paul?«, sagt Ken.

Im Vorraum kommt mir Josef entgegen, schlecht gelaunt wie immer, in seinen Mundwinkeln weiße Speichelreste. Aus der Küche strömt der Geruch von Zigarettenrauch und altem Fett, ein

Gestank aus der Hölle. Ich muss an das Kondom denken, das mir Wieland und Glotz in die Tasche gesteckt haben, und wie ich mir den Glibber von den Händen geschrubbt habe. Ich muss an den übermächtigen Pizzakloß in meinem Magen denken, an das Hack zwischen Mehmets Zähnen, an die Spucke in Josefs Mundwinkel, und dann stürze ich nach draußen, renne um die Ecke in den Hof und kotze einen ockerfarbenen Strahl zwischen Biotonne und Wertstoffbehälter.

Die Turmuhr am Rathaus schlägt Viertel vor acht. In der Küche klappert Besteck, das Blinklicht der Spielautomaten fällt durch ein kleines Seitenfenster auf den Hof. Ich stütze mich auf die Oberschenkel und wische mir mit dem Ärmel über den Mund. Meine Schuhe haben eine volle Breitseite abgekriegt und meine Hose auch. Jesus, ich kann da auf keinen Fall wieder rein. Ich muss Ken schreiben, dass er für mich bezahlen soll, er kriegt die Kohle morgen in der Schule wieder. Das haben bestimmt alle mitbekommen, Wieland und Glotz und Co, ab morgen heiße ich dann Puking-Porno-Paul oder sonst wie, mal sehen, was die sich wieder einfallen lassen. Ich richte mich auf, hole tief Luft und weiche vor Schreck zurück. Mara steht in der Hofeinfahrt. Sie hält einen Stapel Papiertücher in den Händen und streckt ihn mir entgegen.

»Ich habe mich auch gefreut, dich wiederzusehen«, sagt sie.

Vor dem Rathaus hocken drei Typen mit Helmen und Ellenbogenschonern auf ihren Skateboards und rauchen. Ein Mann mit Halbglatze steht vor dem Kino und studiert die Filmplakate in den Schaukästen. Sternie, der Kleinstadtpunk, sitzt mit halb geschlossenen Augen vor dem Fahrradladen und döst. Neben ihm liegt seine Schiebermütze, in der eine Handvoll Münzen glänzen. In der Pizzeria ist die Playlist durch und fängt wieder von vorne an, Eros Ramazotti once again.

Mara und ich setzen uns auf die mit Stickern zugekleisterte Bank vor dem Panther, sie ganz rechts, ich ganz links, sodass Mehmet zweimal dazwischen gepasst hätte.

»Gehts dir besser?«, fragt sie.

»Ja«, sage ich und reibe mit einem Papiertuch über den handtellergroßen Kotzfleck auf meinem Oberschenkel. »Ein bisschen.«

»Hast du zu viel getrunken?«

»Nein. Ich kann nicht so viel Käse ab, glaube ich.«

Sternie rutscht schnarchend mit dem Rücken die Wand runter. Mara guckt über ihre Schulter auf die schwarze Bronzefigur auf dem Podest hinter uns.

»Du weißt, dass das gar kein Panther ist, oder?«

»Nein, wusste ich nicht. Was soll es denn sonst sein?«

»Eine Löwin. Die Leute denken, es wäre ein Panther, weil sie schwarz ist. Aber das stimmt nicht. Drüben im Stadtmuseum kannst du es nachlesen, da gibt es ein Interview mit dem Künstler. Die Mühe macht sich aber keiner. Typisch Wicker, hier zählt nur die Fassade, der erste Blick. In den letzten Jahren haben sie dem Ding zweimal den Schwanz abgesägt. Der musste jedes Mal neu gegossen und drangelötet werden. Frag mich nicht, wer so was macht oder warum. Irgendwelche Aktivisten …«

»Vorbilder von dir?«

»Ha, sehr komisch. Ich würde mich niemals an Kulturgut vergreifen. Außerdem sind *meine* Messages eindeutig.«

Mara guckt zu Boden und fährt mit dem Schuh die Fuge zwischen zwei Steinplatten nach. »Also«, sagt sie dann. »Du oder ich zuerst?«

»Was meinst du?«

»Soll ich dir zuerst eine Frage stellen, oder willst du?«

»Genau genommen hast du mir gerade eine Frage gestellt.«

»Genau genommen bist du ein Honk, Paul Stelter.«

»Dann du zuerst.«

»Gut. Warum hast du mich nicht angerufen? Nicht, dass ich darauf gewartet hätte. Es hat mich nur … gewundert.«

»Ich hab deine Nummer verloren.«

Mara rollt mit den Augen. »Mein Gott, was für eine *unglaublich* schlechte Ausrede!«

»Das ist keine Ausrede. Ich muss das Taschentuch aus Versehen weggeworfen haben. Ich habe es einfach nicht mehr finden können. Vielleicht hat meine Mutter es mitgewaschen …«

Mara guckt mich angriffslustig an. »Vielleicht solltest du deine Sachen einfach selber waschen? Aber gut. Was ist mit Palinkas? Hast du von dem noch was gehört?«

»Moment mal, ich bin dran. Warum hast du gesagt, du wärst in der zehnten Klasse? Ich weiß, dass das nicht stimmt.«

»Woher? Hat Ken dir das gesagt?«

»Du musst mir erst die Frage beantworten.«

Mara seufzt. Sie steht auf, geht ein paar Schritte und scheucht eine Taube auf. Die Skater sind wieder auf ihren Brettern und versuchen sich an den Stufen vorm Kino.

»Mir ist in dem Moment irgendwie bewusst geworden, wie viel ich dir schon über mich verraten hatte«, sagt Mara. »Ich hab dir sogar gesagt, dass ich WCQ bin. Da bin ich plötzlich unsicher geworden. Woher sollte ich wissen, ob ich dir vertrauen kann? Also wollte ich eine falsche Fährte legen, nur um sicherzugehen.«

»Also das ist dir definitiv gelungen.«

»Wieso?«

»Nur so.«

»Jetzt komm schon«, sagt sie. »Ich hab dir auch die Wahrheit gesagt.«

Ich zögere, starre auf den dunklen Fleck auf meinem Bein, der jetzt auch noch mit Taschentuchfusseln übersät ist. Was solls, ich habe mich sowieso schon komplett blamiert, viel schlimmer kann es nicht werden.

»Ich habe nach dir gesucht«, sage ich. »In der IGW. Aber da gibt es in der Zehnten nur eine einzige Mara und die sieht dir ungefähr so ähnlich, wie Mehmet mir ähnlich sieht.«

»Wieso? Vorhin dachte ich, ihr seid Zwillingsbrüder«, sagt Mara.

Sie setzt sich wieder zu mir auf die Bank, aber nicht ganz so weit an die Kante wie vorhin.

»Du hast nach mir gesucht«, sagt sie dann, und es klingt weder belustigt noch empört, wie ich befürchtet hatte. »Ich gehe in die Neunte. Du warst also ganz nah dran.«

Sie kramt eine Tabakpackung aus ihrer Jackentasche, dann Filter und Papers, löst den Haargummi, den sie um den Tabak gewickelt hat, und fängt an sich eine Zigarette zu drehen.

»Du rauchst?«, frage ich.

»Nur, wenn ich nervös oder gestresst bin«, sagt sie.

»Und was von beidem bist du gerade?«

»Hey, ich bin dran«, sagt sie mit dem Filter im Mundwinkel. »Also, Palinkas?«

»Den hab ich seitdem noch nicht wieder gesehen. Aber am nächsten Morgen standen zwei Polizisten vor unserer Tür und haben mich ausgefragt.«

»Echt? Was hast du gesagt?«

»Ich habe ihnen deinen Namen und eine Personenbeschreibung gegeben.«

»Scherzkeks«, sagt sie und fährt mit der Zunge über den Klebestreifen.

»Ich habe natürlich nichts gesagt. Palinkas' BMW war übrigens ein paar Tage weg und stand dann wieder wie neu vor seinem Haus … Dafür ist die Straße immer noch fleckig.«

»Hoffentlich erinnert ihn das noch eine Weile an die Aktion … Verdammt!«

Die Selbstgedrehte ist nichts geworden. Mara zerbröselt sie über der Tabakpackung und beginnt von vorn. Sternie ist aufgewacht und wankt mit der Mütze in der Hand Richtung Kino, wo sich einer der Skater gerade ordentlich langgelegt hat. Es ist kurz vor acht, der Film muss gleich zu Ende sein. Sternie positioniert sich schon mal vor dem Ausgang.

»Ich bin dran«, sage ich. »Was hast du an dem Abend gemeint mit: *Du kriegst nicht nur wegen Palinkas Ärger*?«

Mara schnalzt mit der Zunge. »Also, manchmal bist du ein bisschen schwer von Begriff, Paul Stelter.« Sie rückt ein Stück zu mir und sieht mich verschwörerisch an. »Wenn rauskommt, dass ich WCQ bin, dann kriege ich nicht nur Stress wegen Sachbeschädigung, dann fliege ich hochkant von der Schule. Da gab es nämlich auch schon den ein oder anderen, ähm, *Vorfall*, wenn du versteht, was ich meine.«

Ich weiß, was sie meint. #notheidisgirl zum Beispiel, den roten Hashtag, den der Hausmeister gerade überstrichen hat, als Mehmet und ich in die IGW gekommen sind.

»So, genug davon«, fährt sie fort. »Ich bin. Hast du eine Freundin?«

»Ich, ähm, nein«, stottere ich. »Was ist mit dir? Hast du einen Freund?«

»Im Moment nicht.«

»Im Moment nicht?«

»Ich habe gerade eine ziemlich ätzende Trennung hinter mir. Nach zwei Jahren Beziehung.«

»Nach *zwei Jahren* … Wie alt bist du?«

»Fünfzehn«, sagt sie und betrachtet skeptisch die krumme Zigarette in ihrer Hand. »Ich werd es nie lernen«, stöhnt sie und lässt auch diesen Versuch zurück in die Packung fallen. »Na ja, ist eh gesünder so.«

»Du und dein Exfreund, ihr seid zusammengekommen, als du *dreizehn* warst?«, sage ich ungläubig.

»Bravo, Einstein. Ja, das war ziemlich stressig, weil Lukas vier Jahre älter ist und keiner mitkriegen durfte, dass wir ein Paar sind.«

»Vier Jahre, ohne Scheiß?«

»Ohne Scheiß. Das war ein einziges Versteckspiel mit meinen Eltern. Als er angefangen hat im Tattoostudio zu arbeiten, hatten wir wenigstens einen Ort, wo wir uns in Ruhe, äh, treffen konnten.«

Mara wird rot. Sie holt eine Dose Mentos aus ihrer Jackentasche, in der sie ihren halben Hausrat mit sich rumzutragen scheint, und steckt sich eine violette Pille in den Mund.

»Magst du?«, fragt sie und hält mir das Döschen hin.

»Gern«, sage ich, weil ich einen Geschmack im Mund habe, als hätte ich einen toten Hamster auf der Zunge.

»Hier, schenk ich dir«, sagt sie und drückt mir die Dose in die Hand. »Wann kriege ich deine Geschichte zu lesen?«

Schüchtern. Dass ich nicht lache. Mara ist genau genommen das exakte Gegenteil von schüchtern. Vielleicht ist sie Ken gegenüber anders. Vielleicht ist sie in ihrer Familie anders. *Typisch Wicker, hier zählt nur die Fassade.* Mara rückt noch näher an mich heran, sodass sich unsere Oberschenkel beinahe berühren.

»Wie wäre es, wenn wir uns mal treffen?«, sagt sie. »Und du liest sie mir vor?«

Ihre Stimme hat sich verändert, ist überhaupt nicht mehr so forsch wie eben, sondern ganz sanft. Erwartungsvoll sieht sie mich an. Sie hat die schönsten Augen, die ich jemals gesehen habe, groß, braungrün, mit langen dunklen Wimpern. Lächelnd schiebt sie sich eine Haarsträhne hinters Ohr. Der Anblick beamt mich komplett weg. *The most beautiful girl I will ever see*, ich schwöre bei Gott, Mara ist der menschgewordene »Lovesong« von den Dishes.

»Was denkst du?«, flüstert sie.

Jetzt treffen sich unsere Knie und bleiben aneinander haften.

»Nichts«, will ich antworten, aber meine Stimme versagt, ich kriege keinen Ton raus, kann sie einfach nur anstarren, und es ist mir nicht mal peinlich, weil irgendein noch funktionierender Teil in meinem Hirn registriert, dass Mara mich genauso anstarrt. In Zeitlupe bewegen sich unsere Lippen aufeinander zu. Mara blinzelt, schließt ihre Augen und neigt den Kopf leicht zur Seite. Ein Schatten fällt auf ihr Gesicht. Ken klopft ihr mit der Flötentasche auf die Schulter.

»Hallooo?«, fragt er. »Wer bist du und was hast du mit meiner Cousine gemacht?«

Mehmet steht hinter ihm und guckt zu Boden. Das gibts doch gar nicht. Ich habe die beiden nicht kommen sehen. Dabei kannst du Mehmet eigentlich nicht übersehen und auch nur schwer überhören, der macht immer irgendwelche Geräusche. Er atmet laut und keuchend, seine Oberschenkel schrubben beim Laufen gegeneinander, und außerdem kriegt er die Füße nicht hoch.

»Was ist, Kenny?«, fragt Mara genervt.

»Ich frage mich, seit wann meine kleine Strebercousine nachts mit der Spraydose unterwegs ist und Autos demoliert.«

Mara starrt erst ihn an, dann mich, dann klappt ihr buchstäblich die Kinnlade runter. »Du hast es ihm erzählt«, sagt sie entgeistert.

»Ups«, sagt Ken und saugt zischend Luft durch die Zähne. Mehmet zieht den Kopf ein und macht einen Schritt nach hinten.

»Du hast mir *versprochen*, mit niemandem darüber zu reden!«, sagt Mara.

»Ich … ich weiß …«, stottere ich. »Lass es mich erklären.«

»Was gibt es da zu erklären?« Mara steht auf. »Ich hab dir vertraut! Und was machst du? Du erzählst halb Wicker davon!«

»Halb Wicker?«, sagt Ken. »Ich bin sicher nicht repräsentativ für dieses Bierkaff …«

»Halt die Klappe, Ken«, faucht Mara und funkelt mich an. »Ich hab gewusst, dass ich dir nicht trauen kann.«

»Mara …«

Sie stopft den Tabak in ihre Lederjacke, klemmt sich die Flötentasche unter den Arm und geht. Ich renne ihr hinterher und halte sie fest, doch sie reißt sich los.

»Fass mich nicht an«, zischt sie. Ihre Augen glänzen vor Wut und Enttäuschung. »Fass mich ja nicht an. Und lauf mir nicht nach.«

Mit schnellen Schritten überquert sie den Platz, vorbei an Sternie, der gerade die Münzen zählt, die er von den Kinobesuchern geschnorrt hat. Sie guckt sich nicht mal um, als einer der Skater nach einem Sprung von den Stufen mit seinem Brett krachend auf dem Kopfstein landet.

»Tut mit echt leid, Stelter«, sagt Mehmet betrübt. »Ken hat mir die Daumenschrauben angelegt.«

»Sie ist schließlich meine Cousine«, sagt Ken und verschränkt die Arme. »Ich werde ja wohl noch fragen dürfen, was mit ihr los ist.«

Ich bin so enttäuscht, dass ich nicht mal sauer sein kann. Wortlos lasse ich mich auf die Bank sinken und schlage die Hände vors Gesicht. Das darf doch nicht wahr sein. Wir waren so kurz davor, uns zu küssen. »Die redet nie mehr ein Wort mit mir.« Mehr bringe ich nicht raus.

Ken seufzt. »Ach was, die schmollt doch nur. Ich kenne Mara. Also, ich dachte jedenfalls, dass ich sie kenne.« Er setzt sich neben mich und klopft mir auf den Oberschenkel. »Hör mal, Paul. Ruf sie morgen mal an und rede mit ihr, okay? Das wird sich schon klären. ›Du brauchst keine Superkräfte, um jemanden für dich zu gewinnen. Du musst die Leute überzeugen, dass du es ernst mit ihnen meinst.‹«

Ich nehme meine Hände runter und gucke ihn verwundert an. Die letzten beiden Sätze der »Unglaublichen Abenteuer«. Ich hätte nicht gedacht, dass sich Ken die merken würde.

Heute

– Wir fahren die nächste Ladung rüber und essen die Pizza dort, ruft Bille die Treppe hoch. – Kommst du mit?

– Nein.

– Irgendwann wirst du mitkommen müssen.

– Irgendwann, ja.

– Du bist ein Dickschädel, mein Sohn.

– Das sagst *du*?

– Na gut, wir fahren. Bis später.

Die Tür knallt ins Schloss. Diesmal bleibt es bei einer einzigen Verabschiedung. Bille ist genervt, weil ich keine Lust habe, mir die neue Wohnung anzusehen. Richtig, ich war noch nie da. Ich habe Bille von Anfang an gesagt, dass ich erst hingehe, wenn mich die neuen Eigentümer aus der Villa fegen. Sie findet das kindisch, aber das ist mir egal. Ohne Protest gehe ich hier nicht raus. Ich muss allerdings zugeben, dass ich auch ein bisschen erleichtert bin, dass es bald so weit ist. Seit Bille den Vertrag unterschrieben hat, fühle ich mich nicht mehr richtig zu Hause in der Villa. Jeder Blick aus dem Fenster in den verwilderten Garten ist wie ein Stich ins Herz, weil ich weiß, dass es damit bald ein Ende hat. Das ist, wie wenn deine Freundin mit dir Schluss macht und du noch wochenlang mit ihr zusammenwohnen musst, bis ihr neuer Lover einzieht.

Die Wohnung ist nur ein paar Straßen entfernt. Ein langweiliger Mehrfamilienbunker, ganz in der Nähe von dem Rohbau, in den Mara und ich auf der Flucht vor Palinkas eingestiegen sind. Als Bille mir im April gestanden hat, dass sie sich nach etwas Neuem für uns umsieht, dachte ich, sie macht einen Witz. Was ist, wenn sie einen Typen kennenlernt und irgendwann »den nächsten Schritt machen« will? Heißt es dann wieder Sachen packen und umziehen? Ich hoffe, Bille hat aus dem Fehler mit Silbereisen gelernt. Es tut mir leid, das zu sagen, aber Fakt ist: Sie kriegt es mit den Männern einfach nicht auf die Kette. Die Trennung von meinem Vater vor sieben Jahren hat sie zu krass traumatisiert. Vielleicht sollte ich sie mal zu meinem Psycho-Doc mitnehmen. Schaden würde es ihr definitiv nicht.

Mein Handy brummt. Marvin schickt mir ein Selfie, er mit einem blonden Mädchen im Arm vor einem Pool in Las Vegas. »Nach Mitternacht und immer noch dreißig Grad«, schreibt er. Ich antworte mit einem schwitzenden und einem sabbernden Emoji und lege das Handy weg. Ich hatte gehofft, es wäre Ken. Dass er schreibt, dass das vorhin nur ein Joke war und er sein *Baby* doch nicht hergeben würde. Die Sache mit dem Messer lässt mir keine Ruhe. Was, wenn Ken in Berlin die falschen Leute kennengelernt hat? Wenn er auf irgendwelchen Drogen hängen geblieben ist, für die er sein ganzes Geld rauswirft? Eigentlich ist Ken viel zu schlau, um sich in so was reinzureiten. Andererseits ist er wahnsinnig schnell gelangweilt. Ich kann mir schon vorstellen, dass er nicht Nein sagt, wenn ihm auf einer Party jemand eine Pille oder so was anbietet. Letzten Oktober, als er nach unserem Ausflug in die Ruine zwei Wochen zu Hause bleiben musste, hat er vor lauter Langeweile angefangen zu kiffen. Keine Ahnung, wo er das Zeug herhatte. Nach Markos Tod hat er damit wieder aufgehört. Geht nicht mehr, hat er gesagt, das ist mir zu krass. Besser konnte oder wollte er es mir nicht erklären.

Ich halte die Mentos-Dose an mein Ohr und schüttele sie. Ich kann sie nicht wegwerfen, die ist irgendwie zu … *kostbar.* Jaja, ich weiß, ich bin bescheuert. Aber ich habe halt keine Bilder oder Geschenke oder sonst irgendwas von Mara, also müssen eine beschissene Mentos-Dose und ein kaputtes Handy als Andenken herhalten.

Ich schaue, ob es auf Insta was Neues von Mara gibt, aber da ist nichts, nur Marvin bei der Poolparty und ein Urlaubsfoto von Jonas und Leo am Tegernsee. Ich spiele Maras Kreta-Story noch mal ab, was mir eine leichte Übelkeit verursacht. Bringt ja auch nichts, sich das ständig anzugucken. Ich sollte ihr wohl entfolgen, hab es aber noch nicht übers Herz gebracht. Ich packe die Dose zurück in die Box, dann falte ich die »Unglaublichen Abenteuer« zusammen und lege sie daneben.

Kaum zu glauben, dass *ich* diese Story zustande gebracht haben soll, zehn Seiten Action, Drama und, wie ich finde, einigermaßen witzige Dialoge. Heute kommt mir das unvorstellbar vor. Ken hat nach Markos Tod aufgehört zu kiffen, ich habe aufgehört mir Geschichten auszudenken. Keine einzige Zeile hab ich seitdem getippt, kein einziges Wort geschrieben. Ich kann es einfach nicht mehr. Ich kriege nicht aufs Papier, was in meinem Kopf vorgeht.

Es klingelt. Hat Bille den Schlüssel vergessen? Nein, ich hätte doch mitgekriegt, wenn der Van zurückgekommen wäre, das Teil hörst du auf zwei Kilometer Entfernung. Ich springe auf, laufe die Treppe runter und gucke aus dem Fenster. Holy Shit, es ist Palinkas. Was will der denn hier?

– Ah, der Junior, sagt er, als ich die Tür öffne. – Ist deine Mutter zu Hause?

Junior? Hat der sie noch alle? – Nein. Die ist nicht da.

Neugierig betrachtet Palinkas die Umzugskisten, die sich im Eingangsbereich stapeln. Mir fällt zum ersten Mal auf, dass er für seine Größe und Statur eine relativ hohe Stimme hat. Die oberen beiden Knöpfe seines Hemds stehen offen, dichtes Brusthaar quillt hervor. Er riecht aufdringlich nach scharfem Aftershave. Am Handgelenk trägt er eine protzige Uhr und zwei Lederarmbänder. *Jeder hier weiß, was Palinkas für ein Typ ist. Nämlich ein reaktionäres, fremdenfeindliches Arschloch.*

– Ihr zieht aus?

– Ja.

– Und wohin, wenn ich fragen darf?

– Ins Neubaugebiet, nicht weit weg.

– Nicht weit weg, sehr gut. Trotzdem schade. Wir haben uns ja noch gar nicht richtig kennengelernt.

Mit einem Taschentuch tupft sich Palinkas über die Stirn. Was will er noch? Seit Maras Auto-Aktion läuft es mir jedes Mal kalt den Rücken runter, wenn ich ihn sehe.

– Frag deine Mutter bitte, ob sie Hilfe beim Transportieren braucht. Der VW ist groß, da passt eine Menge rein, sagt er und deutet auf den Touareg vor seinem Haus.

– Danke. Wir haben einen Transporter geliehen.

Er nickt abwesend, als hätte er mir gar nicht zugehört, und lässt seinen Blick wieder über die Umzugskisten schweifen.

– Sie kann ihn ruhig haben. Ich fahre heute den BMW.

– Ich richte es ihr aus. Haben sie den Typen eigentlich gekriegt?

Palinkas stutzt. – Wen? Was meinst du?

Ich merke, dass ich rot werde. – Ich, ähm … ich meine, den Typen, der letztes Jahr den BMW vollgesprüht hat.

– Woher weißt du davon?

– Die Polizei war doch bei uns. Am nächsten Morgen.

Palinkas sieht mich mit zusammengekniffenen Augen an. Ist das ein Test? Es weiß doch jeder, was passiert ist, es stand ja sogar in der Zeitung. Will er wissen, wie ich reagiere? Verdammt, ich hätte nichts sagen sollen. Aber wäre es nicht komisch gewesen, wenn ich *nicht* danach gefragt hätte?

Palinkas nickt zögerlich. – Interessierst du dich für Autos?

– Nicht so.

– Dachte ich mir. Auf Wiedersehen, Junior.

– Auf Wiedersehen.

Breitbeinig schreitet Palinkas zur Gartentür, ja *schreitet*, anders kann man es nicht nennen, als wäre er gerade vom Pferd gestiegen, es fehlt ihm nur der Cowboyhut und eine Peitsche in der Hand. Erleichtert mache ich die Tür zu, lehne mich dagegen und schließe die Augen. *Dachte ich mir?* Was sollte das schon wieder heißen?

Zurück in meinem Zimmer setze ich mich wieder vor die Box. Was mache ich jetzt? Was stelle ich mit Marvins Ray Ban an? Die werde ich bestimmt nicht wegwerfen, auch wenn sie nicht mehr so richtig sitzt, seit der Glotz sie mit seinem dicken Schädel ausgeleiert hat. Es ist schon Ende Juli und ich habe sie diesen Sommer noch kein einziges Mal aufgehabt. Ich war aber auch selten draußen. Die meiste Zeit habe ich zu Hause verbracht und in Opas Keller Musik gehört oder Playstation gezockt. Wenn mir die Decke auf den Kopf gefallen ist, was wirklich nicht oft vorgekommen ist, bin ich mit der 15 und der 16 gefahren, von der ersten bis zur letzten Station und wieder zurück. Ich habe den öffentlichen Nahverkehr in Wicker sozusagen bis zum Ende durchgespielt. Ab und zu bin ich auch in die Regionalbahn gestiegen und einfach drauflosgefahren, ganz egal welche Richtung, so weit wie das Schülerticket reichte. Einmal war ich am See, ein einziges Mal, und da habe ich prompt wieder einen Aussetzer gekriegt.

Ich setze die Sonnenbrille auf und wackele mit dem Kopf. Die Brille rutscht mir ein Stück die Nase runter, aber nicht weit. So schlimm ist es gar nicht. Ich lege mich auf den Boden, in den hellen, warmen Lichtkegel, der durch das Fenster fällt, verschränke die Arme unterm Kopf und gucke nach draußen. In die Wolken zu gucken ist für mich wie eine Zeitreise. Als würden sie die Vergangenheit spiegeln. Ich sehe mich im Urlaub in Italien gemeinsam mit Bille am Strand liegen. *Das da sieht aus wie ein Schwein. – Nein, Bille, das ist ganz klar der Kopf vom Silbereisen!* Dann bin ich mit Marvin an der Krummen Lanke und starre gespannt in die Luft, während er meine Kurzgeschichte liest, die erste, die ich je geschrieben habe. Und schließlich sehe ich mich, wie ich letztes Jahr hinter der Schule hocke und in den Himmel gucke. Das war der Tag, an dem ich mir die Sonnenbrille wiedergeholt habe.

Marvins Brille

Mehmet und ich sitzen auf dem Hügel hinter dem Sportplatz in der Sonne und warten auf Ken. »Muss noch mal kurz weg«, hat er vorhin gesagt und ist ohne ein weiteres Wort gegangen. Rauchen auf dem Dach oder so, keine Ahnung, Ken braucht halt manchmal seine Auszeiten. Es ist Anfang Oktober und immer noch richtig Sommer. Das Gras auf dem Hügel ist braun und verdorrt. Seit »François« über den Katerberg gefegt ist, hat es nicht mehr geregnet. Wieland, Glotz und Notsche spielen mit nackten Oberkörpern Frisbee auf dem Fußballplatz und kommen sich übercool vor. Mehmet dagegen traut sich nicht mal, sein Fleece auszuziehen. Je weniger er anhat, desto besser siehst du die Fettwülste über seiner Hüfte, deshalb lässt er fast immer die Jacke über seinem Shirt.

»Schau dir mal das Bild an«, sagt er und drückt mir sein Handy in die Hand.

Ein Insta-Foto von Kat im Badeanzug, Hashtags #neverendingsummer, #happysoul, #chillandrelax.

»Ja, ganz nett«, sage ich und gebe ihm das Handy zurück.

Mehmet lacht auf. »*Ganz nett?* Junge, bist du blind? Kat sieht heißer aus als Prinzessin Leia im goldenen Bikini bei der ›Rückkehr der Jedi-Ritter‹. Glaub mir, Stelter, bis vor Kurzem hätte ich mir lieber die Zunge abgebissen, als so was von jemandem zu behaupten.«

Verträumt starrt er auf das Display. Sein *Date* mit Kat war sen-sa-tio-nell, das hat er heute schon mindestens tausendmal gesagt. Erst hat sich Linda früher verabschiedet, weil sie Stress mit ihrem *Boyfriend* hatte. Als er und Kat dann mit Proben fertig waren, sind sie zusammen Eis essen gegangen. Nur die beiden. Zu zweit. Mehmet und das beliebteste Mädchen der Schule, Katharina »Krazy Kat« Theine. Das ist ungefähr so, als ob Prinzessin Leia mit Jabba the Hut ausgehen würde.

Die Wargames-Melodie ertönt. Mehmet kriegt eine Nachricht.

»Verdammt«, sagt er. »ShyloZ14 ist in den Highscores an mir vorbeigezogen. Ich habs geahnt. Das hat man davon, wenn man mal einen Tag aussetzt.«

Ich stütze mich auf meine Ellenbogen. »Und? Bereust du es jetzt, dass du dich mit Kat getroffen hast?« Mehmet verzieht den Mund zu einem Grinsen. »Nein. Aber lange bleibe ich heute nicht in der Ruine. Ich habe später noch 536 Kills aufzuholen.«

Die Frisbeescheibe landet mit einem dumpfen *Umph* vor meinen Füßen im Gras. Wieland trabt zu uns rüber. Er hebt sie auf und zielt auf meinen Kopf. Ich reiße die Arme schützend vors Gesicht.

»Scheiß dich nicht ein, Porno-Paul«, sagt Wieland und zwinkert mir zu. Dann wirft er die Frisbeescheibe zu Notsche und läuft zurück zum Fußballfeld.

»Kaum zu glauben, dass der Typ Kats Bruder ist«, sagt Mehmet. »Der ist wirklich das absolute Gegenteil von ihr.«

»Vielleicht ist das Arschloch adoptiert«, sage ich und spüre die Wut in mir brodeln. »Oder er hat die ganzen miesen Eigenschaften von seinen Eltern geerbt, und Kat die guten.«

Mehmet grunzt zustimmend. »Kann sein. Für Kat zählen innere Werte, das habe ich gestern wieder gemerkt. Die mag auch Jungs, die nicht aussehen wie Justin Bieber, da bin ich mir sicher. Okay, sie steht auf blonde Männer, aber das hat sie nur so dahingesagt. Ben der Banker hatte ja auch dunkle Haare. Stimmts?«

»Ich kenne Ben den Banker nicht.«

Mehmet legt sich mit dem Handy vor der Nase ins Gras und starrt auf Kats Insta-Post. Ganz ehrlich: Heute geht er mir ein bisschen auf den Zünder. Dass er jetzt so tut, als könnte da wirklich was laufen zwischen Kat und ihm. Ich meine, das hier ist kein Disneyfilm, sondern das echte Leben, und im echten Leben läuft nichts zwischen der Schönen und dem Dicken, sorry, aber das ist quasi ein Naturgesetz. *Du bist ja nur neidisch, weil du es bei Mara verkackt hast, Stelter.* Irritiert schaue ich zu Mehmet. Er liegt immer noch auf dem Rücken und guckt auf sein Handy.

»Hast du was gesagt, Mehmet?«

»Nee, mh-mh«, sagt er schläfrig.

»Okay. Ich dachte, ich hätte was gehört ...«

Ich nehme »Effi Briest« aus meinem Rucksack und blättere darin herum. Ein Klassiker, schon klar, eine ganz andere Nummer als Stephen King. Das ändert aber nichts daran, dass es das langweiligste Buch aller Zeiten ist. Ha, wenn ich das in der Lit-AG sage, werde ich bestimmt vor die Tür gesetzt.

Eine Fahrradklingel schreckt mich auf. Ken steht unten am Hügel, winkt uns zu und klingelt wie ein Irrer, sodass sich alle auf dem Sportplatz zu ihm umdrehen.

»Hey, ihr MoFs«, ruft er. »Seid ihr so weit?«

Im Wickerwald ist es nicht so drückend wie in der Stadt, aber immer noch ziemlich warm. Das Sonnenlicht fällt durch die Baumkronen und wirft tanzende Schattenäste auf den Weg. Mehmets altes Hollandrad knarzt und ächzt, als würde es gleich zusammenbrechen. Die Kette rattert und schreit nach Öl, der Hinterreifen ist kurz vor platt. Kein Wunder, dass Mehmet fährt wie in Super-Slow-Motion. Wenn Ken ihm nicht seine Sachen abgenommen hätte, würden wir überhaupt nicht vorankommen. Mit zwei Rucksäcken, einem vorne und einem auf dem Rücken, fährt er voran. Immer wenn Ken kurze Hosen trägt, fällt mir auf, wie dünn seine Beine sind. Die sehen aus, als würden sie durchbrechen, wenn man dagegentritt. »Haste Streichholzbeine, haste Streichholzbeine«, hat Ken mal gesagt. »Da kannst du so viel Sport machen, wie du willst, die kriegst du nicht dick trainiert.«

Als wir nach einer Dreiviertelstunde das Sanatoriumsgelände erreichen, rutscht Mehmet mit knallrotem Kopf von seinem Sattel. Die Schweißflecken auf seinem »Life's Better With WIFI«-Shirt sehen aus wie ein Smiley: die Augen dort, wo der Stoff über seine Brüste spannt, der Halbkreis über dem Bauch als Mund.

»Wart ihr schon mal drin?«, frage ich und lehne mein Rad gegen die Ziegelsteinmauer, die das Grundstück umgibt.

»Ich nicht«, sagt Ken und wiegt die Kette in der Hand, mit der das rostige Zufahrtstor gesichert ist. Über der Kette hängt ein Blechschild mit einem Warnhinweis. *Betreten verboten. Lebensgefahr.*

»Ich auch nicht«, sagt Mehmet außer Atem und schlägt nach einer Fliege, die um seinen Kopf kreist. »Es heißt, die lassen da zur Abschreckung eine Meute Dobermänner frei rumlaufen.«

»Eine Urban Legend«, sagt Ken. »Genau wie die Horrorstory von dem toten Jungen, alles frei erfunden.«

»Woher weißt du das?«, fragt Mehmet.

»Ich weiß es eben«, sagt Ken und lässt die Kette zurück gegen die Eisengitter knallen. »Wir müssen über die Mauer.«

»Ich habs geahnt«, stöhnt Mehmet.

Ken zieht ihn von oben an den Armen, während ich von unten gegen seinen Hintern drücke. Wenn Ken jetzt loslässt, breche ich unter Mehmets Gewicht zusammen. Keine Chance, dass ich den allein stemmen kann. Aber Ken ist dank der fünfzig Liegestütze am Tag weitaus stärker, als er aussieht, und so schaffen wir es tatsächlich, Mehmet auf die mannshohe Mauer zu hieven.

Vor uns liegt ein wild wuchernder Grünstreifen, vielleicht hundert Meter breit, dahinter kommen die ersten Gebäude. Das Haupthaus ist ein gelbgrauer Backsteinbau mit Erkern und Türmchen und verwitterter, von Efeu umrankter Fassade. Die Seitengebäude sind zum Teil stark verfallen und werden von schweren Metallträgern gestützt. Im Internet gibt es Bilder des Sanatoriums, als es noch in Betrieb war. Auf den Fotos wirkt die Anlage wie ein Wellness-Hotel: Leute spielen Minigolf, ziehen Bahnen im Hallenbad, hocken im Restaurant oder am Teich und sehen alles andere als lungenkrank aus. Heute ist hier nichts mehr mit Spaß und Wellness. Der Teich ist zugeschilft und stinkt nach Kloake, die Minigolfanlage ist unter kniehohem Gras, Farnen und Büschen verschwunden und die Gebäude sind von oben bis unten vollgesprayt. Ich mache ein Foto und schicke es mit Grüßen aus Wicker an Marvin. Es ist 15:37, das heißt kurz nach halb sieben in Las Vegas. Er dürfte also gerade aufgestanden sein.

»Da ist jemand«, sagt Mehmet, der immer noch schwer atmet.

Ich halte meine Hand gegen die Sonne. »Wo denn?«

»Da«, sagt Mehmet und streckt den Zeigefinger aus. »Auf der Treppe.«

Jetzt sehe ich es auch. Auf den Stufen vor dem Hauptgebäude sitzt jemand und raucht. Die Gestalt trägt eine umgedrehte Schirmmütze, kurze Hosen und trotz der Hitze einen braunen Kapuzenpullover, neben ihr auf dem Boden steht ein grüner Army-Rucksack …

»Guck mich nicht so an, P. S.«, sagt Ken achselzuckend. »Ich dachte, du freust dich, wenn ich ihr Bescheid gebe. Außerdem brauchen wir jemanden, der sich mit Sprayen auskennt.«

»Aber wieso … wieso hast du nichts gesagt?«, stottere ich.

»Du denkst zu viel«, sagt Ken und grinst. »Manchmal ist es besser, man reagiert spontan, anstatt sich tagelang einen Plan zurechtzulegen. Kommt.«

Ken streckt die Arme von sich und springt wie Batman von der Mauer. Mehmet macht ein *Ich hab nichts gewusst*-Gesicht und beginnt sich ungeschickt nach unten zu hangeln. Na wunderbar. Wieso denken eigentlich immer alle, sie müssten sich in meine Angelegenheiten einmischen? Erst Mehmet in der IGW und jetzt Ken. Mache ich etwa den Eindruck, als würde ich es allein nicht geregelt kriegen? Kann sein. Ich kriege es ja auch nicht geregelt, jedenfalls nicht mit Mara. Am Samstag hab ich ihr geschrieben und gefragt, ob wir mal telefonieren oder uns treffen können. Keine Reaktion, bis heute nicht.

»Wie siehts aus, Paul«, ruft Ken und senst mit seinem Messer durch das Gebüsch. »Willst du da oben stehen bleiben?«

Die Fenster des Hauptgebäudes sind mit dicken Pressspanbrettern vernagelt, die ehemals prunkvollen Bogentüren am Eingang zugemauert. Aus der Ritze zwischen Vordach und Fassade wächst eine dünne Tanne, weiter oben ist ein Netz gespannt, um herunterfallende Ziegel oder Steine abzufangen. Mara hat ihr Kinn auf die Faust gestützt und guckt genervt. Neben ihr liegen Zigarettenstummel, ein Haufen geköpfter Butterblumen und ein gefledderter Löwenzahn. Erst begrüßt sie Ken mit einer Umarmung und dann Mehmet, den sie genau *einmal* in ihrem Leben gesehen hat, um mich anschließend mit einem angedeuteten Nicken abzuspeisen. Sie trägt den St.-Pauli-Hoodie und schwarze Schnürstiefel, mit deren Ferse sie ungeduldig gegen die Treppenstufe tritt.

»Ihr seid spät dran«, sagt sie mit einem Blick auf ihre Armbanduhr. »Ich warte schon über zwanzig Minuten.«

»Wir sind nicht so schnell vorangekommen wie geplant«, sagt Ken und guckt zu Mehmet.

Der hebt abwehrend die Arme. »Junge, *du* bist doch zu spät gekommen. Ich hätte auch früher losgekonnt.«

»Ich hatte jedenfalls genug Zeit, mich umzusehen«, sagt Mara. »Auf der anderen Seite ist ein Fenster eingeschlagen, da kommen wir rein.«

Im Gemäuer flattert eine Taube auf, kreist über unsere Köpfe und landet auf dem Vordach, von wo sie uns misstrauisch beäugt.

»Turbo«, sagt Ken. »Wir suchen drin eine gute Stelle und hinterlassen eine Nachricht für die Wicker-Crew. Ich hab mir schon was überlegt.«

»Na dann«, sagt Mara und springt von den Stufen. »Passt auf die Brennnesseln auf.«

Wir folgen ihr um eine leere Garage, hinter der ein Stapel Autoreifen, eine Kabeltrommel und ein verbeulter Benzinkanister im Gras liegen. Die Sonne brennt. Mara nimmt den Rucksack ab und zieht ihren Hoodie aus, unter dem ein geripptes Trägertop zum Vorschein kommt. Beim Anblick ihrer nackten Arme und Schultern muss ich schlucken. Für einen Moment driften meine Gedanken in ein Paralleluniversum, in dem Mara und ich zusammen sind, in dem wir Hand in Hand die Ruine erforschen und Abenteuer bestehen, Paul und Mara, Mara und Paul, das klingt doch richtig gut. Ken verpasst dem Kanister einen scheppernden Tritt und holt mich zurück in die Realität. Der ist echt ein Experte, was das angeht.

Wir schlagen uns durch ein dichtes Gebüsch und kommen zum Teich, über dem unendlich viele Fliegen und Moskitos umherschwirren. Mehmet, der Insekten magisch anzuziehen scheint, erschlägt eine Mücke auf seinem Arm und wischt den blutigen Klumpen an seiner Hose ab. Ken säbelt sich mit seinem Messer durch das Schilf, als wäre er auf einer Expedition durch den Dschungel, während Mara auf das Gebäude zusteuert. Ich gehe schneller und schließe zu ihr auf.

»Hey«, sage ich.

»Hey«, sagt sie und guckt in eine andere Richtung.

»Bist du noch sauer?«

Sie antwortet nicht.

»Hör mal, ich habe Mehmet nicht verraten, dass du WCQ bist«, sage ich. »Echt nicht. Der hat keine Ahnung, dass …«

Mara bleibt stehen. »Du kannst dir die Ausreden sparen, Paul Stelter. Um eins klarzustellen: Ich bin hier, weil Ken mich drum gebeten hat. Nur deshalb. Ich bin nicht wegen dir mitgekommen. Ich bin mitgekommen, *obwohl* du dabei bist.«

Das hat gesessen. Ich stammele irgendwas, mehr Silben als Worte, aber Mara hört sowieso nicht hin. Sie hat das Fenster gefunden und winkt die anderen zu sich. Jesus, bei der bin ich wirklich untendurch. Das kriege ich nicht mehr repariert, da kann ich mich so viel entschuldigen, wie ich will, sie lässt mich ja nicht mal ausreden.

Die Bretter, mit denen das Fenster vernagelt war, sind runtergerissen worden und liegen verteilt im Dickicht. Eine Scheibe gibt es nicht mehr, nur eine einzelne Glasscherbe in Form einer Haifischflosse, die links unten in der Ecke des Rahmens steckt. Mara zieht sie vorsichtig heraus und wirft sie auf den Schotter, wo sie klirrend zerbricht. Ken nimmt die Sonnenbrille ab und steckt sie in die Brusttasche. Er holt seine Maglite aus dem Rucksack, klettert auf das Sims und leuchtet in das Gebäude. Dann springt er hinein und hilft Mehmet durchs Fenster. Mara steigt mit schnellen, geschickten Bewegungen hinterher. *Paul und Mara, Mara und Paul.* Der Gedanke killt mich, dass wir vielleicht zusammen wären, wenn ich mich nicht so bescheuert angestellt hätte. Ich wünschte, ich könnte die Zeit zurückdrehen und alles anders machen. Alles *richtig* machen.

Mehmet steckt seinen Kopf aus dem Fenster. »Stelter, träumst du? Komm rein.«

Drinnen ist es düster, aber nicht stockdunkel. Durch die Spalten und Ritzen der Bretter an den Fenstern fällt mattes Tageslicht in einen großen Raum, der einmal die Empfangshalle gewesen sein muss. Die Wände sind voll mit Tags und Graffiti. Über dem Eingang prangt ein grinsender Sensenmann mit einem Surfbrett in der Hand, daneben skatet ein Skelett auf einer Halfpipe, der Rest ist viel Farbe, viel Geschmiere und wenig Motiv. Von der Decke schält sich der Putz wie sonnenverbrannte Haut. Der Fußboden ist bedeckt mit Sand, Steinen, Scherben, Plastiktüten und Kippenstummeln. Es riecht modrig und nach Pisse.

»Wo fangen wir an?«, sagt Mara.

»Hier nicht«, sagt Ken. »Im Ostflügel. Hier ist schon alles vollgesprayt, hier würden wir überhaupt nicht mehr auffallen. Wir müssen da lang.«

»Woher willst du das wissen?«, fragt Mehmet.

»Weil da Osten ist, du Nase«, antwortet Ken.

»Hey, das ist *mein* Wort«, sage ich.

Ken grinst. »Ich habs mir nur kurz ausgeliehen.«

Der Durchgang, auf den Ken gezeigt hat, führt in einen fensterlosen, dunklen Flur. Ich habe meine Taschenlampe vergessen und muss mit dem Handy klarkommen, das nur halb so hell leuchtet wie Kens Stablampe, die er wie eine Bazooka über der Schulter trägt. Außerdem wird der Akku nicht lang halten, der ist komplett im Arsch. Ich brauche unbedingt ein neues Handy. Seit ich mein iPhone geschrottet habe, muss ich mich mit Billes uraltem Samsung rumschlagen.

Je weiter wir gehen, desto schlimmer wird der Gestank. Mara

hält sich die Nase zu. Mehmet zieht sich den Kragen seiner Fleecejacke bis unter die Augen. Ken bleibt stehen und leuchtet in eine Nische in der Wand. Vor uns liegen eine fleckige Matratze, zerlumpte Decken und ein zerschlissener Wintermantel, außerdem drei kleine Schnapsfläschchen und ein verschimmelter Tetra Pak Rotwein. Mit der Fußspitze schiebt Ken den Mantel von der Matratze. Eine Ratte flitzt darunter hervor und rast im Zickzack zwischen unseren Beinen hindurch. Mehmet schreit auf. Mara springt erschrocken zur Seite und stößt mir beinahe das Handy aus der Hand.

»'tschuldigung«, murmelt sie und leuchtet hektisch über den Fußboden.

»Keine Angst, die ist weg«, sage ich.

Ich kann es zwar nicht sehen, aber ich spüre, wie sich ihre Miene verfinstert.

»Angst?«, sagt sie empört. »Ich hab keine *Angst*. Ich bin erschrocken. Red nicht mit mir, als wäre ich ein kleines Kind.«

»Sorry, ich wollte doch nur …«

Aber Mara ist schon weitermarschiert. Mit wütenden Schritten entfernt sich der Lichtkreis ihrer Lampe.

Wir erreichen ein Treppenhaus. Die Tür im Erdgeschoss ist verschlossen, also gehen wir vorsichtig nach oben. Im ersten Stock ist ein Teil der Decke und der Wand eingestürzt. Auf der rechten Seite versperrt ein Schutthaufen fast vollständig den Durchgang. Ken steigt hoch und schaut durch das Loch im Dach auf die aufziehenden Wolken am Himmel. Mehmet folgt ihm keuchend. Als er neben ihm ankommt, leuchtet er in den dunklen Gang hinter dem Steinhaufen.

»Der Ostflügel«, verkündet er feierlich. »Der kleine Glotz hat recht gehabt.«

Mara fährt mit der Hand über die Wand auf der gegenüberliegenden Seite. »Hier ist es perfekt«, sagt sie, zieht einen Latexhandschuh über und holt eine Spraydose aus ihrem Rucksack. Dann dreht sie sich zu Ken und Mehmet. »Hört mal. Ich weiß nicht, was Paul euch alles über mich erzählt hat. Aber ich werde hier jetzt gleich meine Signatur hinterlassen. Es muss unbedingt geheim bleiben, dass ich WCQ bin. Das darf keiner wissen, okay?«

»Schon klar«, sagt Ken.

Mehmet nickt. Mich schaut Mara gar nicht erst an. Mit einer ausholenden Armbewegung sprüht sie die Outline für ein großes W an die Wand. Der Geruch von Lack breitet sich aus und überdeckt den modrigen Gestank, der aus dem Erdgeschoss nach oben steigt.

»Gibts da einen Trick?«, fragt Ken. »Irgendwas, auf das ich achten muss?«

»Eigentlich nicht«, sagt Mara und macht einen Schritt zurück, um das W zu betrachten. »Du musst ein Gefühl für die Dose kriegen, das ist das Wichtigste. Dafür musst du viel üben, das geht nicht in fünf Minuten. Die Outline ist am schwersten. Ich fange immer damit an, mache dann das Fill-In und ziehe am Schluss die Outline nach.«

»*Ein Gefühl für die Dose*, verstehe«, sagt Ken und sieht Mara zu, wie sie die Konturen für das C und das Q sprüht. Als sie fertig ist, nimmt sie eine Dose mit silbernem Deckel aus dem Rucksack und schüttelt sie klackernd.

»Das dauert jetzt ein bisschen. Ihr könnt schon mal anfangen.«

»Ich will erst mal schauen, wohin der Gang führt«, sagt Ken und schlittert den Schutthaufen auf der anderen Seite herunter.

Mehmet kraxelt ihm mit Mühe hinterher, während Mara die Buchstaben mit silberner Farbe ausfüllt. Sie beachtet mich sowieso nicht, also folge ich den anderen. Nach wenigen Metern bleibt Ken abrupt stehen und breitet seine Arme aus, um uns zurückzuhalten. Im Fußboden vor ihm klafft ein Loch, groß wie eine Badewanne. Als er sich nach vorne beugt und hineinleuchtet, bröckeln Steinchen vom Rand und rieseln in den Abgrund.

»Komm da weg«, flüstert Mehmet und zieht Ken am Arm.

»Wie tief geht es runter?«, frage ich.

»Weiß nicht«, sagt Ken. »Tief.«

»Wir müssen zurück«, sagt Mehmet. »Das ist zu gefährlich. Wenn der Boden einstürzt, brechen wir uns alle Knochen.«

»Jetzt sind wir schon so weit gekommen …«, sagt Ken.

»Vergiss es«, sagt Mehmet. »Das ist kein Spiel. Hier hast du nur ein Leben.«

»Weiter trauen sich die Typen von der Wicker-Crew auch nicht«, sage ich. »Das Treppenhaus ist doch ein guter Ort für unsere Message an die.«

»Die Wicker-Crew ist mir gerade ziemlich egal«, sagt Ken. »Ich will wissen, was da hinten ist. Hier war seit drei Jahrzehnten keiner drin, wer weiß, was es da alles zu entdecken gibt. Kommt schon.«

Ich gucke Mehmet an. Er schüttelt den Kopf. Es ist still in der Ruine, nur das Zischen von Maras Dose ist zu hören. Ken schaut noch einmal in das Loch. Dann schaltet er seine Lampe aus und steckt sie sich hinten in den Hosenbund.

»Leuchtet mal«, sagt er und schiebt sich mit dem Rücken zur Wand langsam an der Einsturzstelle vorbei. »Nicht ins Gesicht, Mehmet. Auf den Boden!«

Zwischen seinen Fußspitzen und dem Abgrund ist ungefähr ein Meter Abstand, vielleicht weniger. Wenn der Vorsprung, auf dem er sich bewegt, abbricht, hat er keine Chance, sich irgendwo festzuhalten.

»Ist turboeinfach«, ruft er, als er auf der anderen Seite angekommen ist. »P. S., was ist?«

Manchmal ist es besser, man reagiert spontan, denke ich. Was soll schon passieren? Wir müssen halt vorsichtig sein. Und besser, als hier zu warten und von Mara angeschwiegen zu werden, ist es auf jeden Fall.

»Okay. Ich komme.«

Die Wand in meinem Rücken ist rau und kalt. Ich bin größer und wiege mehr als Ken – machen die paar Kilo am Ende den entscheidenden Unterschied? Hat der Boden ihn gerade noch getragen, und ich bin jetzt zu schwer? Ich beuge mich nach vorn und sehe in das Loch. Es ist pechschwarz, viel zu dunkel, um irgendetwas erkennen zu können. Ein Wurmloch, vielleicht. Wenn du reinspringst, kommst du am anderen Ende des Universums wieder raus, auf dem Uranus oder auf Alpha Centauri. Und wenn du nicht springst, dann *saugt* dich das Loch hinein, ohne dass du was dagegen tun kannst, es saugt dich ins Verderben.

»Nicht nach unten gucken, Paul«, ruft Ken. »Schau mich an.«

»Ich weiß nicht, was schlimmer ist«, antworte ich ihm und presse meinen Hinterkopf gegen die Wand.

»Sehr komisch, du Penner.«

Seitwärts setze ich einen Schritt neben den nächsten. Wenn Bille wüsste, wo ich bin. Ich kann mir gut vorstellen, was sie sagen würde. *Bist du verrückt geworden? Du magst dir unverwundbar vorkommen mit deinen sechzehn Jahren, aber so ein Schädel ist schneller gebrochen als eine Walnuss im Nussknacker.*

»Turboeinfach«, sage ich zu Ken, nachdem ich das Loch hinter mir gelassen habe, und wische mir den Schweiß von der Stirn.

Er lacht und wir klatschen uns ab. Dann richtet er den Taschenlampenstrahl auf den Boden und geht den Gang entlang. Ich drehe mich noch mal zu Mehmet. Mara hat sich neben ihn auf die Steine gesetzt. Offensichtlich hat sie keine Lust, Ken und mir in den Ostflügel zu folgen, oder sie ist sauer, weil wir sie nicht gefragt haben. Mir ist das egal. Sie ist ja eh nicht wegen mir hier, sondern *trotzdem.*

Am Ende des Flurs kommen wir in eine ehemalige Krankenstation. Zehn Patientenzimmer auf jeder Seite, die Nummern hängen noch an den Türen, Messingzahlen von eins bis zwanzig. In der Mitte ein halb offener Raum, in dem ein Tisch und ein verbeulter Medikamentenschrank vor sich hin rosten. Ken leuchtet in Zimmer Nummer eins. Der Lichtstrahl wandert über die Wand, über herunterhängende Tapetenfetzen, über ein nacktes Bettgestell ohne Matratze und einen Rollstuhl mit integrierter Bettpfanne. Ken setzt sich auf den Stuhl und legt die Taschenlampe in seinen Schoß.

»Schieb mal«, sagt er.

»Hast du sie noch alle?«

»Komm schon, nur kurz.«

»Vergiss es. Das ist saugefährlich. Wenn hier noch so ein Loch im Boden ist …«

Ken seufzt. »Mara hat recht. Du bist so *rational.*«

»Das hat sie zu dir gesagt?«

»Vielleicht«, sagt Ken.

»Verarsch mich nicht. Hast sie es gesagt oder nicht?«

»Ich weiß nicht mehr. War sie das oder ich?«

»Du Sack …«

Ich packe den Rollstuhl an den Schiebegriffen, schnelle mit Ken aus dem Zimmer und rase im Zickzack über den Flur. Der Stuhl knarzt und scheppert schlimmer als Mehmets Fahrrad, rollt aber noch erstaunlich gut. »Schneller!«, brüllt Ken und legt einen rostigen Hebel an der Armlehne um, woraufhin sein rechtes Bein in die Horizontale geschwenkt wird. Ich stürme auf eine offene Flügeltür zu und lasse den Rollstuhl los. Er prallt gegen die Schwelle und kippt nach vorne. Ken wird herausgeschleudert, knallt auf den Boden und bleibt regungslos liegen. Erschrocken laufe ich zu ihm.

»Ken. Alles okay?«

Er lässt mich ein paar Sekunden lang zappeln, bevor er die Augen aufschlägt.

»War nur ein Spaß, P.S. Ich habs versucht, aber Mara wollte absolut nicht über dich reden.«

»Na dann ist ja alles in Ordnung.«

Wir sind in einem Festsaal gelandet, der mindestens so groß ist wie die Schulmensa. Die Decke ist bestimmt zehn Meter hoch, gewölbt wie in einer Kirche und durchlöchert wie ein mottenzerfressenes T-Shirt. Die Fenster sind wie überall im Sanatorium mit Holzplatten vernagelt, aber von oben fällt genug Licht herein, dass Ken seine Maglite ausschalten kann. Während das Hauptgebäude komplett leer geräumt ist, haben sie im Ostflügel einiges stehen lassen. Im Festsaal sind die Tische zu einer langen Tafel aneinandergereiht, als würden gleich die Gäste zum Bankett kommen. An den Wänden hängen verblichene Bilder, Fotografien von weltberühmten Sehenswürdigkeiten, Eiffelturm, Tower Bridge, Taj Mahal und so weiter, und auf der kleinen Bühne am anderen Ende des Saals prunkt tatsächlich ein verstaubtes Klavier. Keine Ahnung, warum sie die Sachen nicht rausgeholt haben, bevor das Gebäude abgeriegelt wurde. Vielleicht war es zu dem Zeitpunkt schon einsturzgefährdet.

»Ich wusste doch, dass es hier was zu entdecken gibt«, sagt Ken aufgeregt. »Ich wusste es!«

Er setzt sich an das Klavier, klappt den Deckel auf und schlägt eine Taste an. Außer einem dumpfen Klopfen ist nichts zu hören. »Hab ich dir erzählt, dass ich früher richtig gut spielen konnte? Bis zur Achten hatte ich dreimal die Woche Unterricht.«

»Nicht schlecht«, sage ich. »Und was ist dann passiert?«

»Dann kamen die Frauen und die Drogen.« Ken lacht. »Schade, eigentlich. Vielleicht hätte mich eine Karriere als Pianist aus Wicker rausgeholt.« Er schlägt den Tastendeckel zu und stellt seinen Rucksack drauf. »Vielleicht wäre ich als Supertalent um die Welt getourt, London, Paris, New York. Aber um richtig gut zu sein, musst du mindestens acht Stunden am Tag üben. Das war mir zu hart.«

»Acht Stunden, wirklich?«

»Mindestens. Und du hast trotzdem keine Garantie, dass du Erfolg hast.«

»Und jetzt spielst du gar nicht mehr?«

»Höchstens, um die Mädchen zu beeindrucken, sonst nicht«, sagt Ken und grinst. »Wenn ich was mache, mache ich es richtig.«

Ken holt eine Dose Sprühlack aus seinem Rucksack und stemmt die Arme in die Seite. »Was denkst du? Hier? Über dem Klavier?«

»Meinst du, die Wicker-Crew kommt überhaupt so weit?«

»Wir können vorne ja auch noch was schreiben.«

»Okay. Dann mach.«

»Du musst ein Gefühl für die Dose kriegen«, sagt Ken spöttisch. »Wenn Mara das hinbekommt, kann es ja nicht so schwer sein. Erst mal unsere Namen.«

Als er fertig ist, reibt er sich skeptisch mit der Hand über den Nacken. Seine Buchstaben sehen nicht annähernd so cool aus wie Maras Signatur. Sie sind schief und verlaufen mit langen Farbnasen bis auf das Parkett, wo sich rote Pfützen bilden. Immerhin kannst du erkennen, was er geschrieben hat: *$UPER-KEN 3000*.

»Ich hätte vielleicht doch ein bisschen üben sollen«, sagt er und hält mir die Dose hin. »Aber egal. Hauptsache, Wieland und Glotz können es lesen. Versuch du mal.«

Was soll ich schreiben, einfach *Paul*? Nein, das ist ein bisschen lame. Mir fällt was Besseres ein, ein spezieller Gruß für die beiden.

Ich spraye testweise ein paar Schnörkel auf den Boden, dann lege ich los. Viel besser als das von Ken sieht mein Kunstwerk auch nicht aus, aber für den ersten Versuch finde ich es nicht schlecht.

»Porno-Paul?«, sagt Ken lachend. Er fummelt sein iPhone aus der Hosentasche und wir machen ein Selfie vor unseren Künstlernamen. Gerade als er sein Handy wieder wegstecken will, klingelt es.

»Mara?«, sagt er verwundert. »Was ist? *Was?* Okay, wir kommen.«

Er legt auf und sieht mich mit hochgezogenen Augenbrauen an. »Wir kriegen Besuch.«

Mara winkt uns hektisch zu, als wir zurück in den Gang mit der Einsturzstelle kommen. Mehmet guckt durch eine Ritze zwischen den Holzbrettern aus dem Fenster. Wortlos rückt er zur Seite, damit wir seinen Platz einnehmen können. Sieben, nein, acht Typen in Tarnanzügen kommen auf das Hauptgebäude zu. Sie haben Gewehre umhängen oder in den Händen, manche haben sich wie Footballspieler einen dunklen Streifen unter die Augen gemalt, andere das Gesicht komplett geschwärzt. Zwei von ihnen tragen einen Kasten Bier, einer hat ein Kopfband mit einer Kamera um.

»Was sind das denn für Freaks?«, frage ich.

Ken sieht mich ungläubig an. »Was denkst du denn? Das sind Wieland und Glotz mit ihrer Gotcha-Crew.«

»Aber die wollten doch erst Samstag …«

Mehmet hebt entschuldigend die Hände. »Die müssen ihren Plan geändert haben.«

»Los, wir müssen raus, bevor sie in die Ruine kommen«, sagt Ken.

Eilig steigen wir über den Geröllhaufen zurück ins Treppenhaus. Im Erdgeschoss angelangt hören wir Stimmen in der Eingangshalle. Wir sind zu spät. Der einzige Weg nach draußen ist versperrt. Ken deutet auf die Stufen, die nach unten führen, und wir flüchten in den stockdunklen Keller. Die Stimmen nähern sich, werden deutlicher und von schweren Schritten begleitet. »Hier lang«, sagt einer. Es könnte Marko Kubitschek sein, ich bin mir aber nicht sicher. Ich weiß nicht mal, ob der überhaupt dabei war, in ihren Tarnanzügen haben die alle gleich ausgesehen. Ein Lichtstrahl fällt in den Keller. Wenn sie runterkommen, sind wir im Arsch, dann sitzen wir in der Falle. Das Licht bewegt sich und wird heller.

»Weiter«, zischt Mara und zieht mich am Arm. »Wir müssen weiter.«

»Notsche, wir gehen hoch«, ruft Wieland.

»Alles klar.«

Der Lichtstrahl verschwindet von der Treppe und es ist wieder dunkel.

»Paul!«, flüstert Mara von irgendwoher. »Wo bleibst du denn?«

»Wartet.«

Mit ausgestreckten Armen gehe ich in die Richtung, aus der ihre Stimme kam. »Mara? Mehmet? Ken?«

Keine Antwort. Ich sehe nichts, höre niemanden, nur meinen Atem. So muss es sein, wenn du blind bist, wenn du nicht die Hand vor Augen erkennen kannst. Ich will mit meinem Handy leuchten, aber das Display bleibt schwarz. Na großartig, jetzt ist der Akku alle. Ich taste nach der Wand und bewege mich auf den hellen Fleck zu, auf das bisschen Tageslicht aus dem Treppenhaus. Aber da sind keine Stufen. Das ist nicht die Treppe. Das Licht kommt aus einem vergitterten Lüftungsschacht. Verdammt, jetzt habe ich mich verlaufen. Unter dem Schacht bewegt sich etwas.

»Ken?«, rufe ich leise und starre in die Dunkelheit. Bin ich jetzt bescheuert? Da steht doch jemand vor der Wand. Je länger ich hinsehe, desto sicherer bin ich. Aber das ist nicht Ken. Die Geschichte von dem eingemauerten Kind schießt mir durch den Kopf. *Das ist eine Urban Legend. Genau wie die Horrorstory von dem toten Jungen.*

Plötzlich stürmt der Schatten auf mich zu. Mein Herz bleibt stehen. Ich schreie auf, schrecke zurück und knalle mit dem Rücken gegen die Wand. Der tote Junge greift mir ins Gesicht.

»Stelter«, flüstert Mehmet und drückt seine Hand fest auf meinen Mund. »Halt die Klappe. Was ist denn los mit dir?«

»Hast du sie noch alle?«, keuche ich. »Was machst du da?«

»Leise«, zischt Ken und schaltet seine Taschenlampe an. »Sie sind direkt über uns.«

Wir gucken nach oben. Putz bröselt von der Decke. Einzelne Schritte sind zu hören. Kein Getrampel mehr wie eben, sondern langsame, vorsichtige Bewegungen.

»Raus hier«, flüstert Ken. »Jetzt. Solange sie oben sind.«

Der Himmel ist ganz von grauen Wolken bedeckt, als wir aus dem Fenster nach draußen steigen. Von wegen *Neverending Summer*, das sieht nach Gewitter aus. Ken und Mara laufen Richtung Teich, während Mehmet sich noch die Schuhe binden muss. Ungeduldig warte ich auf ihn. Er braucht für alles immer unfassbar viel Zeit, selbst für eine gottverdammte Schlaufe.

»Fettarsch? Porno-Paul? Was macht ihr denn hier?«

Die Stimme trifft mich ins Mark. Glotz kommt hinter der Garage hervor und knöpft sich den Hosenlatz zu. Er trägt eine grüne Army-Jacke und Springerstiefel wie die anderen, über seine rechte Schulter ragt die Mündung eines Softair-Gewehrs. Auf seiner Nase sitzt meine Ray Ban, unter deren Gläser er zwei schwarze Striche als Kriegsbemalung gezogen hat.

»Geil, jetzt haben wir endlich mal zivile Opfer zum Jagen. Das wird fett.«

Mehmet springt auf und will an Glotz vorbei, aber der stellt sich ihm in den Weg und schubst ihn zur Seite. Mehmet stolpert, fällt wie ein Baum und landet hart auf dem Schotter. Seine Jeans reißt auf, Blut läuft über sein Schienbein.

»Mein Knie«, stöhnt er. »Mein Knie …«

»Macht euch nicht in die Hose«, sagt Glotz und steckt sich eine Kippe in den Mund. »So eine Gummikugel bringt keinen um, die tut einfach nur scheiße weh. Ihr werdet es gleich erleben. Ey, da sind ja noch mehr Opfer.«

Mara und Ken kommen aus dem Gebüsch. Mara bleibt bei Mehmet und mir, während Ken sich vor Glotz aufbaut, wenn man das bei einer Körpergröße von ein Meter sechzig so sagen kann.

»Hey Spongebob«, sagt Ken. »Lassen dich deine Freunde nicht mitspielen? Oder was machst du hier draußen?«

»Ha«, sagt Glotz, ohne die Zigarette aus dem Mund zu nehmen. »Bin gespannt, ob du dein Maul immer noch so aufreißt, wenn die Wicker-Crew mit dir fertig ist.«

Er zieht sein Handy aus der Tasche und tippt auf das Display. Ken macht einen Schritt auf ihn zu und schlägt es ihm aus der Hand.

»Hast du sie noch alle?«, brüllt Glotz und will Ken auf die Brust boxen.

Ken weicht aus, wird von Glotz am Kopf getroffen und stürzt ins Gras. Mara und ich schreien auf. Zum Glück richtet sich Ken sofort wieder auf. Seine Augenbraue ist aufgeplatzt, Blut strömt über sein Gesicht und tropft auf sein Shirt.

Jetzt reicht es. Jetzt ist es genug. Wir haben uns lang genug von diesen Typen fertigmachen lassen. Wütend hebe ich einen faustgroßen Stein auf und stürze mich damit auf Glotz. Ich sehe seine Faust nicht kommen. Ich spüre nur den Schmerz in der Lunge, der so heftig ist, dass mir die Luft wegbleibt und mir schwarz vor Augen wird. Als ich sie wieder öffne, liege ich auf dem Rücken und der Stein kullert ins Gebüsch. Glotz steht über mir, hat das Gewehr zwischen meine Beine gerichtet und drückt die Mündung fest in meinen Schritt.

»Schon mal blaue Eier gehabt, Porno-Paul?«, fragt er grinsend und legt seinen Zeigefinger auf den Abzug.

Ich beiße die Zähne zusammen und mache mich auf den schlimmstmöglichen Schmerz gefasst. Dann lässt Glotz plötzlich locker. Sein Gesicht gefriert. Langsam zieht er das Gewehr zurück und wirft es ins Gras. Ken steht hinter ihm und presst ihm das Messer gegen die Rippen.

»Lass den Scheiß«, zischt Glotz. »Digger, das ist nicht witzig.«

Ken sagt nichts, atmet nur hektisch ein und aus. Sein Gesicht, sein Hemd, seine Hose, alles voller Blut, er sieht aus wie ein Wahnsinniger aus einem Splatterfilm. Langsam drückt er die Klinge in den Stoff von Glotz' Shirt.

»Ken«, sagt Glotz mit bebender Stimme. »Nimm das Messer weg. Ich wollte dich nicht am Kopf treffen. Das war keine Absicht.«

»Ken …«, sagt Mara sanft.

»Junge, lass gut sein«, sagt Mehmet. »Der hats kapiert.«

»Knie dich hin«, flüstert Ken Glotz ins Ohr.

Glotz gehorcht ihm. Ken guckt zu mir. Ich richte mich auf, humpele auf Glotz zu und beuge mich zu ihm hinunter. Mein Gesicht spiegelt sich in den Gläsern der Sonnenbrille. Schweiß läuft ihm über die Stirn, die Nase runter. Seine Lippen zittern.

»Paul«, winselt er. »Du weißt, dass ich nicht abgedrückt hätte.«

Ich strecke meine Hand aus. Glotz zuckt weg. Ken drückt die Messerspitze tiefer in seine Seite und Glotz dreht sich mit zusammengekniffenen Augen zurück zu mir. Ich nehme ihm die Brille aus dem Gesicht, wische die Bügel an seinem Shirt ab und setze sie mir auf. Ken lässt das Messer sinken.

»Okay, Glotz«, sagt er. »Wir hauen ab. Wenn ich einen Ton von dir höre, bevor wir über die Mauer sind, komme ich zurück und schlitz dich auf.«

Die ersten Regentropfen fallen. Mehmet hinkt ein bisschen und hält sich das blutige Knie, aber er kann allein laufen. Bevor wir uns ins Gebüsch schlagen, schaut Ken noch einmal zu Glotz und zeigt drohend mit dem Messer auf ihn. Als wir die Garage erreichen, fängt Glotz an zu brüllen. Okay, jetzt wird es eng. Die Mauer ist noch ein gutes Stück entfernt. Wenn sie uns einholen, hilft uns auch Kens Messer nichts mehr. Der Regen wird stärker. Wir rennen nebeneinander durch das kniehohe Gras und lassen die Ruine hinter uns. Mehmet fällt zurück. Ich drehe mich nach ihm um und packe ihn am Arm. Ken nimmt den anderen Arm und wir ziehen ihn weiter bis zur Mauer. Mit Maras Hilfe hieven wir ihn nach oben. Jemand schreit. Die ersten drei Tarnanzüge kommen hinter der Garage hervor.

»Weiter«, ruft Ken und wir springen von der Mauer.

Weil Maras Rad auf der anderen Seite des Geländes steht, Ken ein Mountainbike ohne Gepäckträger hat und Mehmet allein schon ultralangsam ist, bleiben ihr nur zwei Möglichkeiten: Entweder sie läuft oder sie fährt bei mir mit. Mara zögert kurz, dann steigt sie bei mir auf. Mit den Fingerspitzen hält sie sich unten am Sattel fest und lehnt sich nach hinten. Mehmet und Ken sind schon losgefahren. Ich trete, so fest ich kann, in die Pedale. Der Wind bläst mir den Regen ins Gesicht, ich kann kaum aus den Augen gucken. Jetzt schlingt Mara ihre Arme um mich, was mir noch mehr Antrieb gibt. Wir überholen Mehmet, nein, wir *fliegen* in Überschallgeschwindigkeit an ihm vorbei. Als wir Ken erreichen, bremst er ab. Ich halte neben ihm. Schweißüberströmt stößt Mehmet zu uns und rutscht von seinem Sattel. Wir schauen zurück zum Sanatorium.

Auf der Mauer stehen acht halb vermummte Gestalten, der Himmel über ihren Köpfen apokalyptisch rot. Sie haben ihre Gewehre angelegt und zielen auf uns. Ein lautes Klacken, der Erste schießt. Das Gummigeschoss fliegt durch die Luft und landet etwa fünf Meter vor uns auf dem Boden. Die Kugel rollt über den Waldweg auf uns zu. Ken stoppt sie mit dem Fuß. Die nächsten Schüsse folgen, aber kein Geschoss kommt näher ran als das erste. Wir sind außerhalb ihrer Reichweite.

»Die kriegen uns nicht«, jubelt Mehmet. »Wir waren zu schnell!«

Mara lacht erleichtert auf. Ken lässt sein Rad fallen, stellt sich auf den Weg und kehrt ihnen den Rücken zu. Dann lässt er die Hose runter und streckt der Wicker-Crew seinen nackten, knochigen Hintern entgegen.

Heute

Ich wische mir zum x-ten Mal heute die Tränen aus den Augenwinkeln. Diesmal kommen sie allerdings vom Lachen. Ich habe so lange nicht mehr daran gedacht, wie Ken vor der Ruine blankgezogen hat. Das war definitiv einer der lustigsten Momente des letzten Jahres, wenn nicht *der* lustigste. Noch am selben Abend hat Ken das Foto von uns in der Ruine im Klassenchat gepostet: »Sanatorium Ostflügel: *check*«. Erst als ich die ganzen Kommentare gelesen habe, ist mir klar geworden, dass die Ruine und vor allem der »verbotene Flügel« für die Leute in Wicker so eine Art mystischer Ort sind. Alle haben uns mega abgefeiert, »Respekt, Jungs«, »Hätte ich euch niemals zugetraut« und so weiter. Wirklich jeder wusste, dass seit der Schließung vor fast dreißig Jahren kein Mensch mehr im Ostflügel gewesen ist – bis *$uper-Ken 3000* und *Porno-Paul* sich im Oktober 2018 an der Wand im Festsaal verewigt haben.

Keine Ahnung, was Glotz und Wieland den anderen erzählt haben. Wahrscheinlich, dass die Wicker-Crew uns noch am gleichen Tag aus der Ruine geprügelt hätte. Na und? Wir waren die Ersten, die den abgesperrten Bereich erobert hatten, und den Fame konnte uns keiner nehmen.

Für mich hat sich seitdem vieles geändert. Bis dahin war ich für die meisten nur der Neue aus Berlin, der komische Typ aus dem Pornovideo, der so dumm war, sich mit Wieland und seinem

Pitbull anzulegen. Jetzt war ich plötzlich so was wie ein Held. Und plötzlich kannte jeder die MoFs. Ken muss das verbreitet haben, genauso wie die vielen Gerüchte darüber, wer dazugehörte und wer nicht. Tonne wurde oft gehandelt und noch zwei, drei andere Spinner aus unserem Jahrgang. Nur dass Ken und ich MoFs waren, das wussten alle. Auf einmal war ich verdammt stolz darauf, ein *Mensch ohne Freunde* zu sein – aber natürlich nur, weil ich in Wirklichkeit längst keiner mehr war. Das Gefühl hat mich durch die nächsten Wochen getragen wie ein Luftkissenboot über die windstille See.

Leider bleiben die Dinge nie so, wie sie sind. Das Leben lässt einen einfach nicht in Ruhe mit seinen Drehungen und Wendungen. Mal bist du oben, mal bist du unten. Und wenn du oben bist, kannst du dir sicher sein, dass es früher oder später wieder abwärtsgeht.

Mara habe ich in der folgenden Woche bei Ken wiedergetroffen, der wegen seiner Verletzung am Auge übelst Stress mit seinen Eltern gekriegt hat. Kens Eltern sind echt ein Thema für sich. Seine Mutter ist eigentlich so eine ganz liebe, die nicht viel checkt. Ein Beispiel: Als Ken nach unserem Kinoabend nach Hause gekommen und stockbesoffen gegen seine Zimmertür gelaufen ist, hat er ihr tatsächlich weisgemacht, er hätte einen *Zuckerrausch* von zu viel Cola. Dass Ken amtlich einen sitzen hatte, das wäre seiner Mutter nicht mal in den Sinn gekommen, wenn sie den Lakritzschnaps in seinem Hantelkasten gefunden hätte. Sein Vater ist so der Typ »Mad Professor«, nett, aber hart verpeilt. Ich habe ihn nur einmal gesehen, letzten November, bei Markos Beerdigung. Unter der Woche ist er immer in Potsdam, wo er an der Uni Biologie unterrichtet.

Kens Eltern sind sympathische Leute, aber echt weltfremd. Dass die wegen seinem Auge so austicken und ihm *zwei Wochen*

Hausarrest verpassen, hätte ich nicht gedacht. Ich weiß nicht, was er ihnen erzählt hat, ob sie wussten, dass er in der Ruine war, im verbotenen Flügel, jedenfalls durfte er nur noch zur Schule raus aus der Wohnung. Immerhin haben sie uns erlaubt, Ken alle zwei Tage *für eine Stunde* zu besuchen.

Keine Ahnung, ob es Zufall war oder ob Ken es so eingefädelt hat, dass Mara und ich am folgenden Freitag zur selben Zeit da waren. Die Stimmung war jedenfalls komisch. Mara war wieder supereinsilbig mir gegenüber. Also, im Prinzip hat sie mich ignoriert, das kann man schon so sagen. Nach einer Weile ist Ken aufs Klo verschwunden, um »einen zu bauen«. Mara hat auf dem Bett gesessen, ich am Schreibtisch und wir haben wie zwei Zombies auf unsere Handys gestarrt.

Sag was, Paul, habe ich gedacht, du musst was sagen. Aber was? Sollte ich schon wieder mit dem WCQ-Thema anfangen? Sollte ich zum hundertsten Mal versuchen, ihr alles zu erklären? Oder einfach noch mal von vorne anfangen, Small Talk machen, wie gehts dir, wie läufts in der Schule, so was. Bevor ich mich für irgendwas entscheiden konnte, hat sie hochgeguckt und mich gefragt, ob ich schon mal gekifft hätte. Ich habe den Kopf geschüttelt. Ich wollte auch noch etwas dazu sagen, aber gerade als ich meine Gedanken sortiert hatte, ist Frau Phillips reingeplatzt, um ihre Nichte dezent wegen Kens Verletzung auszuhorchen. Mara hat natürlich so getan, als wüsste sie von nichts, und dann ist Ken auch schon aus dem Bad gekommen.

Danach war das Eis zwischen Mara und mir zwar nicht gebrochen, aber wenigstens ein bisschen angetaut. Ich meine, sie hat mich angesprochen. Sie hat mich was gefragt, mir die Tür geöffnet, quasi ein Friedensangebot gemacht. In den verbleibenden zwanzig Minuten Besuchszeit haben wir uns dann einigermaßen normal unterhalten. Am nächsten Tag hat sie mir sogar eine WhatsApp geschickt. Nichts Besonderes, nur ein Link zu einer Website: *Graffiti lernen für Anfänger. Finde deine Styles.* »Guter Tipp«, habe ich geantwortet und dann haben wir relativ viel hin- und hergeschrieben. Über dies und das, aber nie konkret über uns. Ich hatte zu viel Schiss, um sie nach einem Date zu fragen. Ich wollte es einfach nicht schon wieder verzocken. Bei Mara musst du vorsichtig sein. Wenn du ihr das Gefühl gibst, sie nicht ernst zu nehmen oder sie irgendwie machomäßig zu behandeln, fliegt dir das sofort um die Ohren. Allein sie zu etwas *einzuladen* ist schon gefährlich. Soll sie den ersten Move machen, habe ich gedacht. Aber der kam nicht. Der kam nie.

Ken hat in der zweiten Hausarrest-Woche einen derben Lagerkoller gekriegt. Der war richtig scheiße drauf. »Immer nur kiffen und fernsehen wird irgendwann langweilig«, hat er gesagt. »Und mit dem Internet bin ich auch durch. Das macht mich fertig. Guck dir mal die Insta-Accounts von den Leuten aus unserer Klasse an. Die finden sich alle so geil, das macht mich richtig aggro.«

In der Woche ist er wieder in jeder großen Pause verschwunden. Ich hätte das Gegenteil erwartet, dass er jetzt erst recht den Kontakt zu uns sucht, aber bei Ken ist das so eine Art Teufelskreis. Je länger er allein ist, je mehr Zeit er hat, sich in seine Wicker-Wut reinzusteigern, desto weniger Lust hat er auf Gesellschaft. »Das hat nichts mit euch zu tun«, hat er gesagt. »Ich kann die anderen einfach nicht pausenlos ertragen.« Wenn er dann wiederkam, hat er nicht nur nach Rauch gestunken, sondern meistens auch ziemlich rote Augen gehabt.

Es klingelt an der Tür. Bitte nicht schon wieder Palinkas. Diesmal mache ich ihm nicht auf, diesmal tue ich so, als wäre ich nicht zu Hause. Es klingelt ein zweites, dann ein drittes Mal. Jesus, ist der penetrant. Vorsichtig schleiche ich die Stufen runter und spähe durch das Fenster im Treppenhaus. Jemand hämmert vor meinem Kopf gegen die Scheibe. Ich zucke zurück.

– Mach schon auf, sagt Mara und klopft noch einmal.

Sprachlos öffne ich die Tür. Sie wartet nicht, bis ich sie hereingebeten habe, sondern stürmt an mir vorbei in den Hausflur.

– Hat er dich auch angepumpt?

– Was?

– Ob Ken auch Geld von dir wollte?

Ich kriege es nicht auf die Kette, dass Mara plötzlich vor mir steht. Wie lang ist es her, dass wir uns das letzte Mal gesehen haben? Drei Monate? Vier? Sie ist braun gebrannt und sieht besser aus als je zuvor. Zugegeben, das denke ich jedes Mal, wenn ich sie treffe, und bei genauerer Betrachtung hat sie auch nichts Besonderes an, ein weißes Shirt, abgeschnittene Jeans und Birkenstocksandalen, aber ihr Anblick zieht mir trotzdem mal wieder die Schuhe aus.

– Ja, sage ich – Er will … er will, dass ich sein Messer verkaufe.

– Okay. So schlimm ist es also.

Mara steckt die Hände in die Hosentaschen und sieht mich stirnrunzelnd an.

– Wieso hast du die Sonnenbrille auf? Warst du feiern?

– Nein, sage ich und nehme die Brille vom Kopf. – Ich habe sie gerade wiedergefunden.

Wir schweigen. Ich muss an die Rückfahrt aus dem Wickerwald denken, als sie ihre Arme um mich geschlungen und ihren Kopf an meinen Rücken gedrückt hat. So nah sind wir uns nie wieder gekommen.

– Was ist, sagt sie und guckt in eine der Umzugskisten. – Wollen wir uns hier im Flur unterhalten?

– Hast recht. Komm mit.

Ich führe sie durch das Wohnzimmer, vorbei an den Kisten und

Kästen und den Scherben der Deckenlampe, in den Garten, wo wir uns unter den Pfirsichbaum auf die beiden Plastikstühle setzen.

– Wie war Kreta?, frage ich. – Du warst doch auf Kreta, oder?

– Ja. Es war mega. Schöne Strände, super Hostel und vor allem waren wir eine richtig gute Squad.

Ich will gar nicht wissen, was sie damit meint, und wechsle das Thema.

– Was denkst du, wegen Ken?

Sie schlägt die Beine übereinander und lässt ihre Sandale vom großen Zeh baumeln. Gedankenverloren kratzt sie einen entzündeten Mückenstich an ihrem Oberschenkel.

– Da stimmt was nicht. Er hat sich seit Wochen nicht bei mir gemeldet und dann heute plötzlich so: Mara, kannst du mir 200 Euro leihen? Hallo? *Zweihundert Euro!* So viel hab ich nicht mal nach Weihnachten auf dem Konto.

– Ja, war bei mir genauso. Wir haben uns in letzter Zeit nicht oft gesprochen. Er hat mich immer gleich abgewürgt, wenn ich angerufen habe, und kaum was erzählt von Berlin und seiner Arbeit. Bis heute, bis vorhin, da haben wir das erste Mal länger geredet. Aber auch nur, weil er auf das Messer hinauswollte.

Mara hat den Mückenstich aufgekratzt. Sie steckt ihren Zeigefinger in den Mund und verreibt die Spucke auf der blutigen Stelle.

– Komisch. Was will er bloß mit dem Geld? Hat er vielleicht Schulden? Bevor er nach Berlin gegangen ist, hat er viel Zeit mit Zocken verbracht …

– Du meinst, er braucht das Geld fürs Gamen? Ich dachte an Drogen oder Alk.

– So oder so, es würde mich nicht wundern, wenn er irgendwie abgestürzt wäre, nach der Sache mit …

– *Marko.*

– Jaja. Ich kann mich irgendwie nicht dran gewöhnen.

– Er hat es so gewollt.

– Schon klar. Jedenfalls würde es zu Ken passen, sich lieber abzuschotten, als mit jemandem über seine Gefühle zu reden.

– Wir haben viel geredet.

– Habt ihr? Einmal? Zweimal? Ich weiß doch, wie ihr Jungs drauf seid. Bloß keine Schwäche zeigen und groß über Gefühle reden.

– Von wem weißt du das? Von Wieland?

Mara lacht auf. – Bist du immer noch sauer deswegen?

Ich zucke mit den Schultern.

– Was sollen wir jetzt machen, sage ich. – Zu seinen Eltern gehen?

– *What?* Nein, du kennst doch meine Tante. Die wird nur wieder total hysterisch, so wie letztes Jahr, als sie festgestellt haben, dass Ken nicht das Engelchen ist, für das sie ihn gehalten haben. Am Ende stecken sie ihn in ein Internat oder so. Es gibt nur eine Lösung: Wir müssen mit ihm reden. Und zwar so schnell wie möglich.

– Aber du kriegst ihn nicht ans Telefon. Man kann ihm ja nicht mal schreiben, seit er kein Handy mehr hat.

Mara rollt mit den Augen. – Du checkst es mal wieder nicht, Paul Stelter. Wir müssen nach Berlin. Ihn zur Rede stellen. Am besten heute noch, bevor er anfängt Scheiße zu bauen. Um 12:32 fährt ein Regionalzug, mit dem sind wir kurz vor drei da. Meine Mutter ist im Boot, die würde uns die Tickets zahlen.

– Mara, das geht nicht, sage ich kopfschüttelnd. – Wir sind mitten im Umzug, das siehst du doch. Bille *killt* mich, wenn ich abhaue.

Mara guckt auf die Sonnenbrille in meiner Brusttasche. – Ehrlich gesagt siehst du nicht besonders busy aus.

– Ich … das täuscht. Ich muss meine Sachen zusammenpacken, den Schrank abbauen und so weiter. Ich kann jetzt nicht weg. Am Samstag können wir fahren, oder nächste Woche.

– Nächste Woche ist es vielleicht schon zu spät. Aber wie du magst. Dann fahre ich allein.

– Ich hab nicht gesagt, dass ich nicht *mag*. Ich muss …

– Hey, ist schon okay, sagt sie und lächelt schuldbewusst. – Das war ja auch ein ziemlicher Überfall von mir. Pack du mal deine Sachen. Ich schreib dir, wie es gewesen ist. Vielleicht gibt es ja eine ganz harmlose Erklärung, vielleicht machen wir uns völlig unnötig einen Kopf und Ken geht es bestens. Vielleicht weiß ich heute Abend schon mehr.

Sie guckt auf den Boden und fährt mit dem Fuß durch das knöchelhohe Gras, das ich nicht mehr gemäht habe, seit Bille den Umzug beschlossen hat.

– Nur für den Fall, dass du deine Meinung ändern solltest: Ich bin um kurz vor halb am Bahnhof. Kannst es dir ja noch mal überlegen.

Dann steht sie auf und verabschiedet sich so schnell, wie sie aufgetaucht ist.

Zurück in meinem Zimmer werfe ich die Sonnenbrille in die Box. Ich kann beim besten Willen nicht nach Berlin, das muss Mara doch kapieren. Bille hat nur heute den Transporter. Soll ich meinen Schrank vielleicht ins Neubaugebiet tragen? Und woher will sie wissen, ob Ken überhaupt Zeit für uns hat? Vielleicht hat er Spätdienst oder Urlaub oder ist irgendwo eingeladen. Vielleicht hockt er in seinem Zimmer, hat die Klingel ausgestellt und kämpft sich bis zum Morgengrauen durch die dritte Biohazard-Erweiterung von Wargames. Vielleicht trifft er sich mit Leuten in einem Club, wirft sich irgendwas ein und tanzt die Nacht durch.

Ich hebe das rote Band auf und lasse es durch die Finger gleiten. Die Enden sind ausgefranst, die Schrift verblasst: *SV-Party 2018.* Ich muss daran denken, was Ken gesagt hat, als wir zusammen auf der Dachterrasse standen: *Ich will ein Leben, in dem nicht alles vorbestimmt und langweilig ist, sondern in dem was passiert.*

Das rote Band

»Ich soll mein T-Shirt ausziehen? Hier?«

Demonstrativ verschränkt Ken die Arme vor seinem Brustkorb. Die Leute hinter uns werden unruhig. »Macht mal hinne da vorn«, ruft einer, »wir wollen auch noch rein.« Die Zwillinge kommen mit einem leeren Colakasten aus der Halle, begleitet von Elektro-Sounds, Gesprächsfetzen und Gelächter. Partygeräusche, die abrupt verstummen, als die Tür ins Schloss fällt. Jann mit zwei N und Tonne sitzen an einem Tisch vorm Eingang und kassieren den Eintritt. Der Güven steht daneben und macht im schwarzen Hoodie auf Türsteher.

»Du sollst es nur kurz hochziehen, Ken«, sagt er.

Jann mit zwei N bindet mir ein rotes Bändchen ums Handgelenk, ohne Ken und den Güven aus den Augen zu lassen. »Ken macht mal wieder Stress«, flüstert jemand hinter mir. Auf einmal beschwert sich keiner mehr, dass es nicht weitergeht. Alle starren auf die Szene, die sich vor dem Eingang zur alten Turnhalle abspielt.

»Warum gerade ich«, sagt Ken, die Arme immer noch verschränkt, »alle anderen durften so rein.«

»Du weißt ganz genau, warum, Ken«, sagt der Güven. »Also, bitte. Sonst bleibst du draußen.«

Er weiß Bescheid. Irgendjemand hat ihm gesteckt, dass Ken mit einem Survivalmesser am Gürtel rumläuft. Wieland oder Glotz bestimmt. Die wissen genau, dass Ken richtig Ärger kriegt, wenn er mit einer Waffe auf dem Schulgelände erwischt wird. Am besten gehen wir einfach wieder. Der Güven kann Ken ja zu nichts zwingen, er darf ihn auch nicht abtasten oder so, wie am Flughafen. Ich habe eh keine Lust, zur SV-Party zugehen.

Ken seufzt: »Also, wenn Sie wirklich so heiß drauf sind, meinen Bauch zu sehen … bitte schön.«

Er legt die Hände über Kreuz an den Saum seines Shirts und zieht es sich in einem Ruck über den Kopf.

Stille.

Ich bin der Erste, der anfängt zu lachen und das ungläubige Schweigen durchbricht. Kurz darauf stimmen die anderen ein. Finn brüllt ziemlich hysterisch (der war definitiv schon vorglühen), Simon und Hannes liegen sich in den Armen und sogar die depressive Tonne kann ein Grinsen nicht unterdrücken, während Ken sich einmal im Kreis dreht, damit auch wirklich *alle* den knallroten Smiley sehen können, den er sich auf den Bauch gepinselt hat.

»Kann ich jetzt rein?«, fragt er und zieht sich das Shirt wieder über.

Der Güven guckt ihn mit unbewegter Miene an. Ich schätze, er fragt sich, ob er die Aktion lustig finden soll oder ob Ken ihn gerade hart verarscht hat. Nach ein paar Sekunden verziehen sich seine Mundwinkel zu einem Grinsen. Er hat sich für Ersteres entschieden.

»Ja«, sagt er trocken. »Aber benimm dich, Ken.«

Die Party-AG hat alles gegeben, um der alten Turnhalle eine Clubatmosphäre zu verpassen: Die Fenster sind mit Pappplatten abgeklebt, an der Decke hängen Discokugeln, es gibt einen Bierstand (gesponsert by Theine-Pils, natürlich) und einen langen

Buffettisch mit Chips, Kuchen und alkoholfreiem Erdbeerlimes. Außerdem haben sie aus Europaletten einen Thron für den DJ gebastelt, wo sich Simon und Kat aka DJ Krazy Kat mit dem Auflegen abwechseln.

»Schickes Bodypainting«, sage ich zu Ken, während wir uns zu den Getränken drängeln. »Woher wusstest du, dass der Güven nach dem Messer suchen wird?«

»Ich wusste es nicht. Ich habe es geahnt. Gestern hat mich der Glotz so komisch angeguckt, als ich meinen Pullover ausgezogen habe. Mein T-Shirt ist ein bisschen hochgerutscht, er muss gesehen haben, dass das Messer an meinem Gürtel steckt.«

»Ein Wunder, dass er nicht gleich zum Güven gerannt ist«, sage ich.

Jemand klopft mir auf den Rücken. »Saubere Aktion, das mit der Ruine«, sagt ein Typ aus der Elften, den ich nur vom Sehen kenne. Mit gehobenem Daumen folgt er seiner Freundin auf die Tanzfläche. Ken hält Franka aus der B-Klasse das Handgelenk mit dem Bändchen hin. Rot heißt, dass du sechzehn oder älter bist und Bier kaufen darfst.

»Zwei Cola«, sagt Ken.

»Was ist denn mit dir los?«, frage ich verwundert.

Er grinst. »Bevor ich Theine-Bier trinke, werde ich lieber Anti-Alkoholiker.«

Ken ist noch nicht im Party-Modus und ich bin es im Prinzip nie. Auf eine Party gehen ist für mich wie eine Mathearbeit schreiben: Es ist kein Spaß und im besten Fall machst du keine Fehler. Also verlassen wir die Halle erst mal wieder. Wir laufen durch die Umkleide, in der es immer noch nach Schülerschweiß riecht, obwohl in der alten Turnhalle seit Jahren kein Sportunterricht mehr stattfindet, dann die Treppe hoch zu den Zuschauerrängen und von dort auf die Dachterrasse, die heute offiziell geöffnet ist. Die Luft ist klar und herbstlich, aber nicht kalt. Ein paar Raucher stehen um eine hüfthohe Glaspyramide herum, durch die du nach unten auf den Dancefloor gucken kannst. Ken spaziert zur gegenüberliegenden Seite des Dachs, stellt sich mit dem Rücken zu den anderen und fummelt an seinem Gürtel herum.

»Shazam!«, ruft er und holt nacheinander drei, nein, vier dunkelgrüne Fläschchen aus seiner Unterhose und stellt sie nebeneinander auf die Brüstung. Er öffnet die erste Flasche und schüttet die schwarze Flüssigkeit in seine Cola.

»Lakritzschnaps? Mensch, Ken, spinnst du? Wenn der Güven …«

»Ach, der Güven, der Güven. Vergiss den Güven. Entspann dich, der kommt schon nicht … Willst du?«

»Ein bisschen.«

Ken gießt einen Schluck in meinen Becher und wir stoßen an.

»Was hast du noch alles in der Unterhose stecken? Dein Messer? Eine Bierflasche?«

»Ja«, lacht Ken. »Außerdem eine Flasche Tequila, eine Tüte Chips, belegte Brote …«

»Scheint viel Platz zu sein in deiner Unterhose.«

»Ha. Im Ernst, es steckt nur noch ein Joint drin, sonst nix.«

Er greift wieder in seine Hose und holt eine zerbeulte Zigarettenpackung heraus.

»Du hast sie nicht mehr alle.«

»Ich weiß. Wo bleibt Mehmet?«

»Keine Ahnung«, sage ich. »Er hat sich noch nicht gemeldet.«

Ich schaue nach unten auf den Sportplatz. Wenn man genau hinguckt, kann man im Dunklen die Fußballtore erkennen, von denen The Rock jeden Tag gewissenhaft die Netze abnimmt und wegschließt. Am Horizont leuchtet die goldene Reklame der

Brauerei, *Theine-Bier, jetzt und hier*, weiter rechts blinken die roten Signalleuchten der Windräder. Daneben, wo nichts mehr blinkt und leuchtet und nur noch schwarzer Schatten ist, fängt der Wickerwald an. Ken nimmt das nächste Fläschchen von der Brüstung und schraubt den Verschluss auf. Dieses Mal macht er sich nicht die Mühe, den Inhalt umzufüllen, sondern kippt sich den Schnaps direkt in den Mund.

»Hier verbringst du also die Pausen«, sage ich. »Ein schöner Ausblick.«

»Auf den kann ich gut verzichten«, sagt Ken und zerquetscht den leeren Plastikbecher. »Ich komme her, um allein zu sein. Nicht wegen des Ausblicks.« Er verschränkt die Arme auf der Brüstung und starrt gedankenversunken zu den Windrädern. »Paul«, sagt er dann. »Glaubst du, es ist deine Bestimmung, hier zu sein?«

»Was meinst du?«

Ich bin nicht sicher, ob das ein Witz sein soll. Worte wie »Bestimmung« oder »Schicksal«, das ist Billes Vokabular, wenn sie esoterisch wird. Es hört sich komisch an, wenn *$uper-Ken 3000* das sagt.

»Ich meine das alles hier. Die Feier, die Schule, Wicker, dein Leben. *Dieser Moment*. Fühlt sich das für dich richtig an? Oder denkst du, du gehörst eigentlich woanders hin?«

»Also Partys sind definitiv nicht mein Ding«, sage ich. »Wicker, die Schule … weiß nicht. Für Wieland gehöre ich eindeutig *nicht* hierher. Den Moment finde ich gerade ziemlich okay.«

Ich nehme einen Schluck Lakritzcola. Ken grinst, wird aber sofort wieder ernst. »Fragst du dich nie, wie dein Leben wäre, wenn ihr in Berlin geblieben wärt? Oder wenn ihr nach München oder Bielefeld oder aufs Land gezogen wärt? Was, wenn deine Mutter dich auf die IGW geschickt hätte? Stell dir vor, eine Welt ohne Wieland und Glotz, ohne Porno-Paul und den ganzen Scheiß.

Vielleicht wärst du dort besser aufgehoben. Vielleicht hättest du bessere Freunde gefunden. Hättest bessere Noten geschrieben. Vielleicht wäre *alles* besser.«

»Vielleicht wäre alles schlechter«, sage ich. »Das weiß man nie.«

Ken holt aus und wirft das leere Fläschchen in hohem Bogen über die Brüstung. Mit einem leisen *Wusch* landet es in den Büschen auf dem Hügel vor dem Sportplatz.

»Also, ich gehöre nicht hierher, das weiß ich mit Sicherheit, auch wenn ich in Wicker geboren bin. Das habe ich schon früh gemerkt.« Ken hält kurz inne. »Mit dreizehn bin ich von vier Typen überfallen worden. Die waren gar nicht viel älter als ich, fünfzehn, sechzehn, ungefähr, aber alle natürlich viel größer. Es war abends auf dem Parkplatz hinter dem Bahnhof. Die kamen stockbesoffen vom Wickerer Oktoberfest, ich war auf dem Heimweg vom Klavierunterricht, als mir der eine völlig grundlos einen Tritt in den Bauch verpasst hat. Einfach so. Zum Spaß. Die anderen drei haben nachgezogen und sich halb totgelacht dabei. Spätestens von da an war mir klar, dass ich dringend aus Wicker wegmuss.«

»Wie ätzend. Das habe ich nicht gewusst.«

Ken lacht bitter. »Ist auch nicht gerade meine Lieblingsstory, die ich jedem gleich auf die Nase binde.«

Wir schauen über die Brüstung nach unten und schweigen für einen Moment. »Aber ganz ehrlich«, sage ich dann. »Das kann dir in Berlin ganz genauso passieren. Das kann dir an jedem Ort passieren, Idioten gibt es überall.«

»Ja klar. Der Unterschied ist, dass du in Berlin nach Hause gehst und die Typen nie mehr siehst. Aber in Wicker triffst du sie schon am nächsten Tag wieder. Im Bus, auf dem Schulhof, auf dem Sportplatz. Am Tag darauf das Gleiche. Und so weiter, jeden Tag für den Rest deines Lebens, wenn du hierbleibst. Jeden Tag denkst du dir, *das sind die Scheißtypen, die mich verprügelt und gedemütigt haben, als ich dreizehn war.* Aber die Geschichte ist nicht der Grund, warum ich wegwill. Sie ist nur ein Teil vom Ganzen. Ein Beispiel dafür, dass mir Wicker zu eng ist. Hier bin ich für alle nur Ken, der Freak. Der zu klein geratene Sohn vom Professor, und das werde ich auch für immer bleiben. Es geht mir nicht einfach nur um einen anderen Ort. Es geht mir um ein anderes Leben. Ein Leben, in dem nicht alles vorbestimmt und langweilig ist, sondern in dem was passiert, in dem du die Möglichkeit hast, dich zu ändern und neu zu erfinden. Und das funktioniert in einem Kaff wie Wicker halt nicht.«

»Und was für ein Leben stellst du dir vor?«

Ken schnappt sich den nächsten Schnaps. »Wenn ich das wüsste, wäre ich vielleicht schon weg.«

Die Tür geht auf und die Musik wird laut, um nach ein paar Sekunden wieder zu verstummen. Ich strecke Ken meine Cola entgegen und er gießt einen ordentlichen Schluck Schnaps hinein. Ich trinke und schaue in den Himmel. Es ist bewölkt und kein einziger Stern zu sehen, nicht mal der Mond lässt sich blicken.

»Bei mir ist es anders«, sage ich nach einer Weile. »Ich will nicht weg. Ich bin froh, dass Bille und ich wieder ein richtiges Zuhause haben, nach dem ganzen Hin und Her in den letzten Jahren. Und ich bin froh, dass ich euch getroffen habe. Also ja, es fühlt sich *richtig* für mich an, hier zu sein, trotz Wieland und Glotz.«

»Euch?«, sagt Ken und grinst.

»Dich und Mehmet.«

»Und …?«

»Was und?«

»Du weißt genau, was ich meine.«

»Ich habe keinen Schimmer.«

»Okay, P.S., jetzt erzähl mal: Was läuft da für ein komisches Ding zwischen dir und meiner Cousine?«

Ich habe geahnt, dass er mich nach Mara fragen wird. Es gibt Tage, da ist aus Ken kein ernst gemeinter Satz rauszukriegen, aber wenn er was getrunken hat, ist er im Hosen-runter-Modus.

»Was soll ich sagen? Wir schreiben uns manchmal WhatsApp. Das wars.«

Er hält sich die Faust vor den Mund und stößt auf. »Also, ich hatte ein falsches Bild von Mara, zugegeben. Ich hätte nie gedacht, dass sie so krass unterwegs ist. In der Familie macht sie einen ganz anderen Eindruck, echt wahr, da ist sie viel zurückhaltender, da kämst du nie auf die Idee, dass sie sich nachts aus ihrem Zimmer schleicht und mit der Spraydose um den Block zieht. Aber eins weiß ich sicher: Mara reicht es nicht, dass du sagst, *hey sorry, war nicht so gemeint*, wenn du Scheiße gebaut hast. Du musst es ihr *zeigen*. Du musst ihr zeigen, dass sie sich nicht in dir getäuscht hat. Was glaubst du denn, warum sie ständig mit uns rumhängt? Weil sie *mich* überst cool findet? Nein, Mann, sie gibt dir noch eine Chance. Mach endlich was draus. Am besten gleich heute Abend.«

»Heute Abend? Wie meinst du das? Ist sie hier?«

»Sie wollte kommen.«

»Und das sagst du mir *jetzt*?«

Wieder wird die Musik lauter. Ich sehe nicht, wer aufs Dach kommt, weil ich mit dem Rücken zur Tür stehe. Ken guckt, als wäre es der Night King persönlich. Ich fahre herum. Mehmet? Jesus, es ist tatsächlich Mehmet. Er hat sich die Haare gefärbt, und zwar wasserstoffblond. Außerdem trägt er zum ersten Mal, seit ich ihn kenne, kein T-Shirt mit offener Fleecejacke drüber, sondern ein weißes Flanellhemd, Größe XXL, das viel zu lang ist und wie ein Arztkittel an ihm runterhängt. Ein paar Leute fangen an zu lachen. »Was ist denn mit dir passiert«, ruft einer. »War das ein Unfall?« Mehmet hört nicht hin. Er entdeckt uns an der Brüstung und stapft auf uns zu. Als er näher kommt, fällt mir auf, dass er den Flaum über seiner Oberlippe rasiert hat. Seine Mundwinkel sind voll mit roten Blutpünktchen.

»Was ist?«, blafft er mich an. »Komm schon, Stelter. Ich hab heute noch nicht genug dumme Sprüche gehört.«

»Ich hab doch gar nichts gesagt …«

»Chill mal«, sagt Ken. »Siehst doch gut aus.«

An Mehmets Hinterkopf lugt ein Büschel schwarzer Haare unter dem Blond hervor. Die Stelle hat er vergessen, aber ich sage besser nichts. Mir kommt ein schlimmer Verdacht. Hat er nicht letztens erzählt, dass Kat auf blonde Männer steht? Glaubt er etwa, er würde damit seine Chancen bei ihr verbessern?

»Ich hab euch schon gesucht«, seufzt er.

»Was ist los? Warum hast du nicht geschrieben?«, sagt Ken.

»Kein Empfang da unten.« Mehmet geht hektisch zwischen uns auf und ab. »Kat hat noch nicht ein Wort mit mir gewechselt. Nicht mal richtig Hallo hat sie gesagt. Hat mir bloß zugewunken. Die ignoriert mich total. Und dauernd stehen irgendwelche Typen um sie rum und belabern sie. Ich komme überhaupt nicht an sie ran. Und gleich ist sie mit Auflegen dran und dann …«

Ich kann ihm heute nicht zuhören, tut mir leid. Ich unterbreche ihn nie, wenn er von Kat erzählt, wirklich nie, auch wenn ich ihn am liebsten packen und schütteln und anbrüllen möchte, dass er sie sich doch endlich aus dem Kopf schlagen soll. Aber heute habe ich dafür keinen Nerv. Ich muss nach unten und nach Mara suchen.

»Bin mal kurz weg«, sage ich und lasse die beiden an der Brüstung stehen.

In der Halle ist es voll und laut und stickig. Viele tanzen. DJ Simon spielt einen furchtbaren Elektro-Dance-Popsong, der so scheiße ist, dass ich Gänsehaut kriege. Was qualifiziert dich eigentlich als

DJ, außer dass du dich selber DJ nennst? Aber gut, den Leuten scheint es zu gefallen. Wo ist Mara? Ich kann sie nirgends entdecken. Warum hat sie mir nicht geschrieben, dass sie kommt? Vielleicht ist sie draußen, frische Luft schnappen. Ich wehre mit Mühe Linda und Aliya ab, die jeden gnadenlos auf die Tanzfläche zerren, der nicht bei drei auf den Bäumen ist, und schlage mich zum Ausgang durch.

Jann mit zwei N und Tonne sitzen am Kassentisch und knutschen. Wow. Was für eine Kombi: der Hip-Hop-Typ und die *Selbstmordbraut*? Okay, okay, ich kenne sie ja gar nicht. Wir nennen Tonne halt so, weil sie schwarz gefärbte Haare hat und immer in schwarzen Klamotten rumläuft. *Typisch Wicker, hier zählt nur die Fassade.* Ich bin anscheinend schon mehr Wicker, als ich dachte. Besser, ich gehe wieder rein, bevor die beiden mich bemerken.

Zurück in der Halle umrunde ich eine Gruppe von Leuten, die sich gegenseitig beim Floss-Dance filmen und einen Riesenspaß dabei zu haben scheinen. Ich steige auf die Europaletten zum DJ-Pult, um eine bessere Übersicht zu kriegen. Simon schiebt sich die Kopfhörer in den Nacken.

»Sorry, Mann, ich hab nur noch zwei Tracks«, schreit er.

Er denkt wohl, ich will mir ein Lied wünschen. Ich überlege, ob ich ihn aus Spaß nach einem Song von den Dishes fragen soll, lasse es aber bleiben. Simon klopft mir mitleidig auf den Arm, setzt die Kopfhörer wieder auf und blendet über zu Capital Bra. Jesus, es wird immer schlimmer. Ich lasse den Blick über die zappelnde Meute auf der Tanzfläche wandern. Mehmet kommt vom Dach. Mit seinem neuen weißen Hemd und den hellblonden Haaren fällt er noch mehr auf als vorher. *Der weiße Wal*, schießt es mir durch den Kopf. Er taucht in die Menge ein und bewegt sich auf das DJ-Pult zu. Ich weiß, wo er hinwill. Direkt vor mir tanzt Kat mit ihren Leuten. Sie trägt einen rosa Jumpsuit mit silbernen

Pailletten und sieht mit ihren beiden Schulmädchenzöpfen wieder mal fantastisch aus. Mehmet kommt näher und umkreist sie in immer enger werdenden Bahnen.

Die Musik wird leiser. Simon macht eine Ansage, verabschiedet sich und kündigt DJ Krazy Kat an. Tosender Applaus. Kat springt auf die Europaletten und klatscht sich mit Simon ab. Mehmet steht ganz vorn an der Bühne und streckt den Kopf in den Nacken wie ein Seehund bei der Fütterung.

Mara ist nicht auf der Party. Sie kommt auch bestimmt nicht mehr, es ist ja schon fast zehn. Vielleicht hat Ken sie falsch verstanden, vielleicht ist ihr was dazwischengekommen, wer weiß. Ich drücke mich zum Getränkestand durch und bestelle noch eine Cola. In dem Moment entdecke ich sie. Ich glaube, ich sehe nicht richtig. Sie steht am Buffet und spricht mit Wieland Theine. Ich warte nicht, bis Franka mir die Cola bringt, ich gehe direkt zu ihr hin und tippe ihr auf die Schulter. Mara dreht sich um und lächelt mich an.

»Paul, hi«, sagt sie.

Wenn Mara mich anlächelt, dann schüttelt es mich, als hätte man mich in einen gewaltigen Cocktail-Shaker gesteckt. Ich brauche einen Moment, bis meine Organe wieder an der richtigen Stelle sind.

»Mara, kann ich dich mal kurz …?«

»Porno-Paul?«, unterbricht mich Wieland. »Was willst *du* denn? Wir unterhalten uns gerade, falls du es nicht gemerkt hast.«

»Porno-Paul?«, fragt Mara. »Was ist das denn für ein Name?«

Wieland grinst das fieseste Scheißgrinsen, das ich jemals gesehen habe. »Wie, die Story kennst du nicht? Paul hat schon mal bei ’nem Porno mitgemacht.«

»Der Witz ist sooo alt, Wieland«, sage ich und werde rot. »Denk dir mal was Neues aus.«

»Wieso Witz? Ich zeig dir gleich mal das Video, Mara …«

»Nein, danke«, sagt Mara stirnrunzelnd. »Ich denke, ich verzichte.«

Ich beuge mich zu ihr. »Weißt du eigentlich, wer das ist?«, flüstere ich.

Wieland schiebt mich zur Seite. »Porno-Paul, du störst. Checkst du das nicht?«

»Ich komm gleich zu dir, Paul«, sagt Mara. »Wieland wollte mir gerade noch was erzählen.«

Dann zeigt sie mir buchstäblich die kalte Schulter. Ich kann nicht fassen, dass sie mich stehen lässt, um mit dem Typen zu plaudern, der mir seit Wochen das Leben zur Hölle macht. Und nicht nur mir, sondern auch Mehmet und Ken, ihrem Cousin. Es ist kaum zu ertragen, wie Wieland sich vor Mara aufplustert, mit seinem Scheiß-Wicker-Poloshirt und dem hochgestellten Kragen, wie seine blitzsauberen Zähne Maras Ohr immer näher kommen, wie er sich mit der Hand über das braun gebrannte Kinn fährt, ein typischer Wieland-Move, wenn er mit Frauen redet. Wütend drehe ich mich weg und laufe planlos durch die Halle. Jemand ruft mir was hinterher, »Hey, King of Eastwing«, aber im Moment bin ich nicht in der Lage, sinnlose Gespräche mit komischen Leuten zu führen, und tue so, als hätte ich nichts gehört. Ich streife Mehmet, der immer noch mit einer Mischung aus Enttäuschung, Schmerz und Bewunderung Krazy Kat anstarrt, die hinterm DJ-Pult gerade die ganz große Show abliefert, wie ein Flummi auf- und abspringt und dabei abwechselnd die Arme in die Luft reißt. Mann, was für ein Abend! Ich bin down wegen Mara, Mehmet ist down wegen Kat, und Ken ist down wegen allem.

Ich schleiche um das DJ-Pult herum, am Eingang vorbei und zurück zum Buffet, wo Mara und Wieland sich *immer noch* unterhalten. »Ich hasse Leute, die sich in den Mittelpunkt drängen und zu allem eine Meinung haben.« Das hat sie behauptet, als wir auf dem Spielplatz waren. Dass ich nicht lache. Wieland ist genau *so* ein Typ. Merkt sie das denn nicht? Jetzt macht er anscheinend einen Witz. Sie lacht ihn mit glänzenden Augen an. Wieland schiebt sich noch ein Stück näher an sie heran. Seine Hand schwebt über ihrer Hüfte, während er so tut, als würde er ihr zuhören, und gleich wird er sie berühren, rein zufällig natürlich, und dann ist die erste Grenze überschritten, dann kommt der nächste Kontakt, *hier wird man aber auch ständig geschubst*, und dann der nächste, und der wird Mara schon beinahe normal vorkommen, Wieland wird seine Hand ein bisschen länger auf ihrer Hüfte ruhen lassen und das nächste Mal noch ein bisschen länger, und *zack!* rutscht sie auf ihren Hintern und dann knutschen sie rum und gehen miteinander ins Bett.

Ich dränge mich zu ihnen durch, packe Mara am Arm und reiße sie von ihm weg.

»Paul, spinnst du?«

Wieland geht auf mich zu. »Pass mal auf, du …«

Weiter kommt er nicht. Ein Becher Erdbeerlimes trifft ihn im Gesicht. Rote Soße läuft ihm über das Kinn und den Hals herunter. Bevor er reagieren kann, zerplatzt ein weiterer Erdbeerlimes an seinem Brustkorb und versaut ihm das schöne weiße Polohemd. Ken grinst ihn an. Er hält schon den nächsten Becher in der Hand und hebt ihn in die Höhe. Wieland duckt sich weg, aber Ken wirft nicht. Stattdessen prostet er den Leuten zu, die ihn mit offenen Mündern anstarren, und trinkt den Becher aus. Dann fängt er so heftig an zu lachen, dass er sich am Tisch festhalten muss. Er ist total dicht.

»Habt ihr sie noch alle?«, fährt Mara uns an.

Ken torkelt auf sie zu, stolpert, stürzt und reißt dabei die Tischdecke mitsamt einer Schüssel Erdnussflips zu Boden. Wieland hat sich das Erdbeerzeug aus dem Gesicht gewischt und geht auf Ken los. In diesem Moment kommt Mehmet von der Seite angeschossen und rammt ihn mit voller Wucht, sodass Wieland ein paar Meter über den Dancefloor schlittert und von Sara und Simon aufgefangen werden muss. Die Musik verstummt, das Licht wird angeschaltet. Stimmengewirr. »Scheiß-MoFs«, brüllt Wieland. »Das kriegt ihr zurück.« Der Güven drängt sich an den Gaffern vorbei und beugt sich zu Ken, der auf dem Boden hockt und sich eine Handvoll Erdnussflips in den Mund steckt.

»Ich habs doch gewusst«, sagt der Güven und seufzt.

»Professor Güven«, lallt Ken schmatzend. »Wollen Sie noch mal meinen Bauch sehen?«

Das Hochhaus, in dem Mehmet wohnt, siehst du schon aus einem Kilometer Entfernung. Es ist das zweithöchste Gebäude in Wicker nach den Brauereitürmen und mit Abstand das hässlichste. Ein Sozialbau, bestimmt fünfzig oder sechzig Jahre alt, von dem die meisten Leute finden, er sollte eher früher als später abgerissen werden. Mehmet hat sich noch nie beschwert, obwohl er relativ weit unten im dritten Stock wohnt, wo erstens nicht viel Sonne hinkommt und du zweitens nicht mal einen coolen Blick hast. Aber das interessiert Mehmet alles nicht. Den könntest du auch in den Keller stecken, solange er da eine schnelle Internetverbindung hat.

Das ungefärbte Büschel an seinem Hinterkopf steht ab wie ein schwarzer Spoiler. Sein neues weißes Hemd ist zerknittert und fleckig und stinkt wie eine Kneipe nach Feierabend. Schweigend gehen wir über den Rathausplatz, vorbei an Panther, Kino und Pizza King. Mehmet kickt eine leere Plastikflasche vom Gehweg, die polternd in der Abwasserrinne landet. Schwer zu sagen, wer von uns beiden beschissenere Laune hat.

»Kann ich dich was fragen?«, sagt er.

»Schieß los.«

»Du musst ehrlich sein, ja?«

»Na klar.«

»Was denkst du als Erstes, wenn du mich siehst?«

»Ich … was soll ich schon denken. Das ist Mehmet, denke ich.«

»Komm schon, Stelter. Stell dich nicht blöd. Was ist das Erste?«

»Ich stell mich nicht blöd. Ich denke, da ist mein Freund Mehmet.«

»Jetzt sag doch mal ernsthaft.«

»Ich weiß nicht, worauf du hinauswillst. Okay, manchmal frage ich mich, seit wie vielen Tagen du schon dein T-Shirt trägst.«

Mehmet bleibt stehen. »*Das* denkst du, wenn du mich siehst? Na super.«

Ich wusste, dass er beleidigt sein würde, wenn ich das sage, ich wusste es. Aber dann hätte er halt nicht fragen sollen.

»Manchmal, habe ich gesagt. Was soll das alles überhaupt?«

»Nichts«, sagt er, steckt die Hände in die Hosentaschen und stapft über die Straße.

Hinter dem Rathaus beginnt die Bahnhofsgegend. Die einzige Ecke von Wicker, die nicht so sauber und aufgeräumt ist wie der Rest der Stadt. Es gibt einen dubiosen Handyshop, der irgendwie nie offen hat, einen Ein-Euro-Laden und einen Friseur, der im Schaufenster mit Frisurenmodels aus dem letzten Jahrtausend wirbt.

»Glaubst du«, sagt er und hört sich etwas versöhnlicher an, »glaubst du, ich hätte eine Chance bei Kat, wenn ich … wenn ich öfter das Shirt wechseln würde?«

»Nein. Das heißt, ich weiß es nicht. Glaube nicht, dass es daran hängt.«

»Sondern daran, dass ich zu *fett* bin?«

»Mensch, Mehmet. Was willst du denn von mir hören? Du bist super, wirklich, das meine ich ganz ernst, aber Kat spielt in einer anderen Liga. Die könnte jeden haben, die schönsten, die besten, die reichsten Typen. Das ist halt so.«

Mehmet lässt nicht locker. »Aber es gibt Mädchen, denen ist das egal. Manchen kommt es auf was anderes an.«

»Stimmt. Vielleicht in einem von hundert Fällen.«

»Vielleicht bin ich ja der eine Fall?«

»Mann, dann frag sie doch einfach.«

»Wie, *frag sie doch einfach*? Wie stellst du dir das vor?«

»Keine Ahnung. Frag Kat, ob sie dich mag. Was kann schon passieren, außer dass sie Nein sagt? Und dann weißt du wenigstens, woran du bist.«

»Sie könnte sich über mich lustig machen und mich auslachen und dann müsste ich auf der Stelle sterben. *Das* könnte passieren.«

»Sie wird dich nicht auslachen. Warum sollte sie? Also, frag sie einfach.«

»Wenn es so *einfach* ist«, sagt Mehmet genervt, »warum hast du dann Mara noch nicht gefragt, wie es bei euch weitergeht?«

»Das ist doch was ganz anderes«, sage ich.

»Was soll daran anders sein?«, fragt er. »Es ist genau das Gleiche.«

»Ist es nicht. Es ist viel komplizierter.«

Wieder schweigen wir. Das Hochhaus türmt sich mit seinen fünfzehn Stockwerken vor uns auf. In wenigen Fenstern brennt noch Licht, der Großteil der Fassade liegt im Dunkeln. Ich gucke auf mein Handy. Keine Nachrichten. Ken ist wahrscheinlich noch nicht in der Lage, eine WhatsApp zu schreiben. Seine Mutter hat ihn im Lehrerzimmer abgeholt. Keine Ahnung, was der Güven ihr erzählt hat, aber Ken steckt auf jeden Fall tief in der Scheiße. Mal sehen, wie lang er diesmal Hausarrest kriegt. Drei Wochen?

Vier? Mit Mara habe ich kein Wort mehr gewechselt. Nachdem der Güven Ken abgeführt hat wie einen Schwerverbrecher, war sie auf einmal weg. Ich hatte keine Lust, nach ihr zu suchen, und habe mich mit Mehmet auf den Heimweg gemacht.

Wir kommen zur Abzweigung, an der sich unsere Wege trennen. Mehmet kramt seinen Schlüsselbund aus der Tasche.

»Machs gut, Stelter«, sagt er und biegt auf den Kiesweg ein, der zum Hochhaus führt. »Wir sehen uns Montag.«

»Tschüss, Mehmet.«

Nach ein paar Metern bleibe ich stehen und sehe ihm hinterher. Er schlurft in seinen durchgelatschten Asics über den Kies, die Schlüssel in der einen, sein Galaxy in der anderen Hand. Der Kopf hängt ihm tief zwischen den Schultern, als ob er etwas auf dem Boden suchen würde.

»Mehmet?«

»Was ist?«

»Warum sagst du eigentlich immer *Stelter* zu mir?«

Mehmet steckt sein Handy in die Hosentasche und sieht mich verblüfft an. »Warum sagst du immer *Mehmet* zu mir?«

»Was? Ich dachte, das wäre okay für dich …«

Jetzt bin ich sprachlos. *Alle* sagen Mehmet zu ihm, schon immer, seit ich ihn kenne, in der Schule, Ken, Simon, Kat, sogar der Güven nennt ihn manchmal Mehmet, wenn auch aus Versehen. Mir war nicht klar, dass er ein Problem damit hat. Er zuckt mit den Schultern und sagt: »Du weißt, dass ich auch einen Vornamen habe?«

»Ja, klar. Aber du hast dich nie beschwert …«

»Du dich auch nicht – bis eben.«

»Okay …«

»Okay, *Paul*. Dann hätten wir das ja geklärt.«

Mehmet dreht sich um und stapft mit schweren Schritten auf

das Hochhaus zu. Ich warte, bis er am Eingangsportal ankommt und die Tür aufschließt, dann gehe ich weiter. Bis zum Katerberg ist es noch ein gutes Stück, mindestens zwanzig Minuten zu Fuß. Vielleicht nehme ich den Bus.

Heute

Regentropfen prasseln gegen das Fenster und liefern sich zitternd ein Wettrennen über die Scheibe. Die Wetter-App hat mal wieder komplett versagt. Vorhin stand da nix von Regen, weder in Wicker noch in Berlin. Hoffentlich hört es bald auf, ich habe ja nicht mal eine Jacke dabei. Ich habe überhaupt nicht daran gedacht, eine mitzunehmen. In Wicker war kein einziges Wölkchen am Himmel, also hab ich mir bloß einen Hoodie umgebunden und bin los.

– Die Fahrkarten bitte, nuschelt ein verschwitzter Schaffner und fährt sich mit dem Handrücken über die Stirn.

Mara hält ihm unser Ticket hin. 35 Euro kostet der Spaß, pro Person. Zum Glück zahlt ihre Mutter, sonst wäre ich schon wieder pleite. Nein, das Geld ist nicht mein Problem. Mein Problem ist, dass ich Bille hängen gelassen habe. Die ist stinkwütend auf mich. Ich habe ihr geschrieben, dass ich wegen was Wichtigem dringend wegmuss und erst spätabends wieder da bin. Mehr nicht. Die würde komplett austicken, wenn sie wüsste, dass ich auf dem Weg nach Berlin bin. »*Nicht. Dein. Ernst.* WIR ZIEHEN HEUTE UM!!!«, hat sie geantwortet, nachdem sie dreimal versucht hat mich zu erreichen. »Vertrau mir, okay?«, habe ich zurückgeschrieben. Das war vor einer Stunde. Seitdem hat sie sich nicht mehr gemeldet. Keine Reaktion ist auch eine Reaktion.

Dass ich nach Berlin muss, ist mir klar geworden, als mir die SV-Party durch den Kopf gegangen ist. Damals auf der Dachterrasse war Ken genervt von Wicker und ein bisschen depri, aber ganz ehrlich: Wer ist das nicht manchmal? Trotzdem hat er sich einen Schnaps nach dem anderen reingefahren. Und zwar nicht, um in Partylaune zu kommen, nein, aus Frust. Bille hat mal gesagt, es ist nicht dramatisch, wenn sich die Leute aus Spaß betrinken. Dramatisch ist, wenn sie sich betrinken, damit es ihnen besser geht. Es braucht nicht viel Fantasie, sich vorzustellen, was Ken bei echten Problemen macht. Wenn er sich *richtig* beschissen fühlt.

Natürlich hätte ich Mara auch allein fahren lassen können. Aber ich glaube, Ken erzählt eher mir als ihr, was wirklich mit ihm los ist, warum er sich nie meldet und weswegen er Geldsorgen hat.

Der Schaffner kriegt es irgendwie nicht geregelt mit der Fahrkarte und dem Scanner und dem Barcode und stößt stumme Flüche aus. Er brummt etwas Unverständliches und gibt Mara das Handy zurück. Was der wohl über uns denkt? Dass wir zusammen sind, vielleicht, dass Mara meine Freundin ist? Warum ist es überhaupt wichtig, was dieser Typ von uns denkt?

In fünf Minuten sind wir am Berliner Hauptbahnhof. Jesus, das muss ein neuer Rekord gewesen sein. Ist die Fahrt wirklich so schnell vorbeigegangen? Reden Mara und ich wirklich schon seit zwei Stunden miteinander? Es kommt mir vor, als wären wir erst vor fünf Minuten eingestiegen. Gerade hat sie mir erzählt, dass sie ihre Sprayer-Karriere aufgegeben hat – zu riskant, zu stressig, zu *teuer.* »Die Wicker City Queen ist beerdigt und längst Legende.« Dafür engagiert sie sich jetzt bei Amnesty und bei Fridays for Future. Der Flug nach Kreta, danach bräuchte ich gar nicht zu fragen, der wäre schon lange gebucht gewesen, und außerdem würde sie sonst superselten fliegen, weil sie doch jeden Sommer mit ihren Eltern auf dem Darß Urlaub macht. Dass Palinkas vermutet, ich könnte was mit *Operation Carwash* zu tun haben, glaubt sie nicht. Der hätte ohnehin andere Sorgen. Ob ich nicht mitgekriegt hätte, dass inzwischen mehrere Frauen an die Öffentlichkeit gegangen sind, die er sexuell belästigt hat? Vorhin wollte Mara auch über Marko und die Nacht in der Ruine reden, aber das habe ich abgeblockt. Ich kann das in der Öffentlichkeit nicht. Mir geht es einfach zu beschissen, wenn ich an ihn denke, und dabei brauche ich keine Zuschauer.

– Träumst du?, sagt Mara und stößt mich mit dem Ellenbogen an.

– Ja. Nein. Ich meine, hast du was gesagt?

– Was machen wir, wenn er schon weg ist?

– Wieso? Wir sind doch eine halbe Stunde vor Dienstende da.

– Und wenn er *noch* früher Schluss macht? Du weißt doch, wie er ist. Oder wenn er den Hinterausgang nimmt?

– Mara, sage ich. – Das war doch alles *deine* Idee …

– Ich weiß, ich weiß. Ich mache mir nur Gedanken über Plan B.

– Plan B ist, den nächsten Zug zurück nach Wicker nehmen und hoffen, dass Bille meine Sachen noch nicht mit einem »Zu verschenken«-Schild vor die Tür gestellt hat.

Mara guckt wenig überzeugt. Sie nimmt einen zerknitterten BVG-Liniennetzplan aus ihrer Tasche und faltet ihn auseinander.

– Den brauchst du nicht, sage ich und räuspere mich. – Den habe ich im Kopf.

– Wie bitte? Den kompletten Plan?

– Ja. U-Bahn-Fahren ist so was wie ein Hobby von mir …

– Ein *Hobby*? Du bist ein Nerd, Paul Stelter.

– Ich weiß, Mara Kurt.

Am Hauptbahnhof steigen wir in die S-Bahn um, fahren eine Station zur Friedrichstraße und warten dort auf die U-Bahn Richtung Tegel. Es ist komisch, wieder in Berlin zu sein. Ich fühle mich zu Hause und trotzdem irgendwie fremd. Als ob die sechzehn Jahre, die ich hier gelebt habe, nicht zählen würden, einmal weggegangen, für immer weggegangen. *Niemand hat dich eingeladen, keiner will dich hier.* Erst als wir in der U6 sind, lässt das Gefühl langsam nach. Das potthässliche Sitzmuster, das Warnsignal, wenn die Türen sich schließen, die Brandenburger-Tor-Folien an den Fenstern, der U-Bahn-Muff, das fühlt sich alles ziemlich vertraut an. Ich schließe die Augen und gehe die Stationen bis Alt-Tegel durch. Hinterm Wedding wirds kompliziert, Reinickendorf war noch nie meine Stärke. Ich kriege trotzdem alle Haltestellen zusammen, auch wenn ich Seestraße und Leopoldplatz in der Reihenfolge vertausche, aber come on, das ist ein ordentliches Ergebnis dafür, dass ich schon seit über einem Jahr weg bin.

Der Wedding. Hier hat Marvin gewohnt, bevor er in die USA gezogen ist. Sofort regt sich mein Gewissen. Ich habe mich seit Ewigkeiten nicht bei ihm gemeldet. Ab und zu schreiben wir uns noch oder schicken uns Fotos, so wie heute Morgen, aber skypen ist wegen des Zeitunterschieds echt schwierig. Eigentlich geht nur frühmorgens vor der Schule, aber so kurz nach dem Aufstehen bin ich zu nichts zu gebrauchen. Ich weiß, ich weiß, die ersten Wochen, als er ganz frisch drüben war, hat es ja auch geklappt. Zugegeben, seit Markos Tod kann ich mich kaum überwinden, ihn anzurufen. Weil, ich will einfach nicht darüber sprechen, was passiert ist. Das hat nichts mit Marvin zu tun, dass ich ihm nicht vertrauen würde oder so. Es fällt mir einfach verdammt schwer, über Marko zu reden. Es fällt mir verdammt schwer, über *mich* zu reden. Über die Träume, in denen Marko noch lebt, und das bittere Erwachen, die harte Landung in der Wirklichkeit. Über die Träume, in denen er vor meinen Augen stirbt, in denen er fällt und meine Hand zu spät kommt, um ihn festzuhalten, jedes Mal zu spät kommt. Über die Angst vor den Träumen, die Angst, ins Bett zu gehen, jeden Abend. Wie ich mit offenen Augen an die Decke starre und mich kneife, wenn sie mir zufallen, wie ich mich hin- und herwerfe, aufstehe, durch mein Zimmer laufe, fernsehe, mit meinem Handy spiele, alles probiere, um bloß nicht einzuschlafen und diesen verdammten Träumen ausgeliefert zu sein. Mit dem Psycho-Doc habe ich es ein paarmal probiert. Mit Bille auch. Aber der Einzige, mit dem ich wirklich darüber reden möchte, mit dem ich richtig darüber reden kann, der ganz genau weiß, wie es mir geht, weil er das Gleiche erlebt hat wie ich – das ist Ken. Und ausgerechnet der will plötzlich nicht mehr mit mir reden.

– Alles okay, Paul?, fragt Mara.

– Ja, alles in Ordnung, sage ich und putze mir die Nase. – Wir sind gleich da.

Um halb fünf erreichen wir das »Wohnheim am Tegeler See«, einen fleckigen Waschbetonbau mit trüben Fenstern und Geranienkübeln vor dem Haupteingang. Kein besonders einladender Anblick. Wir hocken uns auf eine Mauer an der Uferpromenade gegenüber und warten. Die Sonne scheint wieder, es ist warm und schwül. Mara zieht ihre Jeansjacke aus, streckt ihr Gesicht in die Sonne und schließt die Augen. *You're just the most beautiful girl I'll ever see.* Ich nehme mein Handy aus der Tasche und mache ein Foto von ihr. Manche Momente sind zu kostbar, um sie einfach verpuffen zu lassen, vor allem, wenn sie so selten sind. Sobald wir mit Ken gesprochen haben und unsere *Mission* beendet ist, haben wir keinen Grund mehr, uns zu treffen, dann wird sie in das gleiche schwarze Loch abtauchen, in dem sie schon vor Monaten verschwunden ist, in eine Welt mit Leuten von Amnesty und der IGW und Urlauben auf Kreta, in der ich nichts verloren habe.

– Was machst du?, sagt Mara träge.

– Ich halte unsere Aktion für die Nachwelt fest, sage ich und schwenke mit dem Handy auf den See und auf das Wohnheim.

– Okay, aber nichts posten. Am Ende verrätst du uns noch.

– Mach ich nicht. Und selbst wenn, Ken hat sowieso kein Handy mehr.

Hinter uns legt ein Ausflugsdampfer am Kai an. Drei Kinder hüpfen über den Steg auf die Uferpromenade und rasen in den Park, die mit Picknickkorb und Decken beladenen Eltern schleppen sich hinterher. Wenn Mara die Augen zuhat, siehst du erst so richtig, wie lang ihre Wimpern sind. Eine schwarze Haarsträhne hängt ihr quer im Gesicht. Ich würde sie ihr gern hinters Ohr streichen und kann mich nur mit allergrößter Mühe beherrschen. Zum tausendsten Mal frage ich mich, was aus uns geworden wäre, wenn ich meine bescheuerte Handynummer auswendig gewusst hätte, als mich Mara danach gefragt hat. Wenn ich das Taschentuch auf meinen Schreibtisch und nicht neben das Bett gelegt hätte. Wenn ich mich gleich am Anfang richtig bei Mara entschuldigt hätte. Hätte hätte hätte. Wenn ich irgendwann meine Autobiografie schreibe, nenne ich das Mara-Kapitel: How to fuck it up completely.

Der Ausflugsdampfer legt wieder ab und tuckert ans andere Ufer. Zwei Tauben streiten sich um einen liegen gebliebenen Laugenbrezelrest. Ein Rentnerpaar spaziert Hand in Hand an uns vorbei. Für alte Leute sind sie erstaunlich stylish angezogen, er Jackett mit Einstecktuch und weiße Sneakers, sie braune Lederjacke, kurzer Rock und New Balance an den Füßen. Ich stelle mir vor, wie Mara und ich in fünfzig Jahren als Hipster-Rentner Händchen haltend durch Wicker flanieren, und muss grinsen. Jesus, was ist an dieser Vorstellung eigentlich absurder: dass ich dann noch in Wicker wohne oder dass wir zusammenkommen und auf Ewigkeiten ein Paar bleiben?

– Also, sagt Mara und öffnet die Augen. – Wir machen keinen Stress. Wir begrüßen ihn ganz normal, hey Ken, Überraschungsbesuch! Wir sprechen ihn nicht gleich auf das Geld an und auch nicht auf das Messer, sonst fühlt er sich in die Ecke gedrängt und sagt uns am Ende gar nichts. Okay?

– Okay, sage ich. – Aber Ken ist nicht bescheuert. Der checkt sofort, warum wir da sind. Wir müssen schauen, wie er reagiert.

– Am besten, wir mieten uns ein Tretboot und fahren mit ihm auf den See, damit er nicht abhauen kann, wenn es ihm zu brenzlig wird.

– Von mir aus. Bis neun ist Zeit, spätestens dann muss ich zurück zum Bahnhof. Wenn wir den letzten Zug nach Wicker verpassen, brauche ich mich überhaupt nicht mehr zu Hause blicken zu lassen.

– Schon gut, Paul Stelter. Ich muss auch zurück. Glaubst du, meine Eltern fänden es toll, wenn ich die Nacht mit einem fremden Jungen in Berlin verbringen würde?

– Mit einem fremden Jungen *und* deinem durchgeknallten Cousin.

Mara lacht, dann verstummt sie abrupt und springt auf. – Da ist er, sagt sie.

Ken kommt aus dem Wohnheim. Er hat sich kaum verändert, trägt Hawaiihemd, Jeans und Sneakers, hat die Haare zusammengebunden und eher zugenommen als ab. Was habe ich erwartet, eine abgemagerte Meth-Leiche? Fürs Erste bin ich erleichtert. Er ist damit beschäftigt, sein Kopfhörerkabel zu entwirren, und registriert uns nicht. Mir kommt eine Idee. Ich halte Mara zurück, die gerade zu ihm laufen will.

Erstaunt sieht sie mich an. – Was ist?

– Sollen wir gucken, wohin er geht?

Mara legt den Kopf schief. – Du willst ihm nachspionieren?

– Nein. Ich will wissen, was er vorhat.

– Der fühlt sich doch total verarscht, wenn er uns bemerkt.

– Dann darf er uns halt nicht bemerken. Kann doch sein, dass er zumacht, wenn wir ihn jetzt so überfallen, und er uns gar nichts erzählt, oder nur dieselben Ausreden wie seit Wochen am Telefon. Wenn wir ihn dabei erwischen, wie er Pillen oder wasweißich für ein Zeug kauft, dann kann er sich nicht mehr rausreden.

Mara zögert. Sie guckt zu Ken, der in Richtung U-Bahn läuft und sich immer weiter von uns entfernt.

– Na gut, sagt sie. – Dann aber los, bevor wir ihn verlieren.

Wir folgen Ken zur Station, wo er die Treppe zu den Gleisen runtergeht, und warten oben, bis die U-Bahn einfährt. Dann rennen wir nach unten und sehen ihn gerade noch in den vordersten Wagen steigen. Mara deutet auf den Wagen dahinter. Durch das Fenster am Kopfende können wir Ken im Auge behalten, der nicht weit entfernt mit dem Rücken zu uns auf einem Viererplatz sitzt. Das Warnsignal ertönt, die roten Lampen leuchten auf und die Türen schließen sich. Die Bahn fährt los.

Nach den Borsigwerken verläuft die Strecke für eine kurze Zeit überirdisch, bevor wir hinter der Scharnweberstraße wieder in den Untergrund abtauchen. Ken guckt nur kurz hoch, als wir aus dem Tunnel kommen und der Wagen von Sonnenlicht durchflutet wird, dann legt er sein Kinn wieder auf die Brust.

– Was macht er da?, sagt Mara und drückt ihre Nase gegen die Scheibe.

– Weiß nicht. Spielt er mit seinem Handy?

– Ich denke, er hat keins mehr?

– Keine Ahnung …

Mit jeder Station wird die U-Bahn voller und die Leute verstellen uns zunehmend die Sicht. Ein verwahrloster Typ ohne Schneidezähne steigt zu und preist eine Obdachlosenzeitung an. Mara kauft ihm ein Exemplar ab und steckt es in ihre Jackentasche. Am Kutschi flutet eine Schulklasse Kens Wagen, die sich natürlich direkt vor dem Fenster breitmachen muss.

– Siehst du ihn noch?, fragt Mara und stellt sich auf die Zehenspitzen.

– Nur seinen Kopf, sage ich. – Jetzt steht er auf, glaube ich.

Zwei Mädchen aus der Klasse, sechste oder siebte vielleicht, haben uns entdeckt und schneiden uns Grimassen. Ken drückt sich an einer Mutter und ihrem Kinderwagen vorbei zur Tür. Am Leopoldplatz steigt er aus. Auf dem Bahnsteig herrscht viel Betrieb. Jemand rempelt mich an, sodass ich Ken kurz aus den Augen verliere, aber Mara hat ihn im Blick. Wir folgen ihm zur Rolltreppe, die zur U9 Richtung Steglitz führt, und warten vor einem Kiosk, bis er unten angekommen ist. Jetzt wird es tricky. Die Treppe ist gesperrt. Wenn wir die Rolltreppe nehmen und er unten in der Nähe steht, sind wir geliefert. Dann können wir ihm nicht ausweichen. In einer Minute kommt die Bahn. Wir haben keine Zeit, einen anderen Weg zu suchen, also müssen wir es riskieren. Tatsächlich ist Ken nur wenige Schritte entfernt, als die Rolltreppe uns auf dem Gleis abliefert, aber er ist so auf das Gerät in seiner Hand konzentriert, dass er uns nicht bemerkt. Mara zieht mich hinter eine Säule und guckt verstohlen um die Ecke.

– Und ob das ein Handy ist, flüstert sie.

– Vielleicht ein Wegwerftelefon, mit dem er seinen Dealer kontaktiert.

– Du guckst zu viel Netflix, sagt Mara. – Das ist eindeutig ein iPhone und kein Billo-Handy für ein paar Euro.

Ich schaue noch einmal hin. Mara hat recht, Ken hat uns angelogen. Das schockt mich mehr, als ich gedacht hätte. Ich meine, wir sind ja genau deshalb nach Berlin gekommen, weil wir glauben, dass er uns anlügt, das sollte also eigentlich keine Überraschung sein. Ich habe wohl insgeheim gehofft, dass das alles ein Missverständnis ist, dass sich alles irgendwie aufklären wird. Die U-Bahn kommt. Ein Modell der Baureihe H: Hier sind die Sitze seitlich angebracht, es gibt keine getrennten Waggons und du kannst von vorne bis hinten durch die gesamte Bahn gehen. Heißt: Wir müssen aufpassen, dass wir Ken nicht in die Arme laufen. Mit ordentlichem Sicherheitsabstand steigen wir ein und setzen uns auf die erstbesten freien Plätze. Mara faltet ihren Liniennetzplan auseinander und wir verstecken uns dahinter wie zwei verpeilte Detektive. Gerade noch rechtzeitig, zwei Sekunden später kommt Ken an uns vorbei. Er hat sein Handy weggesteckt und hangelt sich von Haltestange zu Haltestange, bis er sich auf einem Platz schräg gegenüber von uns setzt. Mara hat ihn auch gesehen. *Fuck*, sagt sie tonlos. Absolut unauffällig, wie wir uns hinter dem Netzplan zusammenkauern. Ken muss nur einmal richtig hinschauen, dann erkennt er uns. Ich wette, dass er gleich aufsteht und uns den Plan aus den Händen reißt. Aber wie durch ein Wunder guckt er nicht zu uns, oder durch uns durch, ich weiß es nicht, er muss mit seinen Gedanken woanders sein. Am Bahnhof Zoo steigt er aus. Mara und ich atmen durch.

– Von wegen, wir brauchen den Linienplan nicht, sagt sie.

Wir warten bis zum letzten Moment, dann schlüpfen wir durch die sich schließende Tür. Auch hier ist die Station megavoll. Wir sind mitten im Feierabendverkehr.

– Ist er nach rechts oder links?, sagt Mara.

– Nach rechts, sage ich, kann ihn aber nirgends entdecken.

– Das gibts doch nicht, sagt Mara. – Wo ist er hin?

– Komm mit, sage ich und laufe zum Bahnsteig der U2.

Ken ist nicht da. Weder auf dem Bahnsteig nach Pankow noch auf dem nach Ruhleben. Also muss er entweder nach draußen gegangen sein oder nach oben zur Ost-West-Verbindung der S-Bahn. Wenn er raus ist, haben wir ihn verloren, im Getümmel um Ku'damm, Kantstraße und Breitscheidplatz finden wir ihn nie. Es bleibt die S-Bahn. Als wir auf dem Bahnsteig ankommen, fahren zwei Züge gleichzeitig ein, einer Richtung Alex, der andere Richtung Potsdam. Wir haben nur ein paar Sekunden, um uns zu entscheiden. Wenn Ken in den Osten gewollt hätte, wäre er besser in der U6 geblieben und an der Friedrichstraße umgestiegen. Es kann also nur die Bahn nach Potsdam sein.

Wir schaffen es gerade noch in den Zug, bevor die Türen hinter uns zuknallen. Mit klopfendem Herzen sehe ich mich um. Keine Spur von Ken. Mein Blick wandert über die Köpfe der Fahrgäste, blond, gelockt, Glatze, Igel, alles dabei, aber kein brauner Pferdeschwanz. Wir erreichen die nächste Haltestelle, Savignyplatz. Die Türen öffnen sich, ich gucke den Bahnsteig hoch und runter. Ken ist nicht da.

– Wir haben ihn verloren, sagt Mara.

Ich fürchte, sie hat recht. Was sollen wir jetzt machen? Zurück zum Zoo und die Gegend absuchen? Das können wir vergessen, den finden wir nie.

Mara tritt mit der Fußspitze gegen eine Haltestange. – Jetzt war alles umsonst. Der ganze Trip nach Berlin, der ganze Aufwand, alles umsonst.

– Wir müssen zurück nach Tegel, sage ich. – Wir warten vor dem Wohnheim, bis er zurück ist.

– Und wenn er bis neun nicht da ist?

Ich presse die Lippen aufeinander. Dann haben wir es verbockt. Dann habe *ich* es verbockt. Der Zug hält in Charlottenburg. Ich will gerade aussteigen, als Ken vor mir über den Bahnsteig spaziert. Erschrocken drehe ich mich zur Seite und stoße gegen eine ältere Dame, die sich fluchend an mir vorbeidrängt. Kaum zu fassen, dass Ken das nicht mitgekriegt hat. Ohne sich umzugucken, geht er die Treppe runter.

– Okay, du U-Bahn-Nerd, sagt Mara, als wir draußen sind. – Wo fährt er als Nächstes hin?

– Lass mich nachdenken. Charlottenburg … er könnte in die U-Bahn und nach Norden, Richtung Spandau, fahren. Aber das macht keinen Sinn, dann wäre er besser in die Ringbahn umgestiegen. Und mit der U7 nach Kreuzberg … na ja, da wäre er mit der U9 schneller gewesen …

– Das heißt?

– Das heißt, er ist am Ziel. Entweder geht er jetzt zu Fuß weiter oder er nimmt den Bus.

Tatsächlich verlässt Ken den Bahnhof. Er läuft über den Stutti in eine Straße mit restaurierten Altbaufassaden, schicken Cafés und Antiquitätenläden, dann biegt er in eine Seitenstraße und ist plötzlich allein auf dem Bürgersteig. Mara und ich bleiben zurück. Wir folgen ihm mit viel Abstand bis zum Lietzensee.

An der Großen Kaskade wartet jemand auf ihn. Es ist eine blonde Frau, schwer zu sagen wie alt, Anfang, Mitte zwanzig vielleicht. Sie ist größer als Ken und kräftiger, sie trägt ein Sommerkleid mit Blümchenmuster und knöchelhohe Chucks. Gemeinsam gehen sie an den Kaskaden entlang zum See und schlendern in den Uferpark. Mara sieht mich fragend an, aber ich habe nicht die leiseste Ahnung, wer das ist.

Auf der Wiese hat sich eine Gruppe älterer Schüler breitgemacht und hört Deutschrap über eine Boombox. Ein Fahrradfahrer, der sein T-Shirt ausgezogen und um den Kopf gebunden hat, jagt an uns vorbei. Ken und die Blonde weichen einer Gruppe schwitzender Jogger aus und setzen sich dann auf eine freie Parkbank mit Blick aufs Wasser und das Hochhaus gegenüber. Wir verstecken uns hinter einem Gebüsch, sind aber zu weit weg, um verstehen zu können, was sie reden.

– Wer ist das?, flüstert Mara. – Eine vom Jugendamt, vielleicht? Muss er sich nicht regelmäßig dort melden?

– Sie sieht jedenfalls nicht aus wie eine, die Drogen verkauft, sage ich. – Jugendamt? Ich weiß nicht. Die würde er doch nicht im Park treffen.

– Vielleicht … *oh mein Gott.*

Ich folge Maras Blick zur Parkbank. Jesus, ich glaube, ich seh nicht richtig. Die *küssen* sich. Und nicht irgendwie auf die Wange, sondern so richtig auf den Mund, mit Zunge und allem. Ich habe ja mit einigem gerechnet, aber das zieht mir echt den Stecker. Was soll das denn jetzt? Warum hat er uns nichts von der erzählt? Die ist doch viel, viel älter als er, mindestens fünf Jahre. Je länger sich die beiden abschlecken, desto wütender werde ich. Ich meine, Mara und ich malen uns die wildesten Horrorszenarien aus, weil er sich nie meldet. Wir fahren extra nach Berlin, ich lasse Bille mit dem Umzug hängen – und wofür das alles? Weil Ken es nicht für nötig hält, uns zu sagen, dass er eine Freundin hat? Das ist doch asozial.

Ich schlage die Zweige des Gebüschs beiseite und laufe auf die Parkbank zu. Mara sagt etwas, das ich nicht verstehe, dann kommt sie hinter mir her.

Ken schreckt auf, als er uns sieht. – Paul?, ruft er erstaunt. – Mara? Was macht ihr denn hier?

– Was zur Hölle machst *du* hier?, fahre ich ihn an.

Ken rückt ein Stück von der Blonden weg, die uns neugierig anguckt. Aus der Nähe sieht sie etwas jünger aus, aber zwanzig ist sie bestimmt.

– Hi, sagt sie und streckt ihre Hand aus. – Ich bin Lena.

Mara und sie schütteln sich die Hände. Ich ignoriere die Geste und vergrabe meine Fäuste in den Hosentaschen. – Ken, weißt du eigentlich, dass wir uns Sorgen gemacht haben?

– Was?, sagt er verwundert. – Warum denn?

– Stell dich doch nicht blöd. Wochenlang ist von dir nichts zu hören, und dann rufst du plötzlich an und willst Geld von uns? Wir haben gedacht, du … du steckst in Schwierigkeiten.

– Geld?, sagt Lena. – Wofür brauchst du Geld, Ken?

Zum ersten Mal seit ich ihn kenne, wird Ken rot im Gesicht. Er presst die Lippen aufeinander und wirft mir einen vernichtenden Blick zu. Ich ahne etwas. Am Ende hat er gar nicht gelogen und braucht das Geld tatsächlich nur fürs Kino und für den ganzen Kram, den er mit seiner neuen *Freundin* machen will. Kann das sein?

– Ist doch egal, sagt Ken. – Verratet mir lieber mal, wie ihr uns hier gefunden habt.

Mara guckt auf den Boden. Ich stemme die Hände in die Seiten und atme tief durch. Der Fahrradfahrer kommt wieder an uns vorbei und hält am Ufer. Er wickelt sich das T-Shirt vom Kopf und zieht es über. *Universität Neukölln* steht vorne drauf.

– Ihr habt mich *gestalkt*?, sagt Ken ungläubig.

– Ich hab doch gesagt, dass wir uns Sorgen gemacht haben. Wir wollten wissen, was mit dir los ist.

Ken lacht zynisch auf. – Und deshalb seid ihr mir gefolgt? Leute, ich bin sechzehn Jahre alt, ich brauche keine Aufpasser.

Lena guckt zwischen ihm und mir hin und her. – Wie wärs, wenn Mara und ich einen Kaffee trinken gehen. Dann könnt ihr beiden in Ruhe über alles reden. In Ordnung?

Mara sieht mich an. Achselzuckend wende ich mich ab.

– Von mir aus, sagt sie.

Schweigend sitzen Ken und ich nebeneinander auf der Bank. Am liebsten würde ich ihn packen und schütteln, bis er wieder der Alte ist, *$uper-Ken 3000*, der Spinner mit den Visitenkärtchen und dem Survivalmesser, der gern mit seinem One-Night-Stand mit der schönen Austauschschülerin prahlt, aber sonst nicht viel mit Frauen am Hut hat, der alles und jeden langweilig oder bescheuert findet, aber mit *mir* befreundet sein wollte.

– Ich verstehe das alles nicht, sage ich schließlich. – Warum hast du mir nicht gesagt, dass du eine Freundin hast?

Ken guckt auf den See, das Hochhaus, in den Himmel. – Ganz ehrlich, P.S.? Weil ich dachte, du findest es scheiße, dass es mir gut geht.

– Das ist doch Schwachsinn, sage ich.

– Es stimmt ja auch nicht. Es geht mir nicht gut. Ich denke immer noch jeden Tag daran und es ist immer noch verdammt hart. Aber das hat nichts mit Lena zu tun. Das sind zwei verschiedene Dinge. Ich hätte das auch nicht gedacht, aber du kannst gleichzeitig glücklich und traurig sein. Das funktioniert. Das heißt nicht, dass es sich ausgleicht und es mir irgendwie mittel geht. Nein, ich bin zur selben Zeit gut und scheiße drauf. Mit Lena ist es gut. Sehr gut. Manchmal denke ich, sie könnte das sein, was mir die ganze Zeit gefehlt hat.

– Wie schön für dich.

– Siehst du? Genau das meine ich. Du *gönnst* es mir nicht.

– Klar gönne ich es dir.

– Es klingt aber anders.

Ich schüttele den Kopf und gucke zu den Schülern, die von einem Mädchen mit einer Ladung Wassereis beliefert werden. Der Typ mit dem Fahrrad breitet eine Decke aus, legt sich drauf und zündet sich eine Zigarette an.

– Wie alt ist die?, frage ich.

– *Die* heißt Lena und ist 21.

– 21?

– Ja, Mann.

– Fünf Jahre älter als du?

– Ja, Mann.

– Okay.

– Wenn du das sagst.

– Ist schon ein kleiner Altersunterschied.

– Na und?

– Woher kennst du sie?

– Von der Arbeit. Sie arbeitet im gleichen Bereich wie ich. Hör mal, das ist alles noch geheim. Deswegen treffen wir uns ja hier in Charlottenburg. Von den Kollegen soll noch keiner was wissen, weil, natürlich ist es krass. Sie ist eine voll ausgebildete, fest angestellte Fachkraft und ich bin der Praktikant. Jetzt guck nicht so. Wo steht denn geschrieben, dass nur Tussis wie das Gerippe mit jemand Älterem zusammen sein dürfen?

– Fang bloß nicht mit *der* an …

– Nirgends stehts geschrieben. Es geht nicht ums Alter. Wenn du jemanden ansiehst und du bist geflasht, dann ist es egal, ob sie sechzehn oder dreißig ist. Das kapieren nur nicht alle. Die denken, als Typ musst du älter sein, sonst ist es nicht cool.

– Schon klar. Die Liebe kennt kein Alter.

– Mach dich nur lustig, du Penner.

– Und was soll das mit dem Handy? Ich habe genau gesehen, dass du wieder eins hast.

Ken löst seinen Pferdeschwanz und fährt sich seufzend durch die Haare, bevor er sie wieder zusammenbindet.

– Am Anfang wollte ich einfach ohne sein. Dann habe ich Lena kennengelernt, und die kann natürlich nicht ständig auf dem Flurtelefon anrufen, ohne dass jemand was merkt. Manchmal habe ich auf dem Gemeinschaftslaptop im Wohnheim mit ihr gechattet, aber das war auf Dauer auch keine Lösung. Also habe ich mir ein neues Handy besorgt. Dabei ist mir klar geworden, dass es mir ganz gutgetan hat, wenig Kontakt nach Wicker zu haben. Versteh das nicht falsch. Berlin war für mich eine ganz neue Welt. Hier erinnert mich nichts an das, was passiert ist. Hier kennt keiner meine Vorgeschichte. Hier bin ich einfach Ken, der Praktikant. Es hat sich einfach gut angefühlt, Wicker und das alles hinter mir zu lassen. Kannst du das nicht verstehen?

– Ja, klar. Und ich bin ein Schatten aus der Vergangenheit, der dich an Marko erinnert, ich bin das personifizierte Wicker. Außerdem gönne ich dir die Freundin nicht, also wolltest du lieber keinen Kontakt mehr.

Er steht auf, breitet die Arme aus und lässt sie resigniert gegen seine Oberschenkel fallen. – Du weißt, dass das nicht stimmt. Ich hab einfach ein bisschen Abstand gebraucht. Ein bisschen Zeit.

– *Abstand?*, sage ich wütend und springe auf. – Nach Markos Tod warst du der Einzige, mit dem ich reden konnte. Der Einzige, der mich verstanden hat. Und dann verschwindest du nach Berlin und meldest dich nicht mehr? Was soll der Scheiß?

Mir schießen die Tränen in die Augen. Ich gehe auf Ken zu und stoße ihn weg.

– Paul, sagt er und hebt beschwichtigend die Hände.

– Leck mich, Ken.

– Alter, was soll ich denn noch sagen?

– Am besten gar nichts mehr, sage ich und lasse mich wieder auf die Bank fallen.

– Okay … wie du willst. Dann reden wir wann anders drüber. Ich gehe jetzt zu Lena und Mara. Kommst du mit?

Ich beiße die Zähne zusammen und schüttele den Kopf.

– Dann machs gut, Paul.

Er hebt seine Hand zum Abschied und geht langsam davon. Deprimiert schlage ich die Hände vors Gesicht und lasse sie auf meinen Hals gleiten. Ich komme einfach nicht klar auf das alles. Die Schüler haben die Boombox leiser gedreht, nachdem sich zwei ältere Damen beschwert haben. Der Typ am Ufer steht auf und wirft eine leere Zigarettenpackung in den Mülleimer. *Endstation Neukölln* lese ich auf seinem Shirt, aber da steht natürlich immer noch »Universität«. Mein Gehirn macht wieder mal komische Sprünge. Ich lehne mich zurück und lege den Kopf in den Nacken. Mit dem Theaterstück ist alles losgegangen. Erst habe ich Marko verloren, dann Ken. Ist doch so, Ken war in den letzten Wochen genauso unerreichbar für mich, als wäre er tot.

Endstation Neukölln

Jann mit zwei N und Tonne kommen sich wahnsinnig wichtig vor. Tonne hat ein Klemmbrett in der Hand und einen Bluetooth-Kopfhörer im Ohr und hastet hektisch über die Bühne. Jann mit zwei N fummelt an der Halterung des Flatscreens herum und dreht ihn ein Stück nach links. Tonne schüttelt den Kopf und dreht ihn wieder zurück. The Rock kommt mit einem Turm aufeinandergestapelter Stühle in die Aula und motzt sie an, dass sie die Finger von der Technik lassen sollen. Keine Ahnung, was seit der SV-Party zwischen Tonne und Jann mit zwei N läuft. In der Öffentlichkeit tun sie, als wäre nichts gewesen. Das wundert mich nicht. Jann mit zwei N gehört so halb zur Wicker-Crew und Wieland findet Tonne natürlich oberscheiße.

In zwanzig Minuten geht es los. *Endstation Neukölln* wird bis Weihnachten dreimal aufgeführt, heute ist Premiere und ausverkauft. Noch sind nicht alle Plätze belegt. Einige Mütter und Väter haben sich mit Sekt oder O-Saft eingedeckt und belagern Dr. Güven, der sich jetzt aus der Elterntraube befreit, um die Theines willkommen zu heißen. Mindestens zehn Familienmitglieder sind gekommen, um *ihre Katharina* spielen zu sehen. Sein Vater und seine Cousins haben eine Mörderähnlichkeit mit Wieland. Ob die auch so spaßbefreit reagieren, wenn ich sie mit »Hallo, ihr Nasen« begrüße? Ich probiere es besser nicht aus.

Ken ist nicht da. Der muss sich eine andere Aufführung anschauen, weil er wieder Hausarrest hat, wegen der Sache mit den Erdbeerlimes. Diesmal auch noch unter verschärften Haftbedingungen: Seine Eltern haben ihm den Laptop weggenommen und sein Handy kriegt er nur abends für eine halbe Stunde.

Jann mit zwei N testet ein letztes Mal die Kamera. Er hält das Objektiv auf Notsche, der das Publikum über den Flatscreen angrinst und das Victory-Zeichen macht. Tonne ist zufrieden, tippt an den Knopf in ihrem Ohr und spricht in die hohle Hand.

»Sieht sehr professionell aus«, sagt Bille und faltet das Programmheft zusammen. Wir waren früh da und haben gute Plätze, siebte Reihe, Mitte.

»Was hast du denn erwartet?«, sage ich. »Ein Puppentheater?«

Bille lacht und verpasst mir einen Klaps auf den Oberschenkel. Die ist teilweise noch sooo analog. Die würde sich heute noch Wiederholungen von *Grey's Anatomy* auf unserem Röhrenfernseher angucken, wenn ich bei unserem Umzug nach Wicker nicht auf einen Smart-TV bestanden hätte. Bille hat sogar einen Netflix-Account draufgepackt. Sie muss ein richtig schlechtes Gewissen gehabt haben, dass sie mich nach Wicker verschleppt.

»Als ich zur Schule gegangen bin, gab es keine Flatscreens bei der Theater-AG. Da kam es auf den Inhalt und auf die Schauspieler an.«

»Jaja, die guten alten Zeiten«, seufze ich. »Als die Jugend noch nicht ständig am Handy hing, sondern sich verabredet und getroffen hat …«

»Genau so ist es, Paul.«

»Ha. Du spielst doch viel öfter an deinem Handy rum als ich, *RotesFeuer73*.«

Bille guckt mich verblüfft an. »Das ist mein Nickname bei den Dating-Apps. Woher kennst du den?«

»Ich geb dir einen Tipp: Das nächste Mal solltest du deine Daten löschen, bevor du mir dein altes Handy gibst.«

»Das nächste Mal kriegst du mein allerserstes Nokia-Tastentelefon«, sagt Bille und zwinkert mir zu.

Alle meine Freunde finden Bille cool. Das war schon immer so, und das ist bei Ken und Mehmet nicht anders. Bille ist ja auch cool, aber sie ist halt meine Mutter und Mütter nerven manchmal brutal. Zum Beispiel, dass sie heute unbedingt mitkommen wollte. Aus irgendeinem Grund hat sie sich in den Kopf gesetzt, dass wir mal wieder was gemeinsam unternehmen müssten, und war durch nichts davon abzubringen. Ich meine, ich mache ja gern was mit ihr. Einen Ausflug nach Peine, eine Radtour durch den Wickerwald, von mir aus auch Kino. Aber bitte nichts, was mit der Schule zu tun hat. Schule ist dünnes Eis. Wenn mich einer vor Bille mit »Porno-Paul« anredet, dann falle ich auf der Stelle tot um. Oder wenn der Güven sie drauf anspricht, dass ich Probleme mit meinen Mitschülern hätte, wenn er was von Mobbing faselt oder so. Vor Bille will ich einfach nicht wie ein Opfer dastehen. Die hat genug Stress in der Klinik und mit den Männern und allem. Wenn jetzt auch noch der Sohn anfängt Probleme zu machen …

»Ist hier noch frei?«

Erschrocken fahre ich herum. Es ist Ben, einer von den Neutralen, die nicht zu Wielands Crew gehören.

»Ja, klar«, sage ich erleichtert.

Seine Eltern schütteln Bille und mir die Hand, dann setzen sie sich. Vor uns schiebt sich Frau Mehmet durch die Reihe und nickt mir lächelnd zu. Fast hätte ich sie nicht erkannt. Statt Schürze und Haube trägt sie heute eine schicke Hose, ein paillettenbesetztes Top und die Haare offen. Sie zieht ihre Tochter hinter sich her, die mir schüchtern zuwinkt. Ich kenne sie von meinem letzten Besuch bei Mehmet, ein hübsches Mädchen aus der siebten Klasse.

Die Schulglocke läutet dreimal. Das Licht wird gedimmt. Die Leute trinken ihren Sekt aus und begeben sich auf die Plätze. Der

Theine-Clan nimmt die extra für sie reservierte dritte Reihe in Beschlag, nur Wieland setzt sich neben Glotz in die erste. Dass er mit seinen knapp zwei Metern den Leuten hinter ihm komplett die Sicht versperrt, ist ihm natürlich vollkommen latte. Der Güven kommt auf die Bühne und räuspert sich. Es folgt ein typischer Güven-Monolog: Er bedankt sich monoton und umständlich bei allen Beteiligten, die die Aufführung möglich gemacht haben, bei den Schauspielern, den Bühnenbildnern, den vielen freiwilligen Aufbauhelfern, bei The Rock (den er natürlich nicht The Rock nennt), beim Sekretariat für die Organisation. Er endet mit der Bitte, dass alle Anwesenden ihre Handys leise oder ausstellen mögen. Dann wird das Licht ganz ausgeschaltet.

Gespannt starren wir auf die dunkle Bühne, wo der Schatten vom Güven hinter die Kulissen huscht. Jemand räuspert sich, sonst ist es still. Dann leuchtet der Flatscreen auf. Auf dem Bildschirm erscheint ein runtergekommener Wohnblock, vor dem ein Mercedes und ein Porsche parken. Cut auf eine fahrende Berliner U-Bahn von oben, untermalt mit Hip-Hop-Beats. »Unser Home, unsere Town«, rappt ein Typ mit Goldkette und Jogginghose. Während das Video läuft, geht ein einzelnes Spotlight an. Kat kommt mit einem altmodischen Reisekoffer auf die Bühne. Sie trägt beige Reithosen, absatzlose braune Stiefel, eine Perlenkette über der dunklen Bluse und eine grüne Barbourjacke, ihre Haare sind zu einem biederen Zopf gebunden. Ein paar Leute lachen auf. Das Hip-Hop-Video geht zu Ende, der Monitor wird schwarz. Die übrigen Scheinwerfer springen an und beleuchten das Bühnenbild. Es zeigt einen grauen Sozialbau mit viel Graffiti, einem Handyladen (»Dr. Phone«) und einer Shisha-Bar im Erdgeschoss. Kat schaut auf ihr Handy, dann auf das Haus, wieder ungläubig auf ihr Handy, wieder auf das Haus.

»Stella?«, ruft sie. »Stellaaaa!«

Linda stolpert auf die Bühne. Ihr Aufzug erntet noch mehr Lacher als der von Spießer-Kat: Sie hat eine Jogginghose an, eine Bomberjacke und darunter ein pinkes Top. Ihre Lippen sind knallrosa geschminkt und ihre Fingernägel streichholzlange, bunt lackierte Kunstwerke.

»Sis!«, sagt sie kaugummikauend. »Da bist du ja! Ich dachte, du kommst nicht mehr.«

Kat lässt den Koffer auf den Boden fallen und fällt Linda um den Hals.

»Stella! Oh mein Gott, ich dachte, ich habe die falsche Adresse.«

»Nein, nein, Sonnenallee 48. Du bist richtig.«

Kat lässt von Linda ab und betrachtet sie von oben bis unten.

»Du siehst … *anders* aus«, sagt sie. »Was hast du denn mit deinen Fingernägeln angestellt? Gehst du zum Fasching?«

Notsche und Jann mit zwei N entern die Bühne und halten die Kamera auf Kat. Auf dem Bildschirm erscheint ihr Gesicht in Großaufnahme.

»Ach Sis«, sagt Linda lachend. »Du bist immer noch die Alte. Wie war die Fahrt? Was macht die Firma? Warte, ich hole Kathib, der soll dir den Koffer hochtragen.«

»Nicht nötig«, sagt Kat. »Das schaffe ich schon. In der Firma ist viel Druck. Seit die Chinesen auf dem Markt sind, ist es noch schlimmer geworden, aber …«

»*Kathib!* Meine Schwester ist da. Jetzt komm schon her.«

Emre schreitet breitbeinig auf die Bühne. Er sieht ungefähr aus wie der Typ aus dem Deutschrap-Video, das sie am Anfang abgespielt haben, und mustert Kat skeptisch von Kopf bis Fuß.

»Die Sis aus Blankenese«, sagt er schließlich. »Willkommen in Neukölln.«

Kat streckt ihm zögerlich die Hand entgegen. »Hallo Kathib. Gehts gut?«

»Kann nicht klagen. Der Laden läuft«, er deutet auf das Handygeschäft hinter sich. »Jedes Mal, wenn in der Gegend ein Handy runterfällt, klingelt bei Dr. Phone die Kasse, *ring ring*. Wir machen bald einen zweiten Laden auf.«

Kat nickt. »Toll. Dann habt ihr bestimmt bald genug Geld, um hier wegzuziehen.«

Jetzt ist Emres Gesicht in Großaufnahme zu sehen. Erstaunt guckt er Kat an. »Wegziehen? Warum sollen wir wegziehen? Das ist meine Hood. Ich bin hier groß geworden. Meine Eltern wohnen zwei Straßen weiter, mein Bruder um die Ecke. Wir haben hier alles, was wir für uns und die Kleine brauchen.«

»Die Kleine?«, fragt Kat verwirrt.

Emre zieht eine Grimasse. »Sorry, Baby. Hast du es ihr noch nicht erzählt?«

»Kathib, du Schwachmat«, stöhnt Linda. »Natürlich nicht. Sie ist gerade angekommen.«

»Du kriegst ein Baby?«, sagt Kat voller Entsetzen.

»Ja, Sis«, ruft Linda strahlend und fällt ihr in die Arme. »Ist das nicht großartig?«

»Großartig«, sagt Kat tonlos. »Absolut großartig.«

»Ich trage das Gepäck hoch«, sagt Emre und geht mit dem Koffer in der Hand von der Bühne.

Kat und Linda halten sich immer noch umschlungen. Notsche umkreist sie mit der Kamera. Auf dem Bildschirm sehen wir abwechselnd Kat und Linda, Kat und Linda, Schock und Freude, Schock und Freude. Dann lösen sie sich voneinander. Kat nimmt Linda an den Händen.

»Meinst du nicht …«, sagt sie vorsichtig. »Meinst du nicht, dass es noch ein bisschen früh ist fürs Kinderkriegen? Du und Kathib, ihr kennt euch doch erst ein halbes Jahr.«

»Acht Monate«, korrigiert Linda.

Jemand schiebt sich hinter dem Bühnenbild hervor. Es ist Mehmet. Er trägt das gleiche weiße Hemd wie auf der Party und eine schwarze Sonnenbrille. Als er Kat sieht, bleibt er abrupt stehen und nimmt die Brille von der Nase.

»Hey, Yassin. Suchst du Kathib? Der ist oben. Das ist übrigens meine Sis, Blanca. Blanca, das ist Yassin.«

»Hi«, sagt Kat gedankenverloren.

»Hallo«, sagt Mehmet mit brüchiger Stimme. »Du bist a-also die Schwester aus Hamburg. B-bleibst du länger in Berlin?«

»Ich weiß noch nicht«, sagt Kat und guckt rüber zur Shisha-Bar.

»Mach den Mund zu und hör auf sie anzuglotzen, Yassin«, sagt Linda lachend und schiebt Mehmet ein Stück zur Seite. »Geh hoch und hilf Kathib mit dem Fernseher, der hängt immer noch nicht. Los, Yassin. Yalla. Yalla.«

Mehmet nickt und wendet sich zu Kat. »Wir sehen uns später.«

»Bestimmt«, sagt Kat und steckt sich eine Zigarette mit weißem Filter in den Mund.

»Sis«, ruft Linda amüsiert. »Seit wann rauchst du denn?«

Mehmet schleicht zögerlich von der Bühne, bleibt immer wieder stehen und sieht sich nach Kat um.

»Immer wenn ich Kopfschmerzen habe«, sagt Kat und tut so, als würde sie sich die Kippe anzünden.

»Kopfschmerzen? Komm, wir gehen nach oben. Du erholst dich jetzt erst mal von der Fahrt.«

»Danke. Habt ihr eine Badewanne?«

Die Scheinwerfer gehen aus. Applaus brandet auf, der von einem Bonez-MC-Video übertönt wird. Nach einem kurzen Umbau auf der Bühne geht es in Stellas und Kathibs Wohnung weiter. Kat kommt im Bademantel aus dem Badezimmer, was ein paar Jungs aus den vorderen Reihen beinahe zum Ausrasten bringt.

Im Verlauf des Stückes gibt es immer wieder Stress zwischen

Blanca und ihrem Schwager. Sie hält Kathib für einen Proleten, er hält sie für eine arrogante, reiche Tussi. Es stellt sich allerdings nach und nach heraus, dass Blancas Auftreten und ihr Schmuck und die Kleider nur Fassade sind. Sie hat das traditionsreiche Familienunternehmen in den Ruin geführt. Alles, was sie noch besitzt, trägt sie in ihrem kleinen Reisekoffer bei sich, während Kathib sich als erfolgreicher Geschäftsmann entpuppt. Yassin verliebt sich in Blanca, doch die überhebliche Schwester aus Hamburg würdigt ihn keines Blickes.

Dann ist Pause. Das Licht geht an und die Leute strömen zum Sektstand und zur Toilette.

»Das war richtig gut«, sagt Bille und wedelt sich mit dem Programmheft Luft zu. »Die Hauptdarstellerin ist toll. Und was für ein hübsches Mädchen. Kennst du sie?«

»Kat? Die ist in der Parallelklasse.«

»Und dein Freund Mehmet ist auch super. Hätte ich ihm gar nicht zugetraut.«

»Er muss ja auch nicht groß schauspielern.«

»Wie bitte?«

»Nichts«, sage ich und huste in meine Faust. »Ich habe nur laut gedacht.«

Bille steht auf. »Ich geh mal was zu trinken holen. Willst du auch was?«

»Nein, danke«, sage ich und schaue mich um. Insgeheim habe ich gehofft, Mara würde kommen. Seit der SV-Party habe ich sie weder gesehen noch mit ihr geschrieben.

Plötzlich geht der Flatscreen an. Das war aber eine kurze Pause, die Leute stehen ja noch Schlange am Getränkestand. Diesmal ist es kein aufwändig produziertes Hip-Hop-Video mit dicken Autos, halb nackten Frauen und viel Bling-Bling, sondern eine Amateuraufnahme mit der Webcam: ein unaufgeräumtes Zimmer im

Halbdunkel, ein ungemachtes Bett, Wäsche fliegt herum, im Hintergrund und an der Wand hängt ein Poster von einem Imperialen Sternenzerstörer. Mehmet kommt ins Bild. Er setzt sich in seinen Gaming-Sessel vor die Kamera und streicht sich über die blondierten Haare.

»Liebe Kat«, sagt er. »Hier ist Mehmet und das ist dein Video. Ja, genau, *dein* Video. Um was es geht? Das wirst du gleich sehen. Es wird Zeit, dass ich dir was beichte. Junge, Junge, das wird nicht easy.«

Schnitt.

Mehmet näher an der Kamera. Mit entschlossenem Blick wuschelt er sich durch die Haare. »Es sind nicht unsere Fähigkeiten, die zeigen, wer wir sind, sondern unsere Entscheidungen.«

Ein Foto von Albus Dumbledore ploppt rechts oben in der Bildschirmecke auf.

Schnitt.

Mehmet wieder mit glatten Haaren, den weißen Hemdkragen gerade gerückt und zugeknöpft, die Hände auf dem Bauch gefaltet. »Also, los gehts«, sagt er und guckt sich um. »Moment. Aber nicht in diesem Saustall. Ich werde meine magischen Kräfte einsetzen müssen.« Mehmet zwinkert und schnippt mit dem Finger.

Schnitt.

Das Bett ist gemacht, die Schmutzwäsche weggeräumt, eine brennende Kerze flackert neben Mehmet auf den Tisch. »Liebe Kat«, sagt er. »Der Moment, als ich dich das erste Mal gesehen habe, hat mein Leben verändert. Es war der erste Schultag in der fünften Klasse. Ich saß schon auf meinem Platz, als du reinkamst und mich angelächelt hast. Erinnerst du dich? Wahrscheinlich nicht. Aber bei mir hat dieses Lächeln einen Schalter umgelegt. Ich war von einer Sekunde auf die nächste ein anderer Mensch.«

Mir läuft es kalt den Rücken runter. Erst dachte ich, das Video gehört zum Stück. Ein Einspieler, in dem Yassin Blanca seine Liebe gesteht. Aber hier spricht Mehmet nicht als Yassin, sondern als Mehmet himself und legt Kat sein Herz vor die Füße. Ich springe auf. Jemand muss das Video in die Vorführung geschmuggelt haben, um Mehmet eins auszuwischen. Ich muss es stoppen, und zwar sofort.

»... seitdem gehört dir, Kat, Katharina, mein erster Gedanke am Morgen und mein letzter am Abend ...«

Ein paar Leute fangen an zu lachen. Ich dränge mich an Ben und seinen Eltern vorbei und laufe nach vorn zur Bühne.

»Ich muss dir nichts über dein Aussehen sagen. Du weißt, dass du das schönste Mädchen der Schule bist. Ach, was rede ich, das schönste Mädchen von ganz Wicker, mindestens. Aber mir geht es nicht um dein Aussehen. Wie oberflächlich wäre das denn? Du bist witzig und kreativ, du bist intelligent und eine fantastische DJane und Schauspielerin. Vor allem bist du einer der wenigen Menschen, die mich nicht wie Dreck behandeln, du hast immer ein Lächeln oder ein Hallo für mich übrig, und glaub mir, das ist alles andere als selbstverständlich!«

Schnitt.

Mehmet zurückgelehnt im Schreibtischstuhl. »Ich wage nicht zu träumen, dass du mit jemandem wie mir zusammen sein willst. Aber wenn du mich nur ein bisschen magst, dann gib mir ein Zeichen. Das würde die Welt für mich bedeuten.«

Ich springe auf die Bühne, renne zum Bildschirm und suche den Aus-Knopf.

»Porno-Paul, verpiss dich«, ruft Glotz. »Ich kann nix sehen.«

Tonne kommt aufgeregt auf mich zugelaufen. »Was ist denn los?«, fragt sie.

»Wie geht das aus?«, fahre ich sie an.

Ich stürze hinter den Bildschirm und will das Netzkabel rausziehen, aber es klemmt, ist irgendwie verhakt oder festgeschraubt, ich kriege es nicht ab.

»Zum Schluss habe ich noch ein kleines Gedicht für dich.« Mehmet räuspert sich. »Dein Anblick hat mein Leben verändert, ich bin getroffen, hab mich nicht mehr im Griff. Du hast meine Rohdaten gerendert und mich animiert wie ein Liebes-Gif …«

Jetzt klappt es. Der Bildschirm wird schwarz und Mehmet verstummt. Das Netzkabel baumelt in meiner Hand wie eine tote Schlange. In der Aula ist es still geworden. Es lacht keiner mehr. Die Leute an den Stehtischen haben mitbekommen, dass etwas nicht stimmt, und recken ihre Hälse. Ich entdecke Bille, die mich mit einem Sektglas in der Hand verwundert anschaut. Mehmets Mutter eilt an der Bühne vorbei nach hinten zur Garderobe. Mein Blick fällt auf Wieland in der ersten Reihe. Er grinst mich an. Natürlich. Wer sonst könnte sich so eine Aktion ausgedacht haben, wenn nicht er?

Ein Raunen geht durch das Publikum. Mehmet ist hinter den Kulissen hervorgetreten. Er weiß, was passiert ist, du siehst es ihm an. Sein Gesicht ist ausdruckslos und voller roter Flecken, seine Augen sind kalt, wirken wie tot. Seine Finger zucken und ballen sich zu Fäusten.

»Ich liebe dich auch, Mehmet«, ruft Wieland lachend. Er dreht sich um und sucht nach Zustimmung, aber selbst die härtesten Wieland-Fanboys kleben mit versteinerten Mienen auf ihren Sitzen. Das war nicht cool, das checken selbst Idioten wie Simon oder Notsche, nein, die Aktion war ganz und gar nicht cool. Wie in Zeitlupe bewegt sich Mehmet nach vorn zum Bühnenrand. Er sinkt auf seinen Hintern, rutscht von der Bühne herunter und stapft auf Wieland zu.

»Mehmet …«, sagt Wieland beschwichtigend und steht auf. »Nimms locker …«

Mehmets Faust trifft ihn auf die Nase. Es knackt. Blut spritzt. Wieland landet zwischen der zweiten und dritten Reihe auf dem Boden. Der Theine-Clan springt auf. Einer von Wielands Cousins steigt über die Stühle nach vorn. Glotz will sich Mehmet vornehmen, aber The Rock geht rechtzeitig dazwischen, während Dr. Güven mit ausgebreiteten Armen Wielands Eltern in Schach hält. Mehmet dreht sich zu mir. Ich merke, dass ich das Kabel immer noch in der Hand halte, und lasse es fallen. Mehmet zeigt keine Regung. Er guckt an mir vorbei zu Kat, die zusammen mit Linda auf die Bühne gekommen ist und völlig aufgelöst aussieht. Einen Augenblick lang starrt er sie an. Seine Mundwinkel zucken. Er lächelt traurig, dann sacken seine Schultern nach vorn und er läuft mit gesenktem Kopf zum Ausgang. Die Leute machen ihm beinahe ehrfürchtig Platz. Nur Wielands Cousin stellt sich ihm in den Weg. Mehmet stößt ihn zur Seite, als wäre er eine Pappfigur.

»Wieland«, brüllt Kat hysterisch von der Bühne. »Was hast du gemacht?«

Mehmet sieht sich nicht um. Seine Schwester hat sich nach vorne gekämpft und will ihn festhalten, kriegt ihn aber nicht zu fassen. Er streift einen Stehtisch, der schwankt und krachend zu Boden stürzt. Mit Wucht stößt er die Glastür zum Pausenhof auf. Draußen rempelt Mehmet zwei verdutzte Raucher an und dann rennt er los, so schnell, wie ich ihn noch nie habe rennen sehen.

Heute

– Jetzt guck nicht so, sagt Mara, als wir in den Bus einsteigen. – Ken geht es gut. Das ist doch das Wichtigste.

Es ist Viertel vor zehn und längst dunkel draußen. Mara und ich sind gerade in Wicker angekommen und haben Glück, dass die 16 vor dem Bahnhof wartet. Wir setzen uns hinten auf den Viererplatz. Sie kramt eine Packung Kaugummis aus ihrer Jackentasche, in der sie mal wieder hunderttausend Dinge transportiert: Labello, Münzen, Schlüssel, Handy, Taschentücher, Haargummis, die Ausgabe der »Motz«, die sie sich in der U-Bahn hat andrehen lassen, und wasweißich noch alles. Sie sei halt kein Handtaschentyp, hat sie vorhin gesagt. Mit hochgezogenen Augenbrauen hält sie mir die Packung mit einem halb rausgezogenen Kaugummi hin. Ich schüttele den Kopf. Ich bin immer noch megagenervt. Was für eine *unglaublich* sinnlose Aktion. Wir haben länger im Zug gesessen, als wir am Ende in Berlin waren. Bille wird mir die Hölle heißmachen. Und alles nur, um Ken beim Knutschen zuzugucken.

– Hey, Paul Stelter. Redest du nicht mehr mit mir?

– Was soll ich denn sagen?

– Weiß nicht. Irgendwas. Du hast während der ganzen Zugfahrt keine drei Sätze von dir gegeben.

– Ich bin nicht so der Talker. Das weißt du doch.

Mara lacht und schiebt sich dann einen Kaugummi in den

Mund. – Ich erinnere mich. Auf der Hinfahrt hast du allerdings einen ganz anderen Eindruck gemacht.

Der Bus ruckelt über das Kopfsteinpflaster in der Altstadt, passiert Rathaus, Kino und Pizza King und biegt in die Gärtnergasse ab. Gleich sind wir auf der Hauptstraße und fahren ein kleines Stück durch den Wickerwald, bevor wir auf den Katerberg kommen.

– Du schuldest mir immer noch deine Geschichte über den Jungen mit den Superkräften, sagt Mara. – Wann kriege ich sie zu lesen?

– Sorry, daraus wird nichts.

– Wieso nicht?

– Ich schreibe nicht mehr.

– Jetzt komm schon. Du kannst mir doch eine alte Version geben?

– Ich hab alles weggeworfen und gelöscht.

– Das glaub ich dir nicht.

– Dann glaub es halt nicht.

Genervt betrachte ich mein Spiegelbild im Fenster. »Was machst du da«, fragt Spiegelbild-Paul. »Hör mal bitte auf, so scheiße zu Mara zu sein. Noch zwei Stationen, dann steigt sie aus, und wer weiß, wann du sie wiedersiehst. Also reiß dich zusammen und sei ein bisschen netter zu ihr. *Rede* mit ihr. Sag ihr, was in dir vorgeht.« Ich drehe mich weg. Spiegelbild-Paul geht mir auf den Zünder. Wieso soll ich mit ihr reden? Sie wird mich sowieso nicht verstehen. Niemand versteht mich, nicht mal Ken hat mich verstanden. Und was will sie jetzt plötzlich wieder mit meiner Flint-Geschichte? Auf keinen Fall kriegt sie die, das habe ich mir nach der SV-Party letztes Jahr geschworen. Außerdem interessiert sie sich doch gar nicht wirklich dafür, die hat doch nur Mitleid mit mir, wegen Marko und wegen Ken.

– Ich muss, sagt sie und drückt den Halteknopf.

– Tschüss, sage ich.

Wir verabschieden uns mit einer kalten Umarmung. Wir verabreden uns nicht. Wir machen nicht aus, uns zu schreiben oder zu telefonieren. Es werden Monate vergehen, bis ich sie das nächste Mal treffe. Monate, in denen ich nicht mehr von ihr mitkriegen werde, als sie auf Insta postet. Mit zusammengepressten Lippen winkt sie mir zum Abschied zu und springt nach draußen. »Du bist ein Idiot«, sagt Spiegelbild-Paul und drückt seine Stirn fest gegen meine.

Ich steige eine Haltestelle früher aus, als ich müsste, und gehe den Rest zu Fuß. Es ist immer noch warm. Trotzdem ist kein Mensch mehr auf der Straße. Überall heruntergelassene Rollläden. Irgendwo dudelt die Melodie von »Wer wird Millionär«, sonst ist es still. Wenn es Abend wird auf dem Katerberg, verbarrikadieren sich die Leute in ihren Häusern, als ob ein Atomkrieg bevorstehen würde. Wenn du dich mal richtig einsam fühlen willst, dann komm abends um zehn auf den Katerberg, da drehen dir alle demonstrativ den Rücken zu. *Ich* brauche keine Hilfe, um mich einsam zu fühlen. Marko ist tot, für Ken bin ich nichts als eine Altlast, Bille ist stinksauer auf mich und mit Mara habe ich es mir gerade endgültig verscherzt. Was für ein Tag.

Eine Fledermaus flattert aus einer Dachrinne und gleitet zwischen die zwei Blautannen in Palinkas' Garten. Ich sehe schon von Weitem, dass in der Küche der Villa Licht brennt. Verdammt, Bille ist noch wach. Ich hatte gehofft, dass sie im Bett liegt und schläft, wenn ich nach Hause komme. Jesus. Ich kann jetzt keinen Anschiss ertragen, echt nicht. Ich könnte in den Garten und dort warten, bis sie sich hinlegt. Nach einem Tag Möbelschleppen wird sie sicher k. o. sein. Über den Pfirsichbaum könnte ich sogar in mein Zimmer klettern. Hab ich das Fenster zugemacht oder offen gelassen? Ich steige über die Gartentür und laufe ums Haus. Nicht zu fassen, dass das meine letzte Nacht in der Villa sein wird. Dass ich morgen in einem neuen, mir unbekannten Zimmer schlafen werde. Der Gedanke ist irgendwie absurd. Aus der Küche dringen Stimmen nach draußen. Die Helfer sind also noch da. Gut, dann muss Bille sich wenigstens ein bisschen bremsen, wenn sie mir einen Einlauf verpasst. Andererseits wird das echt peinlich, wenn ich da reinmarschiere und vor der versammelten Mannschaft erklären muss, warum ich meine Mutter mit dem Umzug alleingelassen habe. Aber gut, ich wusste ja vorher, dass das auf mich zukommen wird.

– … 8000 Euro hat mich der Spaß gekostet. Achttausend. Sie brauchen gar nicht so ungläubig zu gucken. Ich kann Ihnen die Rechnung zeigen.

Jesus, das ist ja Palinkas! Was macht der denn so spät bei uns? Ich schleiche zum Küchenfenster und spähe vorsichtig hinein. Bille sitzt auf einem Umzugskarton, Palinkas lehnt mit verschränkten Armen gegen die Wand. Ich kann sein Aftershave bis hier draußen riechen.

– Das ist kein billiger Standardlack, sondern *Pepper White*, sagt er und reibt Daumen und Zeigefinger aneinander. – Und der kostet ein bisschen was.

Bille massiert sich mit Zeige- und Mittelfinger die Schläfen. Sie sieht wirklich fertig aus, was mein Gewissen nicht gerade erleichtert.

– Wenn Sie so sicher sind, warum kommen Sie erst jetzt damit?, sagt sie kraftlos.

– Ich war mir nicht sicher. Ich habe es vermutet. Und heute Morgen hat er sich verplappert. Er hat was über meinen *vollgesprühten BMW* gesagt. Dabei weiß niemand, dass der BMW betroffen war. Ich habe ihn noch in derselben Nacht zur Werkstatt gebracht, und die Polizei hat absichtlich keine Details zum Wagen genannt, um dem Täter eine Falle zu stellen. Mit Erfolg, wie sich heute gezeigt hat.

Mir bleibt das Herz stehen. Wie konnte ich so dumm sein? Haben die Polizisten wirklich nichts zur Automarke gesagt? Ich kann mich nicht erinnern.

– Fragen Sie ihn, sagt Palinkas. – Fragen Sie ihn, und wenn der Kerl ein bisschen Mumm in den Knochen hat, wird er es zugeben.

– Reden Sie nicht so über meinen Sohn, sagt Bille barsch. – Was wollen Sie überhaupt von mir? Geld?

Palinkas winkt ab. – Geld? Ich habe mehr Geld, als ich ausgeben kann. Ich will … Gerechtigkeit.

– Gerechtigkeit? Was heißt das?

Ich ahne etwas. Leise nehme ich mein Handy aus der Tasche, schalte das Dictaphone an und lege es auf das Fensterbrett. Palinkas fährt mit dem Zeigefinger über die Küchenplatte, betrachtet den Staubfilm auf seiner Fingerspitze und wischt ihn an seiner Jeans ab. Er wendet mir den Rücken zu, aber als er weiterredet, kann ich das schäbige Grinsen in seinem Gesicht buchstäblich hören.

– Gehen Sie mal mit mir essen. Nicht hier in Wicker, hier gibt es kein Restaurant, das Klasse hat. Ich kenne einen hervorragenden Italiener bei Hannover, der ist sagenhaft gut. Ist ein bisschen außerhalb, aber in der Nähe gibt es ein Hotel …

Bille lacht auf. – Ist das Ihr Ernst? Wollen Sie mich erpressen?

– Herrgott, nein. Ich habe Ihnen nur ein Angebot gemacht.

– Und wenn ich es nicht annehme, zeigen Sie meinen Sohn an?

Palinkas schnalzt mit der Zunge. – Gehen Sie mit mir essen und der Rest ergibt sich von selbst. Warten Sie es ab. Bei einem Schaden von 8000 Euro ist das doch nur fair.

Bille geht einen Schritt auf Palinkas zu.

– Jetzt sage ich Ihnen mal was. Ich würde alles für meinen Sohn tun, aber bevor ich mit einem Dreckskerl wie Ihnen ins Bett gehe, zahle ich lieber bis an mein Lebensende Schadensersatz.

Palinkas' Gesicht verdüstert sich. – Pass auf, wie du mit mir redest, du Schlampe.

Bille holt aus und knallt ihm eine. Holy Shit. Sie will ihm noch eine runterhauen, aber er packt sie an den Armen und hält sie fest. Bille funkelt ihn an, aber Palinkas lässt sie nicht los. Ich renne durch den Garten, über die Terrasse und stürze in das leer geräumte Wohnzimmer.

– Mama, rufe ich panisch und laufe in die Küche.

Erschrocken lässt Palinkas Bille los. Schnell weicht die Überraschung in seinem Gesicht einem triumphalen Grinsen.

– Da ist ja der Junior, sagt er und zieht sein Shirt zurecht, das sich eng um seine Wampe spannt. – Erzähl deiner Mutter doch mal, was du mit meinem BMW angestellt hast.

– Nichts habe ich angestellt.

– Du lügst.

– Ich habe gesehen, was passiert ist. Aber ich habe nichts gemacht. Ich habe das Auto nicht mal *berührt*.

– Tss, sagt Palinkas. – Kein Mumm, wie ich vermutet habe.

– Ich glaube, Sie gehen jetzt besser, sagt Bille. – Oder ich rufe die Polizei. Noch ist das mein Haus.

– Gern, sagt er. – Dann kann Ihr Sohn gleich eine Aussage zu meinem Auto machen.

– Gut, sage ich und halte ihm mein Handy mit der offenen Dictaphone-App hin. – Mal sehen, was die Polizei dazu sagt, dass Sie meine Mutter erpressen wollten.

Ich spiele die ersten Sekunden der Aufnahme ab. Palinkas kneift für einen Moment die Augen zusammen, sonst lässt er sich nichts anmerken. Das bescheuerte Grinsen ist wie in sein Gesicht gezimmert. Er sieht mich an, dann guckt er zu Bille. Sie macht eine Kopfbewegung zur Tür. Palinkas zögert. Wenn er Bille noch einmal anfasst oder ihr droht, kann er was erleben. Aber er macht nichts von beidem. Wortlos geht er an mir vorbei in den Flur, reißt die Haustür auf und knallt sie mit Wucht hinter sich zu.

– Hast du das wirklich alles aufgenommen?, fragt Bille.

– Ja, sage ich.

Bille lässt sich auf die Umzugskiste sinken und vergräbt ihr Gesicht in den Händen.

– Bille, sage ich. – Es tut mir leid, dass ich einfach so weg bin. Es war ein Notfall, wirklich. Mara war da. Es ging um Ken …

Sie nimmt die Hände von ihrem Gesicht und guckt mich müde an. – Seit wann sagst du *Mama* zu mir?

– Ich … wieso? Habe ich *Mama* gesagt?

– Hast du. Als du in die Küche gestürmt kamst.

– Kann mich nicht dran erinnern.

Bille lächelt mich an. Dann steht sie auf und nimmt mich in den Arm. Weil ich den ganzen Tag mit einem epischen Shitstorm gerechnet hatte, haut mich das komplett aus der Spur. In Billes Armen fühle ich mich wie ein Kind. Wie ein Sechsjähriger, der Scheiße gebaut hat und von seiner Mutter getröstet wird. Als wir uns voneinander lösen, hat sie einen großen feuchten Fleck auf ihrer Schulter.

– Kann ich dir morgen alles erzählen?, sage ich und wische mir die Augen trocken. – Bitte? Ich will einfach nur noch in mein Bett.

Bille sagt nichts. Sie streicht mir zärtlich über das Gesicht und nickt.

Der Schrank, die Kisten, das Regal sind weg. Meine Matratze liegt auf dem Boden, mein Schlafsack daneben, mitten im Zimmer steht die Box. Ich setze mich davor und räume ein, was noch danebenliegt. Den Programmflyer, den Bierdeckel, das rote Band, mein Kurzgeschichtenskript. Als ich das Holster mit dem Messer in die Hand nehme, packt mich die altbekannte Luftnot. Seit ich die Box heute Morgen geöffnet habe, sind mir so viele Erinnerungen durch den Kopf gegangen, so viele Augenblicke und Situationen, die ich seit Monaten verdrängt hatte. Ein Kapitel fehlt allerdings noch. Das letzte Kapitel. Es ist fast elf Uhr. Nach diesem Tag fehlt mir die Energie, mich dem auch noch zu stellen. Ich lege mich auf die Matratze und starre an die Decke.

– Ich bin der Bestimmer, flüstere ich. – Ich entscheide.

Die Erinnerungsfetzen kommen wieder. Stumme Ausschnitte aus der Nacht in der Ruine. Marko, tot auf dem Steinhaufen, das Gesicht, sein Hemd, alles voller Blut. Marko, wie er stürzt, sein letzter Blick, sein letztes Wort. Mit aller Macht drängen die Bilder in mein Bewusstsein.

– Ich entscheide, sage ich laut und packe die Bilder in die ausgedachte Box, knalle den Deckel zu und drehe den Schlüssel um. *Innsbrucker Platz. Rathaus Schöneberg. Bayerischer Platz. Viktoria-Luise-Platz.* Es funktioniert. Mein Atem wird ruhiger. Die Ruine verblasst, ich fahre ihr mit der U4 davon. Ich wische kalten Schweiß von meiner Stirn und rutsche von der Matratze. Okay, vielleicht kann ich den Schmerz aushalten. Vielleicht ist es heute so weit. Ich habe in den letzten Stunden die brutalsten Flashbacks durchgestanden, jetzt schaffe ich auch den Rest. Irgendwann muss ich die Erinnerung an Markos Tod zulassen, irgendwann muss ich sie aus der Box holen, das ist mir klar. Sonst explodiert am Ende der Deckel und ich kann an nichts anderes mehr denken.

– Ich entscheide, sage ich ein drittes Mal. Langsam ziehe ich das Messer aus dem Holster und betrachte mein Auge, das sich in der Klinge spiegelt.

Das Messer

Auf Kens Nachttisch liegen zwei aufgeschlagene Bücher: eine zerfledderte Ausgabe von »Der Fänger im Roggen« und die Autobiografie von Bud Spencer. Daneben ein Handmuskeltrainer, eine Packung Taschentücher, sein Wecker. Auf seinem Rechner läuft eine Spotify-Playlist, ein typischer Ken-Mix: Metal, Hip-Hop und Deutschrap im Wechsel. Es ist 21:15. Eine Viertelstunde noch, dann ist die Besuchszeit zu Ende. Ich stecke Kens Messer zurück in das Holster, hebe eine der Hanteln auf, die er nach Größe und Farbe sortiert vor seinem Bett aufgereiht hat, und betrachte das Samuraischwert an der Wand. Es ist natürlich ein Fake und die Klinge so stumpf wie ein Buttermesser, trotzdem ist Ken megastolz drauf. Er kommt zurück von der Toilette und lässt sich in den roten Fatboy fallen.

»Außer seinem Vater hat er keine Familie in Deutschland, richtig?«, sagt er.

»Ich weiß nicht. Aber selbst wenn, die würden doch Bescheid geben, wenn Mehmet dort aufgetaucht wäre.«

Heute waren seine Mutter und ein Kriminalbeamter in der Klasse und haben gefragt, ob jemand was von Mehmet gehört hätte. Ob wir eine Idee hätten, wo er sich aufhalten könnte. Aliya und Simon haben sich gemeldet und irgendeinen Schwachsinn von sich gegeben. War ja klar, die beiden müssen immer labern, auch wenn sie nichts zu sagen haben. Jesus, das hat mich so wütend gemacht. Die einzigen Freunde, die Mehmet in der Klasse hat, die einzigen, die was wissen *könnten*, das sind Ken und ich. Und wir wissen nichts, null, nada. Mehmet reagiert weder auf Anrufe noch auf WhatsApp, wir haben es schon tausendmal versucht.

Das war ziemlich schlimm heute mit Frau Mehmet. Die war völlig fertig und hat die ganze Zeit mit den Tränen gerungen. Ich konnte sie überhaupt nicht angucken, sonst hätte ich direkt mitgeheult. Zum Glück musste sie Wielands Anblick nicht ertragen. Der ist seit der Theateraufführung krankgeschrieben. Es heißt, seine Nase und ein Teil des Augenbrauenbogens seien gebrochen. Ich hoffe aus tiefstem Herzen, dass das stimmt. Jeder weiß, dass Wieland das Video während der Vorführung abgespielt hat, *jeder* – die Schüler, die Lehrer, The Rock. Aber beweisen kann man es ihm nicht, und Wieland streitet alles ab. Er wüsste nicht, warum Mehmet auf ihn losgegangen sei, er hätte mit der ganzen Sache nichts zu tun, behauptet er.

»Du kannst ein Handy doch orten. Auch wenn es aus ist, das geht trotzdem«, sagt Ken.

»Auf die Idee wird die Polizei auch schon gekommen sein.«

»Warum tun sie es dann nicht?«

»Keine Ahnung. Vielleicht dürfen die das erst nach einer bestimmten Zeit«, sage ich und lege die Hantel zurück zu ihren Geschwistern auf den Boden. »Ich frage mich immer noch, woher Wieland das Video hatte. Kat behauptet, von ihr nicht. Sie hätte es nie gesehen, nicht mal am Tag der Aufführung, weil sie da mit Linda hinter der Bühne war.«

»Vergiss nicht, dass Mehmet den Deppen-Sperrcode auf seinem Handy hat«, sagt Ken und streckt die Arme gähnend von sich. »Fünfmal die Null. Wenn du ihn einmal beim Entsperren gesehen hast, weißt du Bescheid.«

»Du meinst, Wieland hat ihm das Handy gezockt?«

»Kann doch sein. Mehmet muss nur kurz draußen gewesen sein, in der Fünfminutenpause oder so. Wieland holt das Handy aus seinem Rucksack, browst durch die Bildergalerie und findet das Video. Er schickt es sich zu und löscht die Mail danach wieder. Das geht ruckzuck.«

»Und warum hat er es dann nicht einfach in der WhatsApp-Gruppe oder auf YouTube gepostet?«

»Vielleicht hat er gedacht, es kommt besser, wenn ein richtiges Publikum dabei zuguckt, wie es Mehmet das Herz zerfetzt.«

Ich seufze. »Der Schuss ist jedenfalls gewaltig nach hinten losgegangen. Manche fanden die Aktion am Anfang noch witzig, glaube ich, aber als klar wurde, worauf es hinausläuft, war es dann allen viel zu krass unter die Gürtellinie. Ich meine, das Video war schon irgendwie … cool. Die Idee, der Schnitt, die Bilder, die er eingeblendet hat, das war lustig und auch, wie soll ich es sagen, *romantisch*. Klar hat das alles kitschig geklungen, aber es war ja auch nicht für das große Publikum gedacht. Wer weiß, ob er es jemals an Kat geschickt hätte.«

»Oder er *hat* es ihr geschickt und das Gerippe hat es ihrem Bruder gegeben.«

»Das glaube ich nicht. Die hätte doch nicht zugelassen, dass Wieland ihr den Auftritt vermasselt.«

Es klopft. Kens Mutter teilt uns mit sanfter Stimme mit, dass sie mich in zehn Minuten nach Hause fahren wird. Mann, Mann, Mann, die soll sich mal entspannen. Echt jetzt, wir feiern ja keine Party.

»Askaban ist ein Freizeitpark dagegen«, seufzt Ken. Er schält sich aus dem Fatboy und nimmt das Samuraischwert von der Wand. »Hoffentlich macht Mehmet keinen Scheiß. So wie der sich in die Sache mit Kat reingesteigert hat, würde ich ihm alles zutrauen.«

Nachdenklich betrachtet er das Schwert in seinen Händen. Mir ist der Gedanke auch schon gekommen. Ich habe mich nur nicht getraut ihn auszusprechen. Nein, so weit würde er nicht gehen. Mehmet ist es gewohnt, fertiggemacht und gedisst zu werden. Die Sache mit dem Video hat ihn hart getroffen, klar, aber deswegen würde er sich doch nicht umbringen. Andererseits fehlt seit der Aufführung jede Spur von ihm. Und dieses Mal haben sie ihn nicht mit seinem Aussehen verarscht, sondern mit *Kat*. Ich weiß noch, wie er sich in Opas Keller gewunden hat, Ken und mir von ihr zu erzählen. Wie muss es ihm also gegangen sein, als Wieland sein Liebesgeständnis vor knapp zweihundert Leuten geleakt hat?

»An so was will ich gar nicht denken«, sage ich.

Ken fährt mit dem Daumen über die Klinge und wirft das Schwert auf sein Bett.

»Ich auch nicht. Am besten, wir finden ihn, bevor er auf dumme Gedanken kommt.«

»Gute Idee. Aber wie?«

Ken verschränkt die Arme hinter seinem Rücken und geht in seinem Zimmer auf und ab. Plötzlich erklingt ein Synthesizerintro aus den Lautsprechern, das ich schon hunderttausendmal gehört habe und das mir trotzdem jedes Mal wieder einen Schauer über den Rücken jagt. Die Gitarre setzt ein, drei Akkorde, die einzigen, die ich spielen kann, die ich monatelang auf Billes verzogener Klampfe geübt habe, um genau *diesen* Song nachzuspielen. Schließlich, nach exakt 43 Sekunden, beginnt der Gesang: »This is not a stupid love song, what do you think of me? This is how you got me wrong, you're just the most beautiful girl I'll ever see.«

»Du hörst die *Dishes*?«, frage ich verwundert.

»Klar«, antwortet er grinsend. »Ist ein echter Geheimtipp, sag ich dir.«

»Wer hat dir das denn verraten?«

»So ein verschwitzter Emo aus Berlin.«

Ich bin sprachlos. Ich glaube, ich habe die Dishes noch nie bei jemand anderem gehört. Ken dreht die Musik ein bisschen lauter, dann setzt er seinen Marsch durch das Zimmer fort.

»Kannst du noch nachdenken, P. S.? Oder musst du dich ganz der Musik hingeben?«, fragt er spöttisch.

»Ich kann jetzt besser nachdenken als bei dem Trash, der vorher lief.«

»Topstens. Dann lass uns mal überlegen. Was würdest du machen, wenn jemand dein geheimstes Geheimnis vor der gesamten Schule ausgeplaudert hätte? Wenn sich jemand vor allen Leuten über deine Geschichten lustig machen würde?«

»Ich würde mich zu Hause einsperren und keinen Schritt mehr vor die Tür machen.«

Ken bleibt vor dem Fenster stehen. »Bille würde dich zwingen, wieder in die Schule zu gehen.«

»Das stimmt. Vielleicht würde ich nach Berlin flüchten. Oder in die USA, zu Marvin.«

Ken setzt sich auf den Schreibtisch und lässt seine Füße baumeln. »Mehmet hat kein Berlin und keinen Marvin. Er kommt aus Wicker, und soweit ich weiß, sind seine einzigen beiden Freunde hier in diesem Raum.«

»Er hatte auch keine Zeit, Pläne zu schmieden«, sage ich. »Er flieht aus der Schule und will nur noch weg. Also läuft er drauflos, läuft und läuft …«

»… und irgendwann ist es dunkel, und ihm wird klar, dass es zu kalt ist, um unter freiem Himmel oder in einem Wartehäuschen zu übernachten. Er braucht einen Unterschlupf. Einen Ort, wo ihn niemand vermutet und so leicht keiner findet. Wo er ein Dach über dem Kopf hat, aber allein ist. Weit weg von der Stadt, aber trotzdem nahe genug, um zu Fuß hinzukommen …«

Ken kneift die Augen zusammen.

»Das Sanatorium?«, sage ich.

»Warum eigentlich nicht«, sagt er.

»Ich kann mir nicht vorstellen, dass er seit zwei Tagen in der Ruine haust und auf dieser ekligen Matratze pennt.«

»Es gibt nur eine Möglichkeit, das herauszufinden.«

»Du willst hin? Sollen wir nicht der Polizei Bescheid geben?«

Ken rutscht nach vorne auf die Schreibtischkante. »Meinst du, die checken sofort jeden einzelnen Hinweis? Selbst wenn, vielleicht ist es besser, wenn wir zuerst mit ihm reden. Wer weiß, vielleicht haut er ab, wenn er die Polizei kommen sieht.«

Wieder klopft es an der Tür.

»Lass dein Handy an«, flüstert Ken, als seine Mutter hereinkommt.

Meine Jacke hat sie schon mitgebracht.

Der Mond verschwindet hinter einer Wolkendecke, als wir über die Mauer klettern. Eigentlich können wir direkt wieder nach Hause gehen, denke ich. Weil, wie soll Mehmet das allein geschafft haben? Der ist doch nie im Leben ohne Hilfe über die Mauer gekommen. »Da wäre ich mir nicht so sicher«, sagt Ken. »Mehmet ist nicht dumm, der wird schon was zum Draufsteigen gefunden haben.« Das Sanatorium ist aus der Entfernung kaum zu erkennen, nur schwach heben sich die dunklen Türme und Erker vor dem Nachthimmel ab. Um diese Zeit ist es im Wald schon ein bisschen scary. Dauernd raschelt es irgendwo im Laub, Zweige knacken, und du weißt nicht, war das eine Maus oder ein Wildschwein oder ein entflohener Massenmörder.

»Auf keinen Fall ist Mehmet da drin«, sage ich zu Ken.

»Hast du Schiss?«

»Ich? Nein, wie kommst du darauf?«

»Na dann los«, sagt er, und es klingt ein bisschen, als müsse er sich selber überzeugen.

Ich war vorhin kaum zu Hause, als ich seine WhatsApp bekommen habe. »Hol dich um 23:00 ab. Vergiss deine Taschenlampe nicht!« Um kurz vor halb zwölf kam er dann endlich. Seine Mutter hat ausgerechnet heute länger vor dem Fernseher gesessen, um sich eine *Tatort*-Wiederholung reinzuziehen, und Ken hat ewig gebraucht, um sich an der offenen Wohnzimmertür vorbeizuschleichen. »Endlich habe ich mal was davon, nicht der Größte zu sein«, hat er gesagt. »Mit eins achtzig hätte sie mich definitiv bemerkt.« Den Stress hatte ich nicht. Bille hat Nachtdienst und ist bis morgen früh weg.

Wir springen von der Mauer und folgen dem Pfad im Gras. Ist der noch von uns oder war in der Zwischenzeit jemand anders auf dem Gelände? Mit jedem Schritt, mit dem wir uns dem Sanatorium nähern, werden die Gebäude größer und bedrohlicher. Ein Frosch quakt. Ein anderer antwortet. Es geht ein paarmal hin und her, bevor sie abrupt verstummen. Hinter der Garage stoße ich mit dem Fuß gegen einen Autoreifen. Jemand hat den Stapel umgeworfen. Die Wicker-Crew wahrscheinlich, beim Kriegspielen. Da vorne habe ich im Dreck gelegen, als Glotz mir eine Gummikugel zwischen die Beine schießen wollte. Wie kann man nur auf so eine perverse Idee kommen? Der Glotz hat sie echt nicht mehr alle. Geschieht ihm recht, dass seit der Aufführung kein Mensch mehr was mit ihm zu tun haben will. Nicht, dass ihm irgendwer zutrauen würde, dass *er* auf die Idee mit dem Video gekommen wäre. Nein, dazu ist er viel zu blöd. Aber er wusste Bescheid, das ist sicher, Wieland und sein Pitbull machen immer alles zusammen, warum sollte es ausgerechnet diesmal anders gewesen sein? So beschissen die Aktion auch war, sie hat ein Gutes: Jetzt hat auch der Letzte in der Klasse begriffen, was für Scheißtypen Wieland und Glotz sind. Bin gespannt, was passiert, wenn Wieland zurückkommt. *Falls* er zurückkommt. Bille sagt, nach so einer Aktion muss er von der Schule fliegen. Vor allem, wenn es nicht das erste Mal war, dass er negativ auffällt. Nein, es war nicht das erste Mal, Bille, ganz sicher nicht. Mehr habe ich dazu nicht gesagt. Es wäre natürlich *turbo*geil, wenn Wieland fliegen würde, aber so weit will ich gar nicht denken. Am Ende rettet ihm das Geld seiner Eltern doch wieder den Arsch.

Ken und ich klettern durch das Fenster in die Ruine und schalten die Taschenlampen ein. Der Sensenmann mit dem Surfbrett über dem Eingang grinst uns an. Es riecht immer noch nach Urin und Verwesung, als ob hier massenweise Tierkadaver vor sich hin rotten würden. Der Geruch ist unerträglich. Das kann kein normaler Mensch zwei Tage lang aushalten. Wenn Mehmet in der Ruine ist, muss er im Ostflügel sein. Das war der einzige Ort, an dem es nicht so brutal gestunken hat. Aber dazu hätte er an der Einsturzstelle vorbeigemusst. Ob er sich das getraut hat?

Wir laufen in den Korridor, der von der Halle abgeht, steigen über die Matratze mit den Schnapsflaschen und kommen in das Treppenhaus. Plötzlich bleibt Ken stehen und schaltet seine Taschenlampe aus. »Ich glaube, ich hab was gehört«, sagt er leise.

Ich halte die Luft an. Ich höre nichts, nur mein Herzklopfen und Kens Atemzüge.

Ein. Aus.

Ein. Aus.

Irgendwo rollen Steinchen über den Boden. Schritte. Jemand spricht. Ein kalter Schauer läuft mir über den Rücken. Es sind mindestens zwei Leute, oben im ersten Stock. Vielleicht die Einbrecher, von denen Ken erzählt hat, Kupferdiebe, die es auf die Wasserrohre abgesehen haben. Verdammt, wer weiß, was die mit uns anstellen, wenn sie uns hier erwischen? *Werft die Jungen in das*

Loch und lasst es wie einen Unfall aussehen! Die Schritte kommen näher. Die Stimmen werden lauter.

»Digger, ist das kalt hier.«

»Stell dich nicht so an, du Mädchen. Hast doch genug Fett auf den Knochen.«

»Saukomisch. Willst du noch weiter?«

»Er muss hier sein, Glotz. Das hab ich im Urin.«

»Ich trau deinem Urin nicht.«

Ken packt mich am Arm. Was zur Hölle machen Wieland und Glotz mitten in der Nacht im Sanatorium? Was haben die hier zu suchen? Wieder so ein Spiel mit ihrer Gotcha-Gruppe, ein nächtliches Deathmatch? Aber sie sind nur zu zweit, und sie hören sich nicht an, als ob sie Spaß hätten. Ken bedeutet mir, ihm zu folgen. Geduckt schleichen wir die Treppe hoch. Im Flur mit der Einsturzstelle flackert Licht. Wir verstecken uns hinter dem Geröllhaufen und warten.

»Scheiße, Mann, wir *müssen* ihn finden«, sagt Wieland und klingt irgendwie komisch, so als ob er sich die Nase zuhalten würde.

»Entspann dich«, sagt Glotz. »Das wird schon werden.«

Wieder rollen Steine. »Alter, so einfach ist das nicht. Die Schule macht diesmal Ernst, das hab ich doch gesagt. Sogar unser Anwalt meint, dass es schlecht aussieht.«

»Digger«, sagt Glotz in einem für ihn völlig untypischen, beinahe zärtlichen Ton. »Wenn die dich von der Schule schmeißen, gehe ich mit.«

»Wir müssen ihn finden, dann wird es nicht so weit kommen«, sagt Wieland von weiter hinten. Seine Stimme ist leiser geworden. »Wo bleibst du denn?«

»Bin ja schon da«, murmelt Glotz.

Schwere Schritte hallen durch den Gang. Das Licht wird schwächer. Wir warten, bis es ganz dunkel ist, dann klettern wir über den Schutthaufen. Als wir auf der anderen Seite sind, halten wir inne und lauschen. Es ist nichts zu hören. Wieland und Glotz sind weg. Wir schalten unsere Lampen auf die niedrigste Stufe und schieben uns nacheinander an der Einsturzstelle vorbei. Als wir das Loch hinter uns haben, machen wir sie wieder aus. Ich lasse eine Hand über die Wand gleiten, damit ich die Orientierung nicht verliere, während ich die andere vor mir ausstrecke, um nicht gegen ein Hindernis zu laufen.

»Sie sind im großen Saal«, flüstert Ken, als wir die Krankenstation verlassen.

Wir laufen den Flur entlang und bleiben an der Tür zum Festsaal stehen. Durch die Löcher in der Decke fällt fahles Mondlicht. Taschenlampenstrahlen tanzen über die Bilder an den Wänden und die vernagelten Fenster. Plötzlich ein Geräusch. Beide Lichtkegel schießen zu der kleinen Bühne mit dem Klavier, wo sich eine Gestalt auftürmt und sich schützend den Arm vor das Gesicht hält.

»Mehmet?«, ruft Wieland. »Mehmet! Da bist du ja!«

Mehmet steht da wie ein Geist. Im Licht der Lampen wirkt sein Gesicht ausdruckslos und totenbleich. Er hat sich aus Tischen und Stühlen einen Verschlag gebaut und den Mantel aus dem Erdgeschoss darübergelegt. Hinter ihm prangen unsere Namen an der Wand: *$uper-Ken 3000* und *Porno-Paul.*

»Du musst nach Hause kommen, Mehmet«, fährt Wieland fort. »Alle machen sich Sorgen um dich. Deine Mutter, deine Schwester, alle. Wir auch, Glotz und ich. Ich bin mit dem Moped da, ich kann dich fahren.«

Mehmet sagt immer noch nichts. Er guckt Wieland an wie ein Wesen aus einer anderen Dimension. Jetzt checke ich auch, warum der so komisch redet: Er hat ein großes, blaues Pflaster im

Gesicht, das ihm über die Nase bis auf die Stirn reicht. Seine linke Augenbraue ist verkrustet und geschwollen. Mehmet scheint ihn richtig hart erwischt zu haben, so kaputt wie der aussieht. Nur seine Zähne leuchten wie immer strahlend weiß.

»Das mit dem Video …«, sagt Wieland, »das tut mir leid. Das war ein bisschen übers Ziel hinausgeschossen.«

»Übers Ziel hinausgeschossen?«, wiederholt Mehmet müde.

»Ja, gut«, sagt Wieland und hebt die Hände, »hast ja recht. Das war richtig scheiße von mir. Ich wollte nur einen kleinen Spaß machen, mehr nicht. Ehrlich. Ich habe es einfach nicht zu Ende gedacht. Aber weißt du was? Meiner Schwester hat das Video gefallen!«

Mehmet zuckt zusammen. Ungläubig starrt er Wieland an.

»Wirklich«, sagt Wieland. »Ich schwöre. Sie will sich mit dir treffen und drüber reden. Kein Scheiß.«

Mehmet geht einen Schritt nach vorn. »Ist das wahr?«

»Ich hab doch gesagt, ich schwöre. Du müsstest nur eine kleine Sache für mich tun, okay? Du musst in der Schule sagen, dass du das Video selber abgespielt hast. Du dachtest, meine Schwester wäre im Publikum, und wolltest die große Bühne für deine … für deine Show.« Wieland macht eine kurze Pause. »Du sagst, du bist ausgeflippt«, fährt er fort, »weil ich gelacht habe, und deswegen hast du mich geschlagen.«

Mehmet steigt von der Bühne und stapft langsam auf Wieland zu. Glotz streckt seine Brust raus und stellt sich ihm in den Weg.

»Schon gut, Glotz. Lass ihn«, sagt Wieland und wartet, bis Mehmet vor ihm steht. »Kat wird dir sehr dankbar sein, wenn du mir hilfst«, sagt er so leise, dass wir es kaum verstehen können. Dann beugt er sich zu Mehmet und spricht ihm ins Ohr. Nach ein paar Sekunden macht er wieder einen Schritt zurück und klopft Mehmet aufmunternd auf die Brust.

»Das … das … glaube ich nicht«, stammelt Mehmet.

Wieland steckt die Hände in die Hosentaschen und läuft um Mehmet herum. »Denk doch mal nach«, sagt er und dreht eine zweite Runde. »Du fliegst so oder so von der Schule. Du hast mir die Nase gebrochen, Alter! Glaubst du, du kommst mit einem Verweis davon? Das kannst du vergessen. Es macht also überhaupt keinen Unterschied, ob du das mit dem Video auf dich nimmst. Und dafür triffst du dich mit meiner Schwester, und sie zeigt dir alles, was sie hat. Ich schwöre, so was kriegst du nicht noch mal in deinem Leben zu sehen. Besser kommst du bei der Sache nicht weg. Stimmts, Glotz?«

Glotz nickt. »Da hat er recht.«

Mehmet schüttelt den Kopf. »Ich glaub das nicht«, wiederholt er.

Wieland greift in seine Hosentasche und holt sein Handy raus. »Sollen wir Kat anrufen? Ich rufe sie an, dann kannst du sie fragen.«

Mehmet erwidert nichts. Wieland tippt auf dem Display herum. Dann hält er Mehmet das Handy hin. »Hier. Nimm.« Mehmet bewegt sich nicht. Wieland nimmt das Telefon an sein Ohr. »Schwesterherz. Wir haben deinen Verehrer gefunden. Er will mit dir sprechen.«

Wie in Zeitlupe nimmt Mehmet das Handy entgegen. »H… Hallo?«

Er dreht Wieland und Glotz den Rücken zu und macht ein paar Schritte ins Dunkel. Für eine Weile hören wir nur Geflüster. Dann wird Mehmet wieder laut. »Ja. Okay. Bis gleich.«

Mehmet gibt Wieland das Handy zurück.

»Alles klar, Mehmet. Gehen wir?«

Ken zieht mich am Arm. Wir laufen in die Krankenstation und verstecken uns in dem Patientenzimmer, in dem wir beim letzten Mal den Rollstuhl gefunden haben.

»Was machen wir jetzt?«, flüstert er.

»Ich weiß nicht. Wir können Mehmet nicht einfach mitgehen lassen.«

»Warum nicht? Kat will mit ihm reden. Er darf sie *nackt* sehen, Mann. Sollen wir ihm das vermasseln?«

»Nein«, sage ich. »Aber das ist doch alles nicht richtig. Was, wenn sie ihn bloß verarschen?«

»Leise, sie kommen!«

Wieland hat Mehmet einen Arm auf die Schulter gelegt, als wären sie beste Freunde. Glotz trottet hinterher. Wir warten, bis sie an der Tür vorbei sind, und folgen ihnen mit einigem Abstand. Ich habe keine Ahnung, was wir machen sollen. Einerseits hat Ken wohl recht, Mehmet kann für sich selbst entscheiden. Warum sollten wir uns einmischen? Andererseits bin ich nicht sicher, ob das ein guter Deal für ihn ist. Ich meine, noch ist nicht gesagt, dass Mehmet von der Schule fliegt … Ihre Stimmen werden lauter. Sie müssen kurz vor der Einsturzstelle stehen geblieben sein.

»Ich … ich kann das nicht«, sagt Mehmet. »Ich kann das einfach nicht.«

Wieland stöhnt. »Komm schon«, sagt er. »Zeig uns, dass du ein Mann bist.«

Mehmet schüttelt den Kopf. »Nein. Nein, nein. Ich will das nicht. So schon gar nicht. Ich will Kat zu nichts *zwingen.*«

Wieland reißt die Arme in die Luft. »Alter, muss ich es dir noch mal erklären? Du zwingst sie doch nicht.«

»Aber sie tut es nur für dich. Nicht wegen mir.«

Jetzt scheint Wieland der Geduldsfaden zu reißen. »Bist du wirklich so dumm oder tust du nur so?«, blafft er Mehmet an. »Natürlich macht sie das nicht, weil sie dich heiß findet. Hast du vor Kurzem mal in den Spiegel geguckt, Mehmet? Du bist ’ne fette Sau. Typen wie du kriegen Mädchen wie Kat höchstens auf

YouPorn nackt zu sehen. Du verspielst gerade *die* Chance deines Lebens.«

Mehmet schweigt und guckt zu Boden. Dann fängt er wieder an den Kopf zu schütteln. »Nein«, sagt er mit brüchiger Stimme. »Ich mach das nicht.«

Wieland fährt sich mit der Hand durch die Haare. »Ich hab dir ein faires Angebot gemacht, Fettsack. Mehr als fair. Wenn du es nicht annehmen willst, bitte. Ich kann auch anders. Muss ich dir das erst beweisen?«

Er leuchtet Mehmet drohend ins Gesicht. Mehmets Mimik ist wie versteinert. Er starrt in die Lampe, ohne zu blinzeln.

»Fick dich, Wieland«, sagt er kalt.

Wieland lacht auf. »Mehmet, Mehmet …«, sagt er kopfschüttelnd. Dann holt er aus und schlägt ihm mit voller Wucht die Taschenlampe ins Gesicht. Ken und ich schnellen hoch. Mehmet stöhnt und taumelt nach hinten.

»Digger, was machst du denn …«, ruft Glotz und hält Wieland fest, bevor er ein zweites Mal zuschlagen kann.

Wieland reißt sich los. »Hau ab, du Schwuchtel.«

»Lass Mehmet in Ruhe«, brüllt Ken und stürmt auf ihn zu. Jetzt geht alles blitzschnell. Erschrocken schlägt Wieland um sich. Er hat mit einem größeren Angreifer gerechnet und streift Ken nur am Scheitel. Dafür trifft er mich an der Schulter. Ich pralle gegen die Wand und lasse meine Taschenlampe fallen. Sie springt an und erleuchtet den Flur. Jetzt erkennt Wieland, mit wem er es zu tun hat. Er will auf Ken einschlagen, aber der fängt seinen Arm ab und hält ihn fest. Wieland braucht eine Sekunde, um zu begreifen, dass Ken stärker ist als gedacht, dann rammt er ihm das Knie zwischen die Beine. Ken krümmt sich stöhnend zusammen, während Wieland mit seiner Lampe ausholt, um ihm den Rest zu geben.

»Nein!«, brülle ich.

Plötzlich schreit Wieland auf. Ein markerschütternder Schrei, der durch das Sanatorium hallt. Seine Taschenlampe landet krachend auf dem Boden und rollt über den Flur. Ken hat ihm das Messer in den Oberschenkel gejagt.

»Fuck«, schreit Wieland hysterisch und hält sich das Bein. »Glotz, steh nicht rum und zieh das Ding raus! Zieh es raus, verdammt noch mal!«

Glotz ist wie paralysiert und bewegt sich keinen Zentimeter. Mehmet taumelt immer noch wie ein angeschlagener Boxer. Er streckt die Arme von sich, um das Gleichgewicht zu halten. Eine riesige Wunde klafft auf seiner Stirn, sein Gesicht ist voller Blut. Er wischt sich mit dem Ärmel über die Augen und starrt mich ungläubig an.

»Paul?«

»Vorsicht!«, brüllt Ken. »Das Loch!«

Mehmet ist mit einem Fuß ins Nichts getreten. Er kann ihn gerade noch zurückziehen und sich auf den Beinen halten. Ein erleichtertes Lächeln huscht über sein Gesicht. Dann bricht der Boden unter seinen Füßen weg und er stürzt in die Tiefe.

Heute

Der Druck auf meinem Brustkorb ist so stark, dass ich kaum Luft kriege. Ich schwitze. Meine Beine zucken und zittern, aber dieses Mal laufe ich nicht davon. Dieses Mal bleibe ich in meinem Kopf. Ich atme durch die Nase ein, langsam und tief, während Marko in meinen Gedanken wie bei einer Insta-Story in Endlosschleife wieder und wieder in den Abgrund stürzt.

– Es hört bald auf, sage ich laut, – es hört bald auf, das ist normal, das geht weg. Die Angst brennt in meinem Magen und frisst sich nach oben in die Brust. *Einatmen. Ausatmen.* Langsam, ganz langsam wird es besser und das Zittern ebbt ab. Alles wird gut. Ich kriege das in den Griff.

Allmählich lässt auch der Druck auf meiner Brust nach. Mein Atem wird ruhiger. Die Angst zieht sich zurück, Trauer und Wut übernehmen und vor allem die Frage nach dem Warum. Warum musste Marko sterben? Warum ist er nicht zehn Zentimeter vor dem Abgrund zum Stehen gekommen? Warum hat Wieland auf ihn eingeschlagen? Warum sind Ken und ich nicht eher eingeschritten? Wäre Marko dann noch am Leben? Wäre er noch am Leben, wenn ich ihn nicht auf die Idee mit dem Video gebracht hätte? »Frag sie doch einfach«, habe ich gesagt. »Was kann schon passieren, außer dass sie Nein sagt?« Und warum hat es ihn erwischt und nicht *mich*? Habe ich es verdient zu leben und er nicht?

Markos Tod war so sinnlos. Okay, der Tod ist immer sinnlos.

Aber manchmal ist er unausweichlich, weil du eine fiese Krankheit hast, gegen die es keine Medikamente gibt, oder weil du über hundert bist oder ein verurteilter Mörder im Todestrakt. Aber mit sechzehn durch einen Unfall zu sterben, weil einer durchdreht und du einen falschen Schritt machst, einen *einzigen falschen Schritt*, das ist furchtbar sinnlos und einfach verdammt scheiße.

»Paul« hat er gesagt, bevor er gefallen ist. Sein letztes Wort auf dieser Welt war mein Vorname – und nicht »Stelter«. Seitdem bringe ich »Mehmet« nicht mehr über die Lippen. Will ich auch gar nicht. Das Einzige, was ich noch für ihn tun kann, ist ihn bei seinem richtigen Namen in Erinnerung zu behalten. Und das werde ich.

Er wollte es so. Er wollte, dass die Leute ihn »Marko« nennen – es hat nur keiner drauf gehört. Ich ja auch nicht. Wie die meisten habe ich ihn oft nicht so richtig ernst genommen. Nur weil er aussah, wie er aussah, dick und ein bisschen schmuddelig, weil er ein Nerd war, der jeden Tag stundenlang das gleiche Game gespielt hat. Was für ein mitfühlender, ehrlicher und witziger Typ hinter dieser Fassade gesteckt hat, das ist mir erst nach seinem Tod so richtig klar geworden. Das habe ich erst begriffen, als er nicht mehr da war. Und mutig war er. Ich meine, du musst dich erst mal trauen, so ein Video für deine große Liebe zu basteln. Vor allem, wenn du weißt, dass du mit neunundneunzigkommaneunprozentiger Wahrscheinlichkeit eine Abfuhr kriegst. Wie ging sein Gedicht noch gleich? *Du hast mich animiert wie ein Liebes-Gif?* Ich muss grinsen. Wie vorhin, als ich an die »polnischen Austauschschüler« gedacht habe.

Ich glaube, heute ist der erste Tag seit seinem Tod, an dem ich nicht nur traurig bin, wenn ich an ihn denke. Heute ist da ein heller Fleck in diesem dunklen Trauermeer, eine Insel der schönen Erinnerungen und der Dankbarkeit, dass ich ihn kennen durfte.

Eine winzige Insel in einem unendlich großen Meer, aber immerhin: eine Insel.

Ich kriege sofort ein schlechtes Gewissen. Nicht, weil ich wieder denke, es müsse mir schlechter gehen, nein. Sondern weil ich seit der Beerdigung letzten November noch nicht ein Mal an Markos Grab war. Nicht ein einziges Mal in zehn Monaten. Ich konnte das einfach nicht. Da war wie eine Sperre, eine unsichtbare und unüberwindbare Mauer, die mich von seinem Grab ferngehalten hat. Morgen gehe ich hin, egal wie. Ken hatte recht, ich muss den nächsten Schritt machen. Ist der Friedhof der nächste Schritt? Wenn ja, was kommt danach? Vielleicht muss ich mir darüber klar werden, was wirklich wichtig ist in meinem Leben. Sonst kapiere ich das erst wieder, wenn es zu spät ist. Vielleicht muss ich noch mal über Ken nachdenken. Natürlich hat er sich nicht korrekt verhalten in den letzten Wochen, er hat mich angelogen und gemieden, ohne mir zu sagen, was los ist. Die Frage ist, was hätte ich an seiner Stelle gemacht? Ich weiß es nicht. Niemand ist perfekt. Ich auch nicht, sonst hätte ich Mara vorhin nicht so scheiße behandelt. Dabei ist mir Mara doch auch wichtig. Verdammt wichtig.

Ich muss mich unbedingt bei ihr entschuldigen. So darf man nicht auseinandergehen. Nicht, wenn man sich so viel bedeutet. Ich suche mein Handy und schreibe ihr eine Nachricht.

Bist du noch wach?

Sie liegt sicher schon im Bett und schläft. Gerade als ich das Handy wieder wegstecken will, leuchtet das Display auf. Eine neue Nachricht.

Ja.

Was machst du?

Planlos durch die Gegend laufen.

?!? Schon die ganze Zeit?

Ja. Keine Lust auf zH

Ok …

Hat Mara erwähnt, dass sie Stress mit ihren Eltern hat? Glaube nicht. Ich scrolle nach oben und schaue mir die alten Nachrichten an. Kurz nach Markos Tod haben wir uns ein paarmal geschrieben. Das war zu einer Zeit, als ich noch in totaler Schockstarre war, deswegen sind meine WhatsApp ziemlich kurz und einsilbig. *Davor* habe ich mich immer einen Ast gefreut, wenn sie mich angetextet hat. *Danach* waren meine Empfindungen wie unter Trümmern vergraben und eine Nachricht von Mara war mir so gleichgültig wie eine Werbemail von T-Online. Sie hat sich dann immer seltener gemeldet, bis sie irgendwann gar nicht mehr geschrieben hat.

Wo bist du?

Irgendwo in Wicker.

Ich zögere einen Moment, bevor ich ihr antworte.

Sollen wir uns treffen?

Wozu?

Weil ich mit dir reden will.

Dazu hattest du heute den ganzen Tag Zeit.

Tut mir leid.

Wirklich.

Ich war scheiße drauf vorhin.

…

Schick mal deinen Standort.

Ihr Status wechselt von »schreibt« zu »online« und springt noch ein paarmal hin und her. Es kommt keine Nachricht. Ich starre auf das Display, aber es passiert nichts. Fünf Minuten dauert es, bis sie sich meldet. Eine halbe Ewigkeit, wenn du nichts machst, als auf eine WhatsApp zu warten.

Wir treffen uns, wenn du den Ort errätst, zu dem ich gehe.

Ich schicke ein Fragezeichen zurück, aber die Nachricht kommt nicht an, es bleibt bei einem grauen Häkchen. Sie muss ihr Handy ausgeschaltet haben. Typisch Mara. Einen Moment lang überlege ich, ob ich mich auf das Spielchen einlassen soll. Ich meine, es gibt tausend Orte in Wicker, zu denen sie gehen könnte. Und selbst wenn ich es wüsste – wieso muss ich es *erraten*? Warum kann sie mir nicht einfach den Standort schicken? Wieso muss sie gleich wieder eine Challenge draus machen?

Die Box starrt mich an. Ich lege das Messer rein und mache den Deckel zu. Was würde Date-Doktor Marko jetzt sagen? »Junge, das ist die Chance, alles wiedergutzumachen. Geh raus und such nach ihr.« Ja, das klingt nach Marko. Aber *wo* soll ich nach ihr suchen? Soll ich mich vor ihr Fenster stellen und Steinchen an die Scheibe werfen? Nein, sie ist bestimmt nicht zu Hause. Vielleicht wartet sie auf der Bank am Panther auf mich. Moment, mir fällt was Besseres ein. Es muss ein Ort mit einer besonderen Bedeutung für uns sein … ist doch ganz klar! Wieso bin ich nicht gleich draufgekommen? Ich ziehe meine Schuhe an, hänge mir die Kopfhörer um den Hals und schleiche leise aus dem Zimmer. Vor der Treppe bleibe ich stehen. Dann gehe ich noch einmal zurück, öffne die Box und stecke mir die »Unglaublichen Abenteuer« in die Hosentasche.

Die Straßenlaterne vor der Grundschule ist kaputt und leuchtet nur matt. Ich suche nach Spuren auf dem Weg, nach Zeichen oder Hinweisen, vielleicht ein mit dem Fuß in den Kies gemaltes WCQ, aber da ist nichts, natürlich nicht, *die Wicker City Queen ist beerdigt und längst Legende.* Der Druck, der auf meiner Brust lastet, nimmt plötzlich wieder zu. Mir wird bewusst, dass ich das letzte Mal nachts um diese Zeit draußen war, als ich mit Ken zur Ruine gefahren bin. Ich versuche die Beklommenheit abzuschütteln und drehe die Super Dirty Dishes lauter. Komisch, dass ich heute schon hier war. Es fühlt sich an, als wäre es Tage her, dass ich mit meinem Rad auf dem Spielplatz gestrandet bin. Dabei sind erst knapp elf Stunden vergangen. Es ist eine helle Nacht, keine Wolke am Himmel und fast Vollmond. Der Spielplatz ist menschenleer und auch auf dem Turm der Kletterburg ist niemand zu sehen. Das gibts doch nicht. Ich hätte wetten können, dass Mara da oben ist. Wo soll ich sie sonst treffen, wenn nicht hier? Der Spielplatz ist der Ort, der uns verbindet, hier haben wir uns vor der Polizei versteckt und uns das erste Mal unterhalten. Ist sie doch am Panther? Wie lange brauche ich, um dort hinzufahren, zehn Minuten? Ob sie noch so lange wartet? Ich schaue auf mein Handy. Mara ist immer noch offline.

Über dem Turm fliegt ein Funke durch die Luft. Ich setze die Kopfhörer ab. Was war das? Ein Glühwürmchen? Ich laufe auf die Kletterburg zu, ohne meine Augen von der Stelle zu lassen. Ein Klicken, und dann ist da wieder ein Funke. Ich suche einen Halt an der Frontseite und steige nach oben.

– Das hat ganz schön gedauert, Paul Stelter, sagt Mara.

Sie liegt auf dem Rücken, hat den Kopf auf ihren Rucksack gelegt und versucht erfolglos sich eine selbst gedrehte Zigarette anzuzünden. Ihr Feuerzeug ist hin und spuckt nur Funken.

– Das Universum scheint was dagegen zu haben, dass ich

rauche, sagt sie, richtet sich auf und legt die Zigarette in die Tabakpackung. – Warst du schon im Bett?

– Nein, sage ich und setze mich neben sie. – Du wirst nicht glauben, was passiert ist, als ich nach Hause gekommen bin.

Ich erzähle ihr von Palinkas, dass er meine Mutter gedrängt, nein, erpresst hat, mit ihm »essen« zu gehen, und dass ich alles mitgeschnitten habe. Dann spiele ich ihr die Aufnahme vor.

– Was für ein Scheißtyp, sagt Mara empört. – Genau die gleiche Nummer wie bei meiner Mutter. Entweder du machst, was ich will, oder ich werde dir schaden. Zum Kotzen. Was hast du jetzt damit vor?

– Ich weiß es noch nicht.

– Das muss auf jeden Fall an die Öffentlichkeit. Vielleicht auf YouTube? Allein schon zum Schutz aller Frauen, bei denen er das sonst noch probieren wird.

Mara lässt ihre Fingergelenke knacken, als ob sie sich jetzt und auf der Stelle mit Palinkas prügeln wollte.

– Weißt du, was komisch ist?, sage ich. – Als du mir die Geschichte von *deiner* Mutter erzählt hast, saßen wir auch hier oben.

– Du meinst, wir haben es Palinkas zu verdanken, dass wir uns kennen?

– *Verdanken* ist vielleicht nicht das richtige Wort …

– Du meinst, da gibts nichts zu *verdanken*?, sagt Mara spitz und stößt mich mit dem Ellenbogen an. – Bist du jetzt besser gelaunt als vorhin?

Ich stecke mein Handy in die Hosentasche und denke nach. – Ich weiß nicht. Tut mir leid, dass ich auf der Rückfahrt so scheiße war. Ich war einfach total … enttäuscht. Na ja. Und eben, zu Hause, musste ich an die Nacht in der Ruine denken. Wie Marko gestürzt ist und sich den Hals gebrochen hat. Das war so real, das hat sich angefühlt, als ob ich es noch mal erleben würde.

– Das tut mir leid.

– Danke, sage ich. – Vielleicht hilft das ja, irgendwie damit klarzukommen.

– Willst du darüber reden?

– Ja und nein. Deswegen wollte ich mich nicht mit dir treffen.

– Sondern?

Schweigend gucken wir auf die Lichter der Innenstadt. Zum größten Teil schläft Wicker schon. Die Leuchtreklame auf den Brauereitürmen ist abgeschaltet. Gottseidank. Jedes Mal, wenn ich den Namen *Theine* lese, läuft es mir kalt den Rücken runter. Ich muss an Wieland denken und wann im Jugendknast wohl das Licht ausgeschaltet wird. Zwei Jahre haben sie ihm gegeben, wegen schwerer Körperverletzung. Eigentlich ist es mir egal, wie lange er sitzt. Selbst wenn er lebenslänglich gekriegt hätte – das hätte Marko auch nicht wiedergebracht. Hauptsache, ich laufe dem Typen so schnell nicht mehr über den Weg. In zwei Jahren hab ich das Abi, und wer weiß, ob ich dann noch in Wicker bin.

– Im letzten Jahr ist so viel Schlimmes passiert, sage ich. – Das reicht für ein ganzes Leben. Erst der Stress mit Wieland und Glotz, dann Markos Tod und jetzt habe ich irgendwie auch noch Ken verloren. Und mit dir …

Ich verstumme. Ich weiß nicht, wie ich den Satz zu Ende bringen soll.

– Und mit mir …?, fragt Mara mit hochgezogenen Augenbrauen.

– Ich weiß auch nicht. Es hätte alles anders laufen können. Es tut mir leid.

– Was meinst du?

– Es tut mir leid, dass ich dein Geheimnis ausgeplaudert habe. Ich wusste mir einfach nicht anders zu helfen, ich war völlig verzweifelt, weil deine Nummer weg war. Ich dachte, ich sehe dich nie wieder.

Mara versteckt ein Lächeln. – Schon okay. Ich hab vielleicht auch ein bisschen überreagiert. Aber ich war nun mal stinksauer, weil ich dachte, du bist … du bist was Besonderes. Und dann so eine Enttäuschung.

Sie drückt ihren Rücken durch und faltet die Hände. – Wenn wir gerade beim Entschuldigen sind. Mir tut es leid, dass ich mich auf der SV-Party so bescheuert verhalten habe.

– Dass du ausgerechnet mit Wieland rummachen musstest …

– Wir haben nicht *rumgemacht* …

– Ausgerechnet mit dem Typen, der …

– Paul, unterbricht Mara mich. – Paul Stelter. Du kapierst es nicht, oder? Du *willst* es nicht kapieren. Ich wollte nichts von Wieland. Ich wusste überhaupt nicht, wer der Typ ist. Er sah ganz gut aus, also habe ich ihn angesprochen, als ich dich endlich auf der Party entdeckt habe. Ich wollte wissen, wie du reagierst. Ich wollte wissen, ob du eifersüchtig bist. Es ging mir nicht um Wieland, es ging mir um dich. Es ging mir immer nur um dich.

Ich sehe Mara in die Augen. Mir wird warm im Bauch und meine Probleme sind auf einmal unendlich weit weg. Die Nacht in der Ruine, Markos Tod, Palinkas, Wieland Theine, Ken und seine Freundin, alles nur noch flirrende Bilder irgendwo ganz hinten in meinem Kopf. Mara streicht mir mit dem Finger über die Wange und dann sind endgültig alle anderen Gedanken verschwunden, ich bin jetzt nur noch Paul auf dem Turm und will nie wieder runter, ich wollte es schon das letzte Mal nicht, ich will für immer mit Mara hier oben bleiben, bis der Turm alt und morsch ist und sie uns wie zwei Hausbesetzer nach unten tragen müssen.

– Mara, sage ich.

– Ja, antwortet sie leise.

– Ich habe meine Geschichte dabei …

– Wirklich, sagt sie und lächelt mich an. – Liest du sie mir vor?

– Ja, sage ich.

Sie legt sich auf ihren Rucksack und schließt die Augen. Ich schalte meine Handylampe an, lege sie in meinen Schoß, räuspere mich und beginne mit dem ersten Absatz.

– Dr. Flint zerrte an den Fesseln, doch sie lösten sich nicht, schnitten ihm nur noch tiefer ins Fleisch. Gleich würde das Feuer den Dachstuhl erreichen, und wenn er bis dahin noch gefesselt und geknebelt auf diesem Stuhl saß, war es aus mit ihm. Mit einem Ruck warf er sich zur Seite und versuchte zum Ausgang zu robben. Doch er kam viel zu langsam voran …

– Paul, sagt Mara, ohne die Augen zu öffnen. – Kannst du die Geschichte auch mit einer Hand lesen?

Zuerst checke ich nicht, was sie meint. Dann schiebt sie mir ihre Hand entgegen. Ich nehme sie in meine, drücke sie sanft und lese weiter. Auch wenn es mir schwerfällt, versuche ich so langsam wie möglich zu lesen, damit der Moment nicht zu schnell vorbeigeht. Jesus, ich bräuchte einen Roman von dreihundert Seiten und nicht so eine lächerliche Kurzgeschichte! Den würde ich ihr komplett vorlesen, auch wenn es Tag und wieder Nacht werden würde und ich am Ende stocksteif und durchgefroren wäre, egal. Hauptsache, ich müsste ihre Hand nie wieder loslassen. Note to myself: Für das nächste Mal brauche ich mehr Text. Viel mehr Text. Allein dafür lohnt es sich, wieder mit dem Schreiben anzufangen.

Die Box

Die Sonne steht tief über dem Kornfeld. Es ist schon spät, bestimmt nach acht. Genau kann ich es nicht sagen, ich habe mein Handy vergessen. Es war eine Schnapsidee, mitten durch das Feld zu gehen. Irgendwas hat mich in die Wade gestochen, das juckt wie verrückt. An meinen Schuhsohlen kleben dicke Klumpen Erde. Und wenn jemand sieht, wie wir die Weizenhalme platt trampeln, kriegen wir Ärger. Aber Ken wollte ja unbedingt durchlaufen. Außen rum dauert ewig, hat er gesagt.

Ein Luftstoß geht über das Kornfeld. Die Rotorblätter der Windräder drehen sich wie in Zeitlupe. Nachdem wir ungefähr die Hälfte der Strecke hinter uns gelassen haben, kommt die Rückseite der Villa in Sicht. Die neuen Eigentümer haben eine Zeder fällen lassen. Drin ist es jetzt viel heller, hat Bille gesagt. Ich muss zugeben, dass mich das relativ wenig interessiert. Das Kapitel ist vorbei, die Villa ist Vergangenheit. Die neue Wohnung ist auch gar nicht so übel, wie ich dachte. Wir haben eine Riesen-Wohnküche und eine Riesen-Terrasse, die quasi mir gehört, weil du nur von meinem Zimmer Zugang hast. Außerdem guckst du direkt auf den Wickerwald. Letzte Woche, als Bille Nachtdienst hatte, haben Mara und ich draußen übernachtet und Sternschnuppen gezählt. Spätestens da habe ich mich mit der neuen Wohnung arrangiert.

Morgen kommt Lena nach Wicker. Zum ersten Mal, seit Ken zurück ist. Er ist aufgeregt wie ein kleines Kind. So richtig habe ich mich noch nicht an diese Seite von *$uper-Ken 3000* gewöhnt, aber das wird schon werden. Seit unserem Blitzbesuch vor drei Wochen war ich noch zweimal in Berlin. Wir waren auf dem Teufelsberg in der alten Abhörstation, am Schlachtensee und sind sogar U4 gefahren, zweimal hin und zurück, was ihn, glaube ich, eher mäßig beeindruckt hat. Gut, es kann halt nicht jeder Spaß dran haben. Dafür fand er den Teufelsberg umso besser.

Morgen Abend grillen wir zusammen bei uns auf der Terrasse. Bin mal gespannt. Ich habe Lena bei beiden Besuchen nur relativ kurz gesehen, weil sie Nachtdienst hatte. »Die ist super«, findet Mara, »die ist genau die Richtige für Ken. Der braucht eine, die ihm sagt, wo es langgeht.« Ich finde die Kombi zwar immer noch ein bisschen weird, weil sie über vier Jahre älter ist als er (und Ken ungefähr zehn Jahre jünger aussieht als sie), aber stimmt schon, darauf kommt es nicht an. Bille bringt auch jemanden mit. Yared von der Station. Ich hatte es befürchtet. Aber okay, wenn der Silbereisen damit endgültig raus ist, soll es mir recht sein.

Gedankenverloren streicht Ken mit der flachen Hand über die Weizenhalme. Hätte er sein Messer noch, würde er jetzt bestimmt wieder wie wild darauf eindreschen. Oder habe ich da ein falsches Bild von ihm im Kopf? Ist der *neue* Ken zu ernst und zu erwachsen für so einen Kinderkram? Am liebsten würde ich ihm ein Messer in die Hand drücken und gucken, was passiert. Sein *Baby* hat er verkauft, um sich die Fahrten nach Berlin zu finanzieren. Außerdem hat er mich am Wochenende ins Kino und auf eine Flasche Lakritzschnaps eingeladen, die wir uns nach dem Film am Panther reingezogen haben. So krass hat er sich also doch nicht verändert.

Als wir das Feld durchquert haben und auf der anderen Seite ankommen, sind meine Beine von oben bis unten zerstochen und zerkratzt. Ken hat natürlich nichts abbekommen, der hat lange Hosen an. Ich klopfe die Erde von meinen Sneakers, während er den Pfad der Verwüstung betrachtet, den wir im Weizenfeld hinterlassen haben.

Vor dem Friedhofstor unterhalten sich zwei mit grünen Gießkannen bewaffnete Damen und gucken uns misstrauisch hinterher. Marko liegt relativ weit hinten. Ein schlichtes Grab mit Geranien und einer Kerze in einer Lampe, die immer brennt. Vor dem Grabstein steht ein eingerahmtes Foto von Marko auf einer Steinplatte. Drum herum liegen Blumensträuße, durchnässte Briefumschläge, eine Seite mit Wargames-Statistiken, ein volles Tic-Tac-Döschen und zwei weiße Steinherzen mit Sprüchen drauf. *In unseren Herzen lebst du weiter.* Ich könnte wetten, dass die von Aliya und Simon sind. Wie auch immer. Ich rege mich schon lange nicht mehr darüber auf.

– Hast du sie dabei?, fragt Ken.

– Ja, klar.

– Topstens.

– Und du meinst, Frau Mehmet hat nichts dagegen?

– Warum denn? Den Pflanzen macht das nichts aus. Ist ja nur Zuckerwasser.

Ich nehme die Colaflasche, die ich schon mehrfach Markos Anti-Kohlensäure-Prozedur unterzogen habe, aus meinem Rucksack und drücke sie Ken in die Hand. Auch er schüttelt sie noch einmal und dreht dann vorsichtig den Deckel ab. Ungefähr die Hälfte gießt er auf die trockene Erde, den Rest überlässt er mir.

– Die beiden Alten denken bestimmt, wir haben einen Knall, sage ich, während die braune Plörre aus dem Flaschenhals tröpfelt.

– Na und, sagt Ken. – Mehmet hätte sich einen Scheiß um Blumen und so einen Schrott geschert, das weißt du ganz genau.

Ken sagt weiterhin Mehmet, weil er das immer zu ihm gesagt

hat und weil er es komisch fände, ihn nach seinem Tod plötzlich anders zu nennen. Soll er ruhig. Es muss jeder für sich gucken, wie er klarkommt. Ich sage Marko, er bleibt bei Mehmet. Wir wissen ja, wer gemeint ist. Ken nimmt mir die Flasche ab und bohrt sie hinter dem Foto mit der Öffnung nach unten in die Erde. Dann nimmt er die Seite mit den Wargames-Rankings vom Grab und tauscht sie gegen eine aktuelle Version aus, die er heute Morgen ausgedruckt hat. Wenn du dir die Stats anguckst, checkst du erst so richtig, wie gut Marko wirklich war: Rund zehn Monate nach seinem Tod ist »MarkOmaniac5516« immer noch unter den Top Five.

Schweigend betrachten Ken und ich den seltsamen Schrein, den wir auf dem Grab errichtet haben. Wer Marko nicht kannte, wird denken, dass da jemand seinen Müll entsorgt hat. Ich weiß nicht, wie lang wir so dastehen, fünf Minuten oder zehn vielleicht. Dann klopft mir Ken auf den Rücken und wir verabschieden uns.

Auf dem Rückweg bestehe ich drauf, um das Feld herumzugehen. Ken sagt zwar, dass wir noch nicht genug von »Theines Qualitätsweizen« vernichtet hätten, aber das ist mir egal. Er ist sich ja nicht mal hundertpro sicher, ob das Feld überhaupt der Brauerei gehört. Die Theines haben im Moment eh andere Sorgen. Der Erbe des Familienunternehmens sitzt im Jugendknast, während die Tochter seit diesem Schuljahr auf ein Internat in Bayern geht. Welche Rolle Kat bei der Sache tatsächlich gespielt hat, bleibt ihr Geheimnis. Hätte sie sich wirklich mit Marko eingelassen, um ihrem Bruder zu helfen? Wir wissen es nicht und werden es wohl nie erfahren. Außerdem mussten die Theines auch noch ihren Geschäftsführer feuern, wegen sexueller Belästigung in mehreren Fällen. Noch ist nicht klar, ob Palinkas vor Gericht muss. Bille sagt, dass sich das in den nächsten Wochen entscheiden wird.

– P. S., wir sehen uns morgen, sagt Ken, als wir ins Neubaugebiet kommen. – Erste Stunde Speichel-Spilker. Bring einen Regenschirm mit.

– Mach ich.

– Turbo, sagt er und wir schlagen ein.

Ken setzt seine Sonnenbrille auf und trottet über die staubige Straße. Zwei Mädchen mit Zöpfen fahren Hand in Hand auf ihren Rollerblades an mir vorbei, ein drittes kommt mit dem Rad hinterher und schafft es gerade so, mir auszuweichen. Ken reißt den Arm in die Luft und winkt mir noch einmal zu, dann verschwindet er hinter einem Bauwagen im Gebüsch, um die Abkürzung über den Aldi-Parkplatz zu nehmen. Das Abi macht er noch in Wicker, danach geht er nach Berlin und beginnt eine Ausbildung zum Altenpfleger. Einen Platz haben sie ihm bereits zugesagt. Das klingt alles schon ziemlich konkret und durchgeplant dafür, dass es noch zwei Jahre hin ist. Aber Lena wartet auf ihn, wie er ständig betont. Schon gut, Ken. Ich glaube dir ja. Ich *gönne* es dir sogar.

Auf meinem Schreibtisch liegen die neue Ausgabe der »Parole« und eine Postkarte aus Las Vegas. Marvin kommt über Weihnachten nach Berlin. Dann werden wir uns endlich wiedersehen, nach fast anderthalb Jahren. Wahnsinn, ich kann es kaum erwarten. Ich bin gespannt, was er sagt, wenn ich ihm die Schülerzeitung in die Hand drücke. Ab Seite 15 ist nämlich das erste Kapitel der »Unglaublichen Abenteuer« abgedruckt, geschrieben von einem gewissen *Pawel Nazarro*. Das war der Deal: Wenn die Geschichte veröffentlicht wird, dann nur unter einem Pseudonym. Das macht den Text für viele sowieso noch interessanter. Im Klassenchat wird seit Tagen darüber diskutiert, wer dieser Pawel sein könnte. Die meisten tippen auf mich oder Tonne. Die haben sie ja nicht mehr alle. Ich meine, *Tonne*, hallo? Gut, die wenigsten kennen die Dishes, und noch weniger wissen, wie der Sänger heißt. Aber wer nicht ganz bescheuert ist, dem sollte der Transfer von Paul zu Pawel nicht allzu schwerfallen. Ich sage jedenfalls nichts dazu, wenn ich gefragt werde. Wobei nichts sagen ja auch eine Antwort ist. Vielleicht erscheint die Fortsetzung ja unter meinem richtigen Namen, mal sehen. Ich sitze gerade dran: »Dr. Flint vs. Kid Kalium« ist der Arbeitstitel. Könnte mir gut vorstellen, dass es dabei bleibt, Arbeitstitel sind meistens die besten Titel. Mara will die Geschichte unbedingt lesen, aber das darf sie erst, wenn ich fertig und zufrieden damit bin. So lange muss sie schon noch warten. Wir haben ausgemacht, dass ich sie ihr nachts auf dem Turm der Kletterburg vorlese. Aus Tradition, sozusagen. Das heißt für mich natürlich, dass jede neue Geschichte zur Sommerzeit fertig werden muss. Na ja, als Schriftsteller brauchst du immer auch ein bisschen Druck, das ist schon okay so.

Ich rolle die »Parole« zusammen und lege sie in die Box. Es bleibt eine Überwindung, sie zu öffnen, aber der Würgegriff wird von Mal zu Mal schwächer. Jetzt ist sie auch keine Gifttruhe mehr, sondern eine Box mit besonderen Erinnerungsstücken, die bald randvoll sein wird. Vielleicht kann ich ja irgendwann reingucken und mich einfach ein bisschen drüber freuen, dass ich Marko kannte. Vielleicht ist die helle Insel dann größer als das dunkle Meer, das sie umgibt.

Es klingelt. Mara ist früh dran, normalerweise dauern die Sitzungen bei Amnesty länger. Sie übernachtet heute bei mir, zum ersten Mal offiziell und mit Billes Genehmigung. »Du kannst gleichzeitig glücklich und traurig sein. Das geht«, hat Ken gesagt, als wir ihn in Berlin überrascht haben. Heute weiß ich, was er damit gemeint hat.

Für die Mithilfe bei der Entstehung dieses Buches danke ich: meiner Lektorin Brigitte Kälble, meiner Agentin Eva Semitzidou, meiner Frau Federica, meinen Eltern, Ricardo Giralt, Sebastián Giralt, Selva Giralt-Weidner, Christian Kaps (ein besonderer Dank für die vielen guten Ideen vom anderen Ende der Welt), Meter Mütze, Selma Nayin, Thomas Park, Lena Schützler, meinem Bruder Stefan Sieben, Marion Schwarzkopf, Roland Weidner und Thomas Zeimentz.